新宿野戦病院

宮藤官九郎

目次

新宿野戦病院・相関図

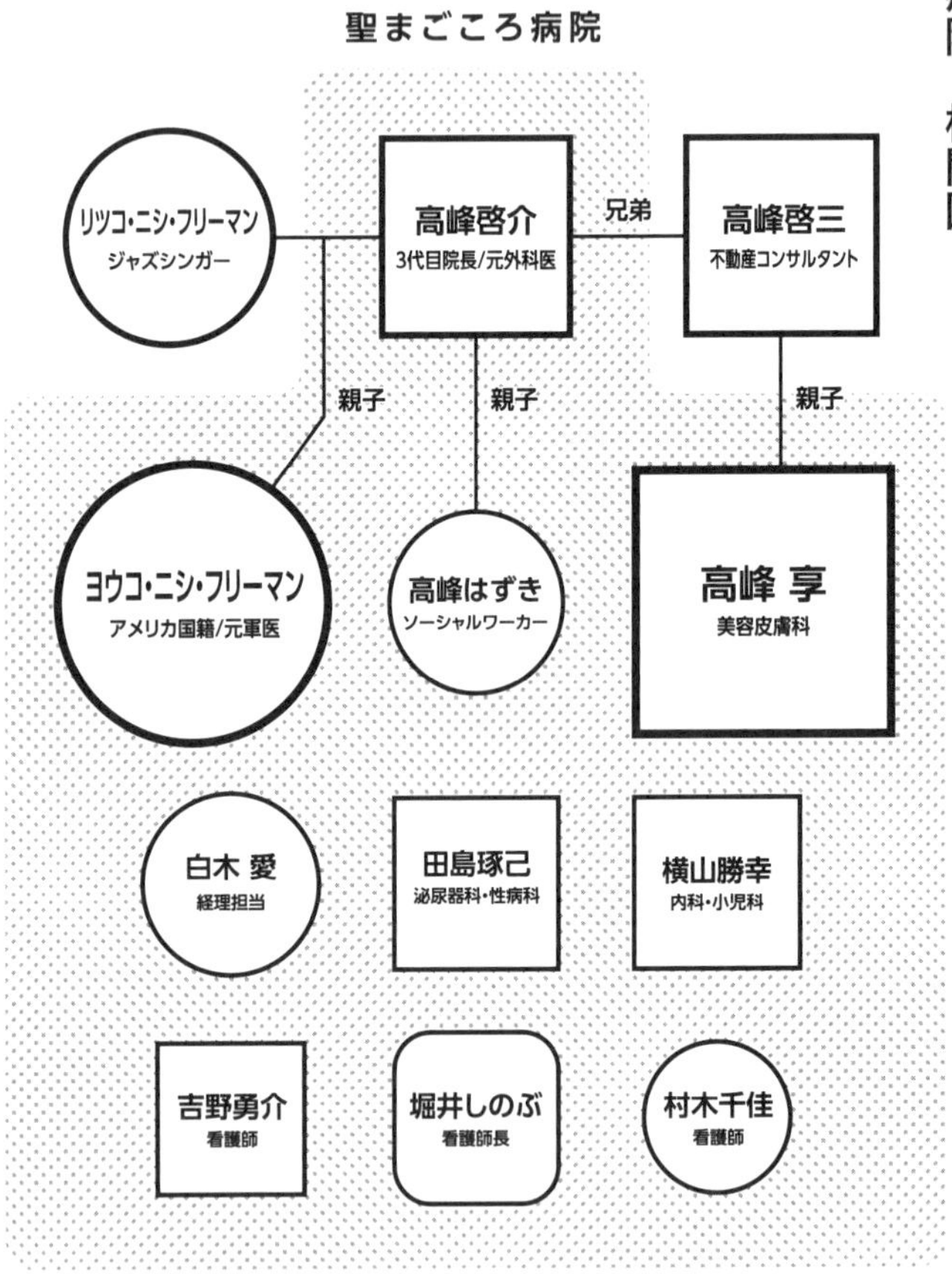
聖まごころ病院
リツコ・ニシ・フリーマン
ジャズシンガー
高峰啓介
3代目院長/元外科医
兄弟
高峰啓三
不動産コンサルタント
親子
親子
親子
ヨウコ・ニシ・フリーマン
アメリカ国籍/元軍医
高峰はずき
ソーシャルワーカー
高峰 享
美容皮膚科
白木 愛
経理担当
田島琢己
泌尿器科・性病科
横山勝幸
内科・小児科
吉野勇介
看護師
堀井しのぶ
看護師長
村木千佳
看護師

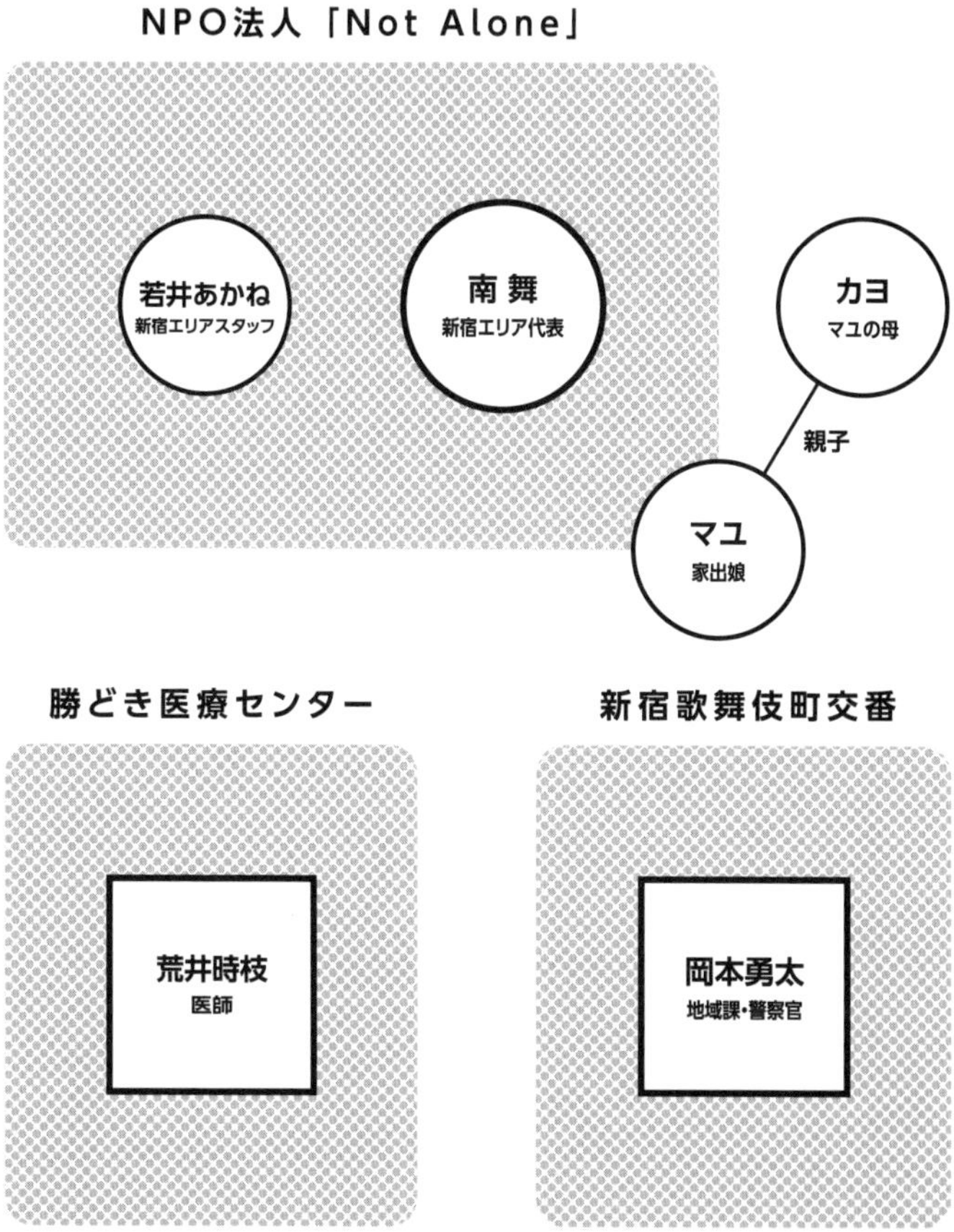
NPO法人「Not Alone」
若井あかね
新宿エリアスタッフ
南 舞
新宿エリア代表
カヨ
マユの母
親子
マユ
家出娘
勝どき医療センター
荒井時枝
医師
新宿歌舞伎町交番
岡本勇太
地域課・警察官

まえがき

宮藤官九郎

宮藤です。

今まさに最終話を脱稿しました。全11話。長かったけど楽しく書けました。

「脱稿したら飲みに行きましょう」と言ってくれた仲野太賀くんに「脱稿したよ」とメールしましたが、返信ないです。スケジュール表を見たら、第8話のシーン18、NPO法人『Not Alone』（226ページ）の撮影中みたいです。

めちゃめちゃ集中してるわ。ごめんなさい。

俳優もやってるので、脚本家にしては演者との距離が近いほうかもしれません。でも、それに甘んじてはいけないと常々思っています。僕にとって、ついさっきまで太賀くんは『高峰とおる』だったし、タクシー車内で小池栄子さんのCMを見かけたら「お、ヨウコ出てる」だし、平岩紙さんなんて20年以上前から知ってるけど今は『高峰はずき』でしかない。

スタッフに対しても然り。だから20代の頃に俳優として出会った河毛監督や澤田監督にとっては、少々やりづらい脚本家だったと思います。まだ30代の野田プロデューサー、清矢監督はおそらく、俺のこと、もっと大御所だと思ってただろうな、とか、色々な思いが今、頭の中を駆け巡っている、脱稿2時間後の私です。

河毛さんから「歌舞伎町で『赤ひげ』を」というお題をいただいたのが3年前。なかなか脚本に着手できず、ひたすらネタ出しと相関図を補強する作業が続いた。いつ書くんだ?って思われてるよなぁ絶対。俺も思ってるし。平静を装って歌舞伎町を取材し、病院を取材し、河毛さんから張り気味の声で「台本、お待ちしておりまーす!」と言われたのが23年末。1月期のドラマが手を離れ、今年の2月からようやく書き始め、最終話まで走り続けられたのは、臨床医師の皆さんが提供してくださった現場エピソードの数々のおかげです。全部面白いので、全部使わせていただきました。妊娠を隠したまま倒れ、搬送された女性に聴診器を当て「心臓が2つある!」って、脚本家は絶対に思いつきません。陰茎切断!? そんなのドラマでやっていいの? オーバードーズや飛び降りなど、笑いごとじゃない事故を、あくまでコメディとして描くことが出来たら無敵だ。出来たかどうかはともかく、チャレンジした自分は、まだまだ捨てたもんじゃないと思う。小池栄子さんにヨウコ・ニシ・フリーマンという強烈なキャラクターを憑依させることが出来たし、すべての登場人物を、愛情を持って描くことが出来た気がする。

本作のテーマは『平等』です。２０２０年、新型コロナウイルスが蔓延し、平等の尊さと、平等の無慈悲を同時に感じました。皮肉なことに私たち現代人は、病気を前にしてしか平等を実感できないのだな。そして、病気になったら平等に医療を受けられるこの国の保険制度、改めて素晴らしいな。

太賀くんからメール返ってきました。「おおー！　おつかれ様です！　撮休とかに、お疲れ会やりましょう！」ああ、嬉しい。でも、撮休は休んでほしい。

#1

聖まごころ病
診療案内
外科・内科・小児科
泌尿器科・性病科
診療時間
午前九時～十二時
午後一時～五時
日曜・休診
救急は二十四時間受付
聖まごころ病院

1　**歌舞伎町・雑感**（ｉＰｈｏｎｅ&自撮り棒で撮ったクリアな映像）

ドン・キホーテ前の喧騒。横断歩道を渡る、奇抜なファッションの若者たち。

ＴＯＨＯシネマズ横に立つコスプレのガールズバー店員。

海外に向け、生まれ変わった歌舞伎町をアピールする主旨の動画。若い女性（南舞《みなみまい》）による英語ナレーション。

英語Na　「（字幕）ここは新宿歌舞伎町。東洋一の歓楽街です。近年、健全かつ衛生的な若者の街として生まれ変わり、キャバクラ、ホストクラブ、ガールズバー、その他、合法的な風俗店が軒を連ね、誰でも安心して遊べます」

突然フレームインしてくる屈強なアメリカ人男性。

2　**歌舞伎町の道**

南　「あらゆる人種が集い…」

米国人　「Hey! Japanese girl」

自撮りしていた南舞（26）スマホを下ろす。

米国人　「Who do you think's gonna win?（字幕・どっちが勝つと思う?）」

通りに面したスポーツバーの立ち飲みスペース。

アメフト選手と泥酔女、テキーラのショット対決。

「3、2、1、ＧＯ!」のかけ声で立て続けに5、6杯。

南　「…やば」

泥酔女　「Yeah! Super bowl!」

ボールを抱え走り出す泥酔女。男は酔い潰れ倒れる。

3　**再びｉＰｈｏｎｅ自撮り映像**

ｉＰｈｏｎｅのカメラを自分に向け語りかける南舞。

南　「あらゆる人種が集い…」

フレーム外から悲鳴と怒号が聞こえる。

額から血を流したホスト・マモルがフレームインして、

マモル「お姉さん、撮ってないで助けてよ！」

南「え!?」

4　歌舞伎町の道

割れたシャンパンの瓶を持った女が追って来て、

女「逃げんのかよ！　話し合うんじゃねえのかよ！
オイ！　姫だぞ！」

マモル「（南舞を盾に）こんな話し合いがあるかよ！
バカ女ぁ！」

5　聖まごころ病院・詰所

横山勝幸《よこやまかつゆき》（54）内科・小児科医。

横　山「（スマホで写真見せ）このコどうですか、田島
先生」

田島琢己《たじまたくみ》（39）性病科・泌尿器科医。

田　島「うーん、5人はいるでしょうね」

横　山「6人目!?　うわー、順番回って来るかなあ」

岡本勇太《おかもとゆうた》（35）新宿警察署・地域課・巡査。

岡　本「（指折り）メシ担当、買い物担当、エステ、家賃、
携帯料金…光熱費ですね、横山さん、光熱費担
当のパパ」

堀井《ほりい》しのぶ（50）看護師長が通りかかり、

堀　井「またパパ活？　やだやだ男って、そこまでして
モテたいか」

6　歌舞伎町の道

南「あらゆる人種が集い、あらゆる言語が飛び交う
歌舞伎町。周辺には大小5つの救急医療機関が
あり、24時間体制で皆さんの安全を…」

泥酔女がボールを抱え走って来て、南舞を突き
飛ばす。

泥酔女「Get out!」

救急隊員がストレッチャーを押して駆けつけ、

救急隊員A（以下救急A）「あーあーお兄さん、誰
にやられたの？」

マモル「自分でやったんだよ！」

救急B「今日どこもいっぱいだから、まごころになっ

ちゃうけど」

マモル　「（急に狼狽《うろた》え）まごころだけは勘弁してくれ！　まごころ行くくらいなら死んだほうがマシだ、殺してくれ！」

7　聖まごころ病院・詰所

田　島　「とおる君、ギャラ飲みとパパ活ってどう違うの？」

高峰享《たかみねとおる》（30）美容皮膚科医（非常勤）。

とおる　「（スマホから顔上げ）は？」

8　歌舞伎町の道

集積中のゴミの山に頭から突っ込む泥酔女。

泥酔女　「Yeah! Touch down! U! S! A!」

南舞、119番に電話して、

南　「救急車お願いします、ゴミの山におばさんが…だいじょぶ？」

泥酔女　「ZZZZZZ……」

9　聖まごころ病院・詰所

岡　本　「とおる君、港区女子とギャラ飲みの世界線にいるんだぁ」

横　山　「聞いてない、聞いてないな、誘われてもない」

とおる　「言ってない、言ってないし、誘ってませーん」

田　島　「愛車ポルシェだもんねぇ」

電話が鳴る。一瞬、会話途切れる。

田　島　「え、何人来て幾ら払ったの？」

とおる　「2人来て2万ずつ」

岡　本　「どうせタランティーノもスコセッシも知らない女っしょ」

横　山　「やれんの、それ、やれるパターンもあるの？」

とおる　「パパ活にも、やれないパターンあるでしょ」

横　山　「やれるパターンがない！　そんなパパ活はない！」

白木愛《しらきあい》（64）経理担当が電話に出て、メモ取り。

白　木　「ハイまごころ。30代男性、自称フリーのホスト…」

とおる　「…拒否で」

白　木　「頭部からの出血、意識レベルJCSで1桁」

とおる　「（やや強く）拒否で」

白　木　「すぐ回してください」

とおる　「白木さん！」

堀　井　「がんばろ、救急で稼がないと、経営厳しいんだから」

白　木　「目の前の救える命は救う、それが外科医の…」

とおる　「外科医じゃねえし」

白　木　「えっ!?」

とおる　「美容皮膚科、なんべん言わすんだよ、ここには麻酔の勉強で来てます外科医いませんけど！」

堀　井　「院長先生がいます、まだ飲んでなければ…」

とおる　「いい呼ばなくて！　拒否…あーあーなんかピーポーピーポーいってんなあ！」

10　同・外

サイレン。細い路地を救急車がバックで入って来る。

開業100年近い、老朽化した昔ながらの〝町医者〟風看板「外科・小児科・内科・泌尿器科・性病科…」の『外科』の文字にガムテープでバツ印が付いている。その横に『急募！　外科医求ム』の張り紙。

とおる　「ごめんなさい、外科いませーん！」

救急B　「応急処置だけでも、どこも受け入れ拒否なんです」

とおる　「うちも拒否で！」

もう一台、救急車がバックで入って来る。

救急A　「あー無理、出れませんね」

とおる　「…あーあーなんでだよ（戻る）」

11　同・処置室A

運び込まれるホスト。

看護師・吉野　「意識レベルJCS：20、血圧92／50、脈拍110、体温35・6」

田　島　「ううわ、耳までいってる、誰にやられました？」

マモル　「…自分で、やりました」

横　山　「自分でこんなことするのはバカだよ」

岡　本　「女だろ、どうせ、千葉か埼玉の！」

マモル　「茨城だよ！」

12　同・廊下

運び込まれる泥酔女。付き添う南舞。

堀　井「なに？　オーバードーズ？」
救急Ｃ「酒だけなんです、テキーラいっちゃったみたいで」
堀　井「急性アルコール中毒ね、処置室Ｂに突っ込んどいて」

13　同・処置室Ａ～Ｂ

白　木「坊っちゃん、なにビビってんの、止血！」
とおる「美容皮膚科なんです自分、シミとかほうれい線を消すのが専門なんでぇ！　田島先生」
田　島「無理無理、切ったり縫ったりは専門外」
白　木「包茎手術とかやったことないの？」
とおる「皮じゃない顔！　（岡本に）どこ行くの」
岡　本「外したほうがいいかなって、これ犯罪でしょ？外科医じゃねえのに手術しようとしてるし」
田　島「…レアケースだけど犯罪ではない」
横　山「女の子の気持ち次第、だと思う」
田　島「はい？」
横　山「パパ活かギャラ飲みか……それは女の子が決めることなんじゃないかな。男がパパ活のつもりでも『またギャラ飲み誘ってくださ～い』って言われたらそれはギャラ飲みなわけで、男が決めるなんて傲慢なんじゃないかな」
とおる「…それ、今、考えることかな？」
堀　井「…なんか意識悪くなってません？」
とおる「おーい！　分かる？（と、マモルの頬を叩く）」
反応が薄い、手首の脈を触ってみると、触れが弱く、
とおる「心臓マッサージしたほうがいいかな」
とおるがマモルの胸に手を当て、力を入れた瞬間、背後から何者かがタックルを喰らわせる。
堀　井「（視界から消えたので）とおる君!?」
床に倒れているとおる。腰に泥酔女が絡みついて、
とおる「え？　え？　ちょ、何？　このおばさん、離してっ！」
南舞が仕切りカーテンを開けて入って来て、
南　「ごめんなさい、その人の付き添いです」

とおる「……」
岡　本「あんたがやったの？」
南　「いえ、そっちじゃなくて、こっちの（と泥酔女を指す）」
泥酔女「ZZZZZZ……」

14　同・廊下

南　「NPO法人『Not Alone』代表の南と申します」
白木に名刺を差し出す南舞、とおるがサッと横取り。
南　「歌舞伎町のイメージアップと、外国人就労者の支援、女性に活躍の場を提供する運動を…」
とおる「肌がくすんでますね」
南　「はい？」
とおる「若いのにもったいない。今すぐサリチル酸ピーリングでワンランク上の美を…あ、申し遅れました、院長の甥で高峰亨《とおる》です（名刺出し）週3日、広尾のビューティークリニックで」
南　「……いいんですか？」
とおる「なにが？」
南　「心臓マッサージ」
はずきの声「もう結構ですよ～」
院長の高峰啓介《けいすけ》（72）、一人娘の高峰はずき（42）ソーシャルワーカーに押され、車椅子で登場。
はずき「あとはお父さんがやりますから、皆さんラーメン二郎でも召し上がっていらしたら？」
白　木「院長…」

15　同・処置室A

啓介、マモルの全身状態を見て、
啓　介「…バイタルは？」
吉　野「脈120、呼吸10、血圧は70の50」
啓　介「…なにが？」
田　島「バイタルです」
啓　介「…あそう、今朝は正常値だったんだけどなぁ」
堀　井「…いえ、あの、院長のバイタルじゃなくて…」
看護師・村木《むらき》「急速輸液、始めます」
ガーゼを外す。啓介、額の傷口をじっと見て、
啓　介「ホチキスだな」

とおる「え、麻酔は？」
啓　介「いらないと思う」
とおる「いやいや、痕残りません？」
スキンステープラーを握る啓介の手が激しく震えている。
堀　井「…院長、逆に一杯ひっかけたほうが、震えが…」
はずき「いいから、二郎行って来なさい、ほら、豚マシ脂マシマシ」
バチン、とホチキスを打ち込む啓介。
マモル「痛って！（目を覚まし）おい、おっさん何してんの…」
はずき「押さえて！」
横山が仕切りカーテンから顔を出し、
横　山「堀井さん、ちょっといいですか？」

16　同・処置室B

鼾《いびき》をかいている泥酔女に声をかける堀井。
堀　井「（韓国語）アニョハセヨ（中国語）ニイハオ（ポルトガル語）オラ！　オラ！」
泥酔女「（舌打ち）…Shit」
堀　井「アメリカ人です。Do you have any money?（お金持ってる？）」
泥酔女「……A little」
堀　井「In that case, get checked out at a proper hospital and use your money there.（だったら後で、ちゃんとした病院で診てもらいなさい、お金はそこで使いなさい）（白木に）所持金はゼロです」
白　木「嘘でしょ！　幾らか持ってるでしょ!?　出しなさい！」
南「見てていいですか？」
横　山「…急性アルコール中毒はゲロ詰まらせて窒息しないように見てるだけで、基本放置ですけど…」
カーテンの向こうからバチン！というホチキスの音と、それに伴いマモルの悲鳴が聞こえる。
マモルの声「痛ってえ！」
堀　井「院長は歌舞伎町の赤ひげ先生って呼ばれてるんですよ」
古い新聞記事が壁に貼ってある。
『三代続く歌舞伎町の赤ひげ』『救える命は救う』
堀　井「ホームレス、外国人、未成年者、分け隔てなく受け入れる病院は、ウチぐらいなんです」

マモルの声　「（バチーン！）痛ってえ！　やめてくれ！　顔は（バチーン！）痛ってえ！　痕が残ったら一生恨むぞ…（バチーン！）痛ってえ！」

はずきの声　「堀井さん！　ちょっと来て！」

堀井「はいはい大丈夫ですよ～」とカーテンの向こうへ。

南　「ちょっと、なにしてんの？」

岡本が泥酔女の所持品の革ジャンを物色している。

岡　本　「身元確認、住所分かんなかったら医療費請求できないから」

南　「でも個人情報…」

白　木　「慈善事業じゃないんでね、取れる時に取っとかないと」

岡　本　「所持金121円、それと…ゆで太郎のサービス券」

白　木　「保険証は？　持ってないの？　なんだ路上売春かよ」

南　「…あなたは!?　なにしてるの！」

横山がベルトを緩め、ファスナー降ろす。

横　山　「脱がします、締めつけるとよくないんで、よいしょ！」

白　木　「漏らしてないだろうね」

岡本、所持品のクッキー缶を開けようとする。

南　「やめて！」

白　木　「アナタこそ、部外者は立入禁止ですよ、外出て！（連れ出す）」

横　山　「…なんだコレ」

ヨウコのショーツに、英語表記の書類、パスポート、身分証が挟まっている（ジップロックに入って）。

17　同・廊下

南　「国籍とか、保険証の有無とか、それ以前に守られるべき人間としての尊厳があるはずです！」

白　木　「はいはい」と、南舞を無理やり外へ連れ出す。

治療を終え、出て来るマモル。その傷を仲間が嗤《わら》う。

「ハッシュタグみたいになってる」「#まもる（笑）」

マモル　「でも俺（女に）おめーのこと、守ったぜ」

女　「もー惚れ直しぃ」

18　同・処置室B

とおる「院長やっと帰った…どうかした？」
とおる、疲れ切って入って来て、
岡本「(身分証見せ) ヨウコ・ニシ・フリーマン」
横山「日系二世」
とおる「ARMY…アーミーって、軍人⁉」
ヨウコ「ZZZZZZ…」
3人「いやいやいや」
とおる「そっちは？」
岡本、もう一枚の書類を開き、
岡本「U、S、M、L、Eだって」
とおる「あれ？　なんだっけ、それ、大学で習った気がする、USMLE、何でしたっけ」
横山「昔過ぎて忘れちゃったよ（あくび）」
とおる「他なんか書いてない？」
岡本「いっぱい書いてるけど、ぜんぶ英語」
とおる「……Google使うか」
とおる『USMLE』と入力する
音声「UNITED STATES MEDICAL LICENSING EXAMINATION」
岡本「ん？　なになに？」
音声「UNITED STATES MEDICAL LICENSING EXAMINATION」
(字幕)『米国医師免許試験合格者』。
とおる「分かんない分かんない、早口すぎて聞き取れない」
背後でむっくり起き上がるヨウコに誰も気づかない。
南Na「(ここから日本語) 歌舞伎町の片隅にある、聖まごころ病院、またの名を…」

☆タイトル「新宿野戦病院」

19　歌舞伎町・駐輪場（明け方）

午前5時過ぎ。ゴミ捨て場で、カラスが浮浪者と残飯を奪い合っている、いつもの歌舞伎町の朝。

緑の蛍光ベストを着用した駐輪場の管理人、加地登《かじのぼる》（72）、散乱した空き缶、カップ麺の容器を拾い集めている。

20　聖まごころ病院・院長室

創始者陽一郎、2代目陽介の肖像が飾られている。
啓介入って来ると、とおると啓三《けいぞう》（62）が朝食を食べている。

とおる「おはようございます」
啓三「やあ兄さん、どうですか、コイツちゃんとやってますか」
啓介「俺の朝飯」
啓三「儲かるらしいよ、美容皮膚科、うちもリニューアルしようよ」
啓介「俺の朝飯！　おれのあさめし！」
啓三「兄貴のものは俺のもんだろ、昔から」
南Na「高峰家の次男、啓三さん。不動産コンサルタント」
啓三「実家で朝飯食う権利ぐらいあるわ、金貸してんだから」
はずき「今、作り直しますから」
啓介「いらん、気分悪い」
啓三「不動産登記、ウワモノはダダ下がりですけど、土地の評価は上がってますわ」
登記簿を突き出すが受け取らない白木。
白木「ここは売りません」
啓三「今売れば30億です」
白木「うっ…りません」
啓三「『うっ』って、白木さん分かってるでしょう。親父の代から経理みてくれてるもんねぇ、回ってないでしょう、ここ」
はずき「そんなことないわよねぇ」
白木「そんなこと…なくはないですよ、はずきさん、白木、すごく踏ん張ってますよ」
南Na「経理担当、白木愛さん、勤続40年の古株」
啓三「収支、前月比で20％アップしてるもんね、すごいすごい」
白木「…啓三さんのおかげです」
啓三「貸したんです、診察室、アダルトビデオの撮影に」
啓介「なに!?」
白木「もちろん休診日です」
はずき「だからって神聖な病院を…ありえない！」

思わず車椅子から立ち上がる啓介。

啓介「なぜ黙ってた！　白木くん、なぜ報せてくれなかった！　どこのメーカーだ！　主演女優は誰

白木　だ！　セルか！　配信か！」
啓介　「……確か、そ、そふと、おんで」
「SODだと!?　うわマジか、時間が止まるシリーズだ、絶対そうだ畜生」
啓三　「兄貴、立っちゃってるよ」
啓介　「立ってない、立ってる、立てないとは言ってない（座る）」
啓三　「（とおるに）パワポ。視覚的に理解しましょう」
とおる、巨大TVでパワーポイントを立ち上げ、啓三、カーテンを閉め部屋を暗くする。
とおる　「今この病院を売却して①ホストクラブを開業した場合、利益は増え続け2年後には約3億の黒字が見込めます。②更地にして駐車場にしたら～まあプラマイゼロすかね～」
啓三　「ちなみに売却せず、病院として営業を続けると2年後には、ハイ白木さん、幾ら？」
白木　「（画面見て）3千万…」
はずき　「よかった、駐車場よりはマシなのよね」
啓三　「よく見ろ、マイナス3千万だ、赤！　大赤字！」
赤いグラフが下に向かって伸びている。
啓介　「金じゃない！　駐車場で…人の命は救えない」
啓三　「なにキレイごと言ってんだよアル中ジジイ。歌舞伎町の赤ひげ先生なんて、せいぜい親父の代までだろ。安かろう悪かろうだよ。見ろネットの口コミでは、星1・5です」
啓介　「美容皮膚科なんか、俺に言わせりゃ医者じゃないんだよ」
とおる　「伯父さん。これからの医療ってビジネスなんです。大学でそう教わりました。ビジネスは発展させなくちゃ意味がない」
啓介　「何が言いたい？」
啓三　「とおるを院長に『歌舞伎町ビューティークリニック』を開業すれば2年後の収益はドーン！…なんだ？」
堀井が、背中で照明のスイッチを押していた。
堀井　「あっ、すいません。あの、女性が…目を覚ましました」
白木　「急性アル中の？　じゃあ帰ってもらって」
堀井　「それが…警察呼んでくれって」
とおる　「…あの野郎！」

21　公園

自転車で病院へ向かう岡本。

岡本「未成年者はお家に帰ってねー」

家出少女サラとリナ、縁石に座ってスマホ見ている。

サラ「うざーい、岡本ー、こっち見んな」

リナ「病むー」

岡本「…タランティーノもロドリゲスも知らねえガキが」

勤務明けの加地、少女に菓子パンやおにぎりを与える。

加地「朝ごはん、一緒に食べよう」

「ありがとー」「やさしーいー」と歓声が上がる。

22　聖まごころ病院・病室

ヨウコ、看護師に寄り添われ、怯えている。

堀井「…意識を失ってる間に、襲われたって言うんです」

はずき「(とおるに) そうなの?」

とおる「…勘弁してくださいよ、誰がこんなおばちゃん…」

ヨウコ「Don't! Don't! touch me!」

はずき「ソーシャルワーカーの高峰です、状況を聞かせてください」

堀井「(訳す) This is Takamine, a social worker…」

ヨウコ「When I woke up…My jacket had been taken off…and my pants were pulled down…」

堀井「(訳す) 目が覚めたら…上着を脱がされ…ズボンを下ろされて…いました」

はずき「運ばれて来た時のことは覚えてる?」

堀井「(英訳する) Do you remember anything about when you were carried in?」

ヨウコ「(首を振り) Not a thing」

はずき「(カルテ見て) テキーラ30杯飲んで、急性アルコール中毒で倒れていたんですって、ゴミの山に突っ込んで」

堀井「(英訳する) It says that you drank 30 shots of tequila, and was found passed out by the dumpster with acute alcohol poisoning」

ヨウコ「(日本語で) 恥ずかしいけん、小さい声でお願いします」

堀井「Ｓｏｒｒｙ…」

とおる「いやいや、喋れんじゃん日本語!」

ヨウコ　「ネエサン英語で喋ってくるけぇ英語で答えるじゃろ！」
堀　井　「…岡山弁です」
ヨウコ　「警察呼んでぇやぁ、警察来るまで、ワシ喋らんけぇな！」
岡本、いつの間にかヨウコの傍にいて、
岡　本　「おばさ～ん（ニヤニヤ）もしかして覚えてねえの？」
ヨウコ　「POLICE！　セイカガイ！　男性！　こいつ性加害！」
横　山　「岡本っちゃん動画撮ったよね、見せてやってよ」
ヨウコ　「NO、それ、セカンドレイプじゃが！」

23　同・処置室B（回想・数時間前）

とおる　「分かんない分かんない、早口すぎて聞き取れない」
むっくり起き上がるヨウコ、近くにあった聴診器を握り、背後からとおるに飛びかかり首を絞める。
横　山　「え、なに!?　なにしてんの!?」
引き剥がそうとする横山の腕を捻り上げ、とおるの手に噛みつくヨウコ。
とおる　「痛い！　痛い！　痛い！」

24　同・病室（回想戻り）

岡本の声　「ゾンビ！　ゾンビ！　ロメロっぽい！」
3人がかりで押さえつけるがブリッジではね返すヨウコ。
岡本の声　「エクソシスト！　エクソシスト！」
ヨウコ　「…これ、ウチじゃぁないです」
とおる　「アナタです、間違いなく、5、6時間前のヨウコさん」
横　山　「なんでもいいから、酔いが覚めたら精算して帰ってください」
はずき　「深夜加算でプラス4800円、1万5800円」
ヨウコ　「安っ！」
岡　本　「121円しか持ってねえくせに」
はずき　「…だったら（ため息）後日必ず支払いに来てください」
ヨウコ　「…Fine、I will pay you later.　ぜってえな！」

とおる「どうせ来ねえよ」
ヨウコ「What!?」

25 同・院長室

白木、啓三、啓介。
啓三「白木さん、もう何カ月給料もらってないの？」
白木「…お、お金より尊いもの、白木、いただいてますから」
啓三「お金の尊さ、忘れちゃったってさ（笑）経理担当。だいたい聞いたことねえよ、外科医のいない救急病院なんて」
啓介「黙れ！　外科医なら私がいる」
指差した手が、尋常じゃなく震えている。
啓三「ジジイしかいねーから問題なの！　せめてはずきちゃんが…」
はずき、入って来て、
はずき「私がなんですか!?」
南Na「院長の一人娘、はずきさんは…」
はずき「私が5浪した挙げ句、医大受験を諦めてなければ？　外科医になるか、せめて外科医と結婚してれば？　すいませんね私が行き遅れたばっかりにここ駐車場になるんですって！」
南Na「全部言ってくださいました」
啓三「期限決めましょう、今月中に外科医が見つからなかったら、ここ、競売にかけるか、美容クリニックにするから！」
啓介「…外科医が見つかったら続けていいのか」
啓三「どうぞどうぞ、ぜってえ無理だけど（去る）」
啓介「…くそ」
ウイスキーに手をのばす啓介。嘆くはずき。

26 歌舞伎町・点描

蛍光ベストを身につけ駐輪場の掃除をする加地。

裏通り。路上売春の女性が等間隔で立ち、男たちが近づき、短い交渉が成立すると連れ立ってホテル街へ。

それらの喧騒を抜けるとおる、地図アプリが示す方向へ。

『Not Alone』の軽自動車が止まっている。

27　NPO法人『Not Alone』

居抜きのオフィス。丸テーブルで少女の相談に乗っている南舞に、スタッフの若井《わかい》あかねが、

あかね「舞さん、なんかチャラチャラした人が来てるけど」

入口に立っているとおる。

とおる「ここは、サロンですか？」

南「無料で相談に乗ってるんです、トー横界隈の家出少女とか、風俗嬢の金銭トラブルとか、（少女に）お医者さん」

少　女「えー、じゃあ眠剤ちょうだいよ」

あかね「コラッ」

南「外国人の方にも開放してるんです」

離れた席では外国人がスタッフと談笑。

南「旅行者、労働者の情報交換から、ホームレスの支援、難民申請のサポートまで、困ってる人に手を差しのべる活動を…」

とおる「なんでこんなことしてるんですか？」

南「…はい？」

とおる「あ、いや、否定的な意味じゃなく、すげえなと思って。キレイごとじゃ済まないじゃないスか、アイツら平気で裏切るし、踏み倒すし、開き直るし逃げるし、虚しくねえかなって」

南「高峰さんにとって、この社会は平等ですか」

とおる「…え？」

南「だとしたら虚しいでしょうね、なんで自分だけって思うでしょうね。でも、私にとって、社会は平等じゃないから、虚しくないんです」

28　聖まごころ病院・詰所

とおる「どういう意味っすかね」

とおる、横山、田島、堀井、岡本。

とおる「平等ってことになってますよね、少なくとも日本は、貧乏人の命も、金持ちの命も」

堀　井「アメリカは違うんでしょ」

横　山「保険の額もまちまちだし、医療費は病院によって違うし」

岡　本「どういうこと？」

横　山「仮に岡本くんが性病にかかったとするね」

堀　井「やだぁ」

岡本　「…仮なら風邪でよくないですか？」
横山　「性病科の専門医、田島先生は1万円です」
田島　「並の内科医、横山先生は3千円です」
横山　「おい」
岡本　「選べるんだ」
田島　「選べない、保険の種類によるけど」
横山　「患者の収入によって保険も松竹梅あるわけ、岡本くんは梅だから選べない」
岡本　「なんで決めつけるんですか」
田島　「梅の岡本くんは並の横山先生しか選べない」
横山　「おい」
岡本　「性病じゃなくて風邪だったら？」
横山　「風邪で病院なんか行かないよ、医療費バカ高いんだから」
堀井　「…ね？　みんなちょっとずつ、嫌な気持ちになったでしょ、それがアメリカ、資本主義、やだやだ」
と、奥へ行きカーテンを閉める。
横山　「あれ？　なんの話だっけ」
とおる　「もういいっす、ここで話す話題じゃなかった」
田島　「確かにあのNPOの子、レベル高かったね」
とおる　「でしょ？　勿体ねっすよ、クソ可愛いのに。港区女子でも上位に食い込むスペック持ってんのに歌舞伎町でNPOって」
岡本　「あの人、男…だよね」
とおる　「え、なに、だれが？」
岡本　「婦長さん」
田島　「堀井さん？」
横山　「…岡本くん、なに言ってんの今さら」
岡本　「いや確認、本人に聞くわけにもいかないから」
横山　「女性だよ！」
田島　「(同時に) 男でしょ』
岡本　「…え、どっち？」
横山　「女性ですよ、女性、失礼だよ君ら」
田島　「いや、男性だと思いますけど」
横山　「女性、絶対、ダメよ今、そういうのいちばんマズいんだから」
田島　「ジェンダーハラスメント」
岡本　「だから聞きづらくて、とおる君どっちだと思う？」
とおる　「…それ今じゃなきゃダメかな」
カーテン開き、堀井がブラの食い込みを直しつ

つ、

堀　井「コンビニ行って来ま〜す（と去る）」

横　山「女でしょ？　どう見ても」

田　島「男にしか見えないけどなあ」

横　山「やめてよ自信なくなってきた」

とおる「どっちでもよくないすか？」

横　山「どっちでもよくはない」

とおる「…あ？　そう言えばこないだ」

××××××××××

フラッシュ（回想）病室。

ヨウコ「ネエサン英語で喋ってくるけぇ英語で答えるじゃろ！」

××××××××××

岡　本「そうなの！『ねえさん』て言ったの！　それ聞いてから、なんかモヤモヤしてぇ」

田　島「下の名前なんでしたっけ？　堀井〜」

出勤表を見ると『看護師長・堀井しのぶ』。

とおる「…どっちもあり得る」

電話が鳴り白木が出る。

横　山「…堀井さんの気持ち次第だと思う」

白　木「もしもし、まごころです」

横　山「男か女か…それは堀井さんが決めることで、俺たちが決めるなんて傲慢なんじゃないかな」

とおる・田島・岡本「いやいやいやいや」

白　木「50代男性、ラブホテルで緊縛プレイ中、縄が解けなくなって右肩関節脱臼」

とおる・横山・田島「拒否で」

29　駐輪場近くの道（夜）

中東系の大柄な男性・ムハマドが自転車を乗り捨てて行く。

加　地「そこだめよ、駐輪禁止、有料の駐輪場、とめて」

ムハマド「（片言で）すぐ、コンビニ寄るだけ、ちょっとだけ」

背後でガンガンという音。振り返る加地。その隙に自転車を放置して逃げるムハマド。

××××××××××

加　地「!?」

フードで顔を覆った黒ずくめの男数名が、駐輪場の精算機を破壊している。

加　地「お、おい！　なにやってんだ！」

バールやゴルフクラブで殴りかかる暴漢。

××××××××××

警備会社の社員と雇用主、岡本による検分。
精算機はこじ開けられ、現金を奪われた形跡。

警備「バーナーで焼き切られてる、計画的ですね」
岡本「やってらんねえな、加地やん、まごころ行くか」
加地「…首振る」
警備「違法駐輪の外国人もグルだったんでしょうか」
雇用主「加地さんちょっと（手招き）」
しょんぼりと、雇用主について行く加地。
岡本「（慰めるように）軽いケガで済んでよかったよ」
解雇を告げられ、うな垂れる加地。
雇用主「…何かあってからじゃ遅いし…実際あったわけだし」
加地「……」
雇用主「申し訳ない、これ、炊き出しの案内（と冊子渡す）」

30 **聖まごころ病院・院長室**（日替わり）

とおる、入って来ると、啓介と白木の対面にヨウコ。

白木「救世主が現れましたよ」
とおる「…は？」
啓介「これ、何だか分かんなかったんだって？」
啓介の手にUSMLEの証書など書類とID。
ヨウコ「（ゆっくり）UNITED STATES MEDICAL LICENSING EXAMINATION」
とおる「（書類をめくり）…え、医師免許…おばさんが!?」
啓介「しかも軍医だそうだ」
とおる「いやいやダメ、こんな危険人物！　診療費、払えよ、時間外加算込みで1万5800円」
ヨウコ「（立ち上がり、威圧的に睨みつける）」
とおる「なんだよ」
財布から、ゆで太郎のサービス券を出すヨウコ。
とおる「ナメてんのか」
啓介「日本、来るの初めて？」
ヨウコ「…Yeah（英語混じりの岡山弁）生まれたんはNew Orleansじゃ、3歳ん時、母がDr.フリーマンと結婚した。14歳でCalifornia。初体験は19歳じゃ、28歳でMedical License取って13年間、アメリカの軍隊病院で働いとったわ」

とおる「初体験、聞いてねえけど」
ヨウコ「2コ上の先輩の部屋でじゃ」
啓介「お母さん、岡山の人?」
ヨウコ「おきゃーま、もんげー地元」

31 同・詰所

はずき、横山、田島、堀井、白木。

はずき「軍医? あの女が? アメリカの!?」
白木「専門は外科だそうで。もう、なんというか、驚き桃の木、白木です、ハイ」
横山「外科さえいれば、手術も出来る、歴とした二次救急だ」
堀井「しかも天才女性医師となれば…」
はずき「天才とは言ってませんよ」
堀井「天才でしょう、天才じゃない女医なんていませんよ」
横山「日本人でアメリカの軍医って、相当優秀じゃないと資格取れないし、特殊な訓練も受けてますよね」
はずき「お父さんは、なんだって?」
白木「はい、それが…」
田島「アメリカの資格持ってるからって、日本で医療行為できます?」
白木「それ」

32 同・院長室(回想)

啓介「…ダメだね。どんなに腕が良くても、日本で資格取り直さないと。どれくらいかかるかね」
とおる「国家試験に合格して、臨床研修を2年やって…」
白木「あー待ってらんない、もう駐車場です」
啓介「私は待ってるから、資格取ったらいらっしゃい」

33 同・詰所(回想戻り)

白木「…って出て行きました、院長、ジャズ研の集まりがあるって」
堀井「…なんだ、ぬか喜び」
田島「無免許か、知らなかったじゃ済まされないしね」
はずき「待つって、院長が言ったんですか?」
白木「待てるもんですか、2年も、本当に応募来てないんですか？」
とおるが来て、着替えながら、
とおる　「来るわけねっしょ、まともな医者がこんな場末の病院に」
横山　「優秀な人材は給料いい所に持ってかれるからね」
はずき　「……」

34　NPO法人『Not Alone』

炊き出し（シチューとおにぎり）に手をつけない加地。
南　「求人があったら連絡しますので、ここに連絡先を…」
あかね　「どうぞ、温かいうちに食べてください」
奥で外国人が、シチュー食べながら若いスタッフと談笑。
南　「焦ることないですよ。生活保護って、どうしてもネガティブなイメージありますけど、国民の正当な権利ですし外国では…」
加地　「（遮り）ここは日本です」
南　「…え？」

35　道

風呂セットを提げ、早足で歩く加地、殺気立っている。

ホスト、ガールズバーの客引き、外国人観光客に阻まれイライラを募らせる。手には焼酎の紙パック。

加地　「……」

裏通り、買春目当ての男にぶつかる加地、募るイライラ銭湯の前。『刺青のお客さまはお断りします』の張り紙を今まさに貼っている。

ちょうどムハマドが自転車で通り過ぎる。

×××××××××

フラッシュ（回想）駐輪場強盗。

警備　「違法駐輪の外国人もグルだったんでしょうか」

×××××××××

加地　「……」

36　NPO法人『Not Alone』・中

ヨウコ、アメリカンドッグを手にあかねに詰め寄り、

ヨウコ「Why is this called an American dog?（なんでこれがアメリカンドッグなの？）」

あかね「…はい、アメリカンドッグです」

ヨウコ「No! It's corn dog!（違う、これはコーンドッグ）」

あかね「…アメリカンドッグだもん（泣きそう）」

37　公園

銃声。家出少女リナが驚いて、クレープを落とす。

38　聖まごころ病院・詰所

電話に出る白木。

白　木「もしもし…はい、70代男性…急性アルコール中毒」

医師たち「拒否でー」

堀　井「受けましょ、暇だし、塵も積もればですよ」

とおるのスマホに『舞ちゃん』。

39　NPO法人『Not Alone』・前（随時カットバック）

南「もしもし！　あの、なんて言うか…大変なんです！」

軽自動車の傍で悶絶しているムハマド、腹を押さえたタオルが血まみれ。

南「怪我人です、お腹から血が出てて…とにかく来てください！」

とおる「僕、外科じゃないんで…救急車よんでください」

南「ダメなんです！」

とおる「だめ？」

南「難民申請が通らなくて彼、病院行ったら、そのまま強制送還されちゃうから…？」

ヨウコがアメリカンドッグを手に出て来て、ムハマドの顔と、容態を見て、

ヨウコ「……」

40　聖まごころ病院・外

救急隊員が泥酔状態の加地を救急車から降ろす。

岡　本「あーあー、誰かと思えば加地やん（近づき）酒臭っ」

とおる「点滴して、処置室に寝かしといてください」

『Ｎｏｔ　Ａｌｏｎｅ』の軽自動車、助手席から南舞降り、

南「とおるさん！」

とおる「舞さん！（駆け寄る）」

後部座席から、ムハマドを抱えヨウコが降りる。

とおる「なんで!?」

ヨウコ「Help me carry him! Hurry up! Hurry up!!!（運ぶの手伝って！　急いで！）」

41　同・処置室A〜B

処置ベッドにのせられたムハマド。

加地はストレッチャーごとカーテンの向こうに。

ヨウコ「Gunshot wound」

堀　井「（訳す）銃創、ピストルで撃たれたそうです」

一　同「ええ!?」

とおる「診たことあります？」

田　島「ないない、あるわけないだろ、初めて」

ヨウコ「Cut off his clothes」

岡　本「ううわ、歌舞伎町、怖っわっ！　あいつらだ、駐輪場襲った奴ら、窃盗団、ううわ、怖っわっ！」

横　山「怖っわ！　じゃないでしょ、発砲事件！」

岡　本「やだよ、今日、非番だもん」

横　山「（電話かけている白木に）院長は？」

白　木「…ダメ、出ません」

村　木「橈骨動脈《とうこつどうみゃく》、触れ弱いです」

とおる「心臓マッサージの準備して…」

ヨウコ、腹部エコー当てながら、

ヨウコ「なんしょん！　We need to control the bleeding first! What's the point of doing CPR for hemorrhagic shock from penetrating trauma, it's gonna cause more bleeding.（止血が先！　穿通性《せんつうせい》外傷の出血性ショックに心臓マッサージは無駄！　余計に出血する！）」

堀　井「……」

××××××××

フラッシュ（回想）同じく処置室A、冒頭のシーン

とおる「心臓マッサージしたほうがいいかな」

背後からヨウコがタックルを喰らわす。

××××××××××

堀井「…あれ、わざとやったのね」

とおる「…え…なにが？（見て）あっ、やってる！」

モニターの表示は（血圧80／40、脈拍130）。

ヨウコ「Permissive hypotension. Blood pressure at this level should help prevent excessive bleeding. Do some blood test and get ready for an emergency transfusion! And, you! Intubation and anesthesia!（パーミッシブ・ハイポテンション、これくらいの血圧のほうが余計な出血が防げる、採血して緊急輸血の手配！あとアンタ挿管と麻酔して！）」

とおる「……なんかすげえ怒られた（涙目）」

ヨウコ「If you're not gonna do it, then I will!（あんたがやらないなら私がやるわ！）」

白木「え、やるの？」

ヨウコ「Bystanders out!」

堀井「部外者は外へ出て、手伝うなら黙って動いて。お願いします」

田島「おいおい、いいのかよ」

横山「患者次第でしょう」

横山、手指の消毒をして、

横山「こんなに苦しんでる人を前にして、外科とか内科とか言ってらんないよ、やるかやらないかは患者の状態が決めることで、医者が決めるなんて傲慢でしょう」

42　ジャズ喫茶BUG

バーボンを飲みジャズのレコードに聴き入る啓介。壁にジャズシンガーRitsco（リツコ）の写真。

曲『LOVE PAIN』（オリジナル）

リツコ♪Call me a doctor

♪This heartbreak is killing me

字幕♪お医者さんに電話して

♪愛の痛みで死んじゃいそう

啓介「……」

××××××××××

イメージ（回想）ピアノ横で歌うリツコ。

リツコ　♪ Call me a doctor

♪ These pills won't help me get any sleep

字幕　♪ ドクターに電話して

♪ 薬を飲んでも眠れない

43　聖まごころ病院・処置室A

吉野「輸液全開で500cc入りましたが血圧60に下がってます！」

横山「（エコー当てながら）脾臓《ひぞう》周囲の液体貯留も増加してる」

堀井「ショックが進んでます！」

田島「このへんで三次救急の病院、片っ端から当たるか」

ヨウコ「NO, we are not moving the patient.（NO、転院はしません）」

とおる「ここじゃ手術できないっしょ、救命センターでカテーテル手術すれば臓器は…」

ヨウコ「（岡山弁）時間がねんじゃぁ！　死んだら元も子もねかろーが！　ここは、Damage Control just ERL and stop the bleeding!（とりあえず開腹して血を止めるのが先決！）」

田島「…ダメージコントロール」

横山「とにかく大学病院に…」

ヨウコ「NO！」

南「大学病院はダメです」

とおる「あ、そうか、難民じゃないんだ、この人、オーバーステイ」

南「仮放免の更新ができてないんです、見つかったら…入管に収容されます」

とおる「強制送還されたら？」

南「殺されます」

ヨウコ「……」

44　ジャズ喫茶BUG

啓介「（サックスソロ聴いて）……コルトレーンはいいねぇ」

マスター「これ、ジャズ研の本多くんですよ」

啓介「あそう？　分かんなくなっちゃった（笑）お代わり」

携帯鳴ってるがジャズにかき消され聞こえない。

45　聖まごころ病院・廊下

白木は啓介に、岡本は警察署にそれぞれ電話。

白木「……もう院長、出てください！　お願い！」
岡本「そうです、あのまごころです。お腹を撃たれて…え？（白木に）通報あったって」

46　公園

刑事の柳井《やない》が家出少女の聞き込みをしている。

サラ「バーンてえ〜、遠くでバーンてえ音がしてぇ、うわっ！　てクレープ落としちゃって、これがそのクレープです（指す）」
柳井「……どっちの方向か分かんないかな」
サラ「え〜？　あっち？　あっちからバーンてぇ」
リナ「パーンじゃね？」
サラ「クレープ、拾っていいですかぁ？」

47　聖まごころ病院・処置室A

ヨウコ「Maintain this blood pressure!（血圧、維持して！）」
とおる「はい！」
ヨウコ「It can be borderline.（血圧はギリギリでいいから）」
堀井「点滴、ポンピングしましょうか」
ヨウコ「ネエサン！　It's gonna flow the blood and make it even less likely to clot.（血がサラサラになって固まりにくくなるから）」
堀井「…すいません」
ヨウコ「（岡山弁）心臓は止めるな、血ぃ止めるんじゃあ！　それがDamage Control」
田島「ダメージコントロール」
ヨウコ「（岡山弁）いちいち繰り返すなぁ、anesthesia!」
とおる「麻酔ですよね、してます！　まだ効いてないんです」
ヨウコ「There's no time! Scalpel.（時間がない！）（オペ開始）」
とおる「ええ!?　うわー！　うわー！」

ムハマド、痛すぎて絶叫。

××××××××××

腹部から大量の血をガーゼでかき出すヨウコ。

横山「(目をそむけ)軍医とは言え、荒っぽいな」

堀井「でも、やってる感がすごい、ハンパないです!」

横山「やってる感?」

田島「だって、やってるからね」

ヨウコ「あ…」

横山「…え、今のなに? 『あ』っていうの、気になる」

とおる「なんで俺が…シワをなくしたり…唇をぷるぷるにするのが専門の俺が…こんな…」

ヨウコ「BINGO!」

××××××××××

摘出した臓器をとおるに渡す。

とおる「なんか渡されましたぁ!」

ヨウコ「(オペしながら英語で尋ねる) How's the other patient?」

堀井「(訳す)もう一人の急患は?」

横山「急性アルコール中毒でしたので、安静にしてます」

ヨウコ「Have you checked for head trauma? A CT scan?(頭打ってないか調べた? CT検査は?)」

48 同・処置室AとB

田島「これ…血腫じゃないよね」

画像を見ている横山、田島の背後に、啓介が立ち、

啓介「急性硬膜外血腫《きゅうせいこうまくがいけっしゅ》だね」

横山「院長…(酒臭い)」

啓介「目に見える出血は止めればいい。本当に怖いのはこういう見えない場所、体内の出血なんだね」

加地を囲んで、途方にくれる医師たち。

田島「(横山に)…どうします? 瞳孔不同《どうこうふどう》も出てきている」

とおる「脳外科、素直に三次救急、当たりましょうよ」

横山「でも、受け入れ先見つかるまで放置するわけにも(啓介を見る)」

啓介「私は無理よ、コルトレーンとジャズ研の本多くんの区別もつかないんだから(笑)」

堀井から事情を聞いたヨウコ。

ヨウコ「Emergency burr hole.(緊急穿頭)」

啓介「できる?」

ヨウコ「(英語で答える) If it's for an emergency craniostomy to remove a hematoma to delay the progression of a brain hernia…」

堀井「（訳す）脳ヘルニアの進行を遅らせるための一時的な穿頭血腫除去術《せんとうけっしゅ》なら…」

啓介「……」

ヨウコ「I've seen it done in "Code Blue"」

堀井「（訳す）『コード・ブルー』で見たことあります」

とおる「やめましょうよ！　そんなの、不安しかない」

ヨウコ「I became a military doctor to save as many lives as possible.（目の前の救える命を救うために、私は軍医になりました）ドリルあるか？　おっさん」

啓介「…おやじのドリルが確かあったぞ、麻酔の準備ね」

とおる「やんの？　いいのか……（加地の腕をまくり）!?」

加地の手首から上、和彫の刺青が覗く。

堀井が肌着をハサミで切ると上半身にびっしり龍の刺青。

一同「……」

ヨウコ「Cool！」

49　同・廊下

南舞、はずき、柳井、岡本、白木。

白木「野口一家って…」

柳井「いわゆる反社ですね」

岡本「え？　知らなかった？　加地やんコレ（ヤクザ）」

柳井「おい（たしなめ）元構成員で前科がありました」

50　大久保・加地登のアパート

警察による家宅捜査が行われている。額装されている野口一家の集合写真。加地、厳しい顔で前列に座っており重要なポジションにいたことが窺われる。

柳井（ＯＦＦ）「一時は歌舞伎町を束ねる最大勢力でしたが、15年前に組が解散してから、加地は足を洗い、職を転々として、現在は駐輪場の管理人……」

51　聖まごころ病院・廊下

岡本「あ、こないだ解雇されました」

南「ハローワークも行ったけど、低賃金の外国人労働者ばかり重宝されて高齢者は出る幕ないって、ぼやいてました、だから、生活保護の申請を勧めたんですが」

柳　井「かえって、自尊心が傷ついたのかもしれないね」

××××××××

フラッシュ（回想）NPO法人『Not Alone』

加　地「ここは日本です」

道。風呂セットを提げ早足で歩く加地。殺気立っている銭湯の前。『刺青のお客さまはお断りします』の張り紙。

加　地「……」

ちょうどムハマドが自転車で通り過ぎる。

警備（OFF）「違法駐輪の男もグルだったんでしょうか」

（以下・新撮）

加地、腹を決め、焼酎の残りを一気にあおり歩き出す。徐々に歩く速度を上げ、走ってムハマドに追いつく。風呂セットのカゴから何やら取り出し中身をぶちまける加地。その音に反応し、ブレーキをかけるムハマド。

ムハマド「??」

加　地「!!」

加地、短銃を構え発砲。銃声。腹を撃たれ崩れ落ちるムハマド。加地、空き缶回収用のゴミ箱のフタを開け、短銃を投げ入れ、フタを載せ、頭を押さえ、倒れ込む。救急車のサイレン。

××××××××

柳井（OFF）「先ほど発見され、指紋が加地のものと一致しました」

捜査員がゴミ箱から銃を発見する。

52　同・同

柳　井「銃刀法違反……と、殺人未遂罪……ですかね」

白　木「加地さんが、反社とはね」

はずき「……じゃあ、え？　被害者と加害者が今、一緒に手術を？」

53　同・処置室B

年代物のドリルが出てくる。

とおる「…うわなんか、おやじのドリルって感じのドリルだぁ」

啓　介「昔はここでも穿頭《せんとう》手術したんだよ。Yoko, I'll be here watching, don't worry.（ヨウコさん、私、ここで見てるからね、安心して）」

ヨウコ「OK!」

カーテンの向こう麻酔で寝入っているムハマド。診察台に横たわる加地に穿頭《せんとう》血腫《けっしゅ》除去術を施すヨウコ。アドバイスする啓介。

サポートする医師たち。躊躇なくドリルを扱うヨウコに、

横　山「（思わず）…さすが軍医」

ヨウコ「…あ」

とおる「その『あ』っていうの、やめてください、不安になる」

啓　介「……」

54　同・屋上（日替わり・夜）

とおる、憔悴し、ベンチでぐったりしている。

ヨウコ、隣に座って、ポケットからタバコを出し吸おうとするが、直前にとおるに取り上げられ、

とおる「いいわけねえだろ、ここ病院、全館禁煙ですから」

ヨウコ「おつかれちゃん」

とおる「（ため息）色々言いたいことありますけど天才外科医じゃ……ないことは分かった。なんか、すげえ雑！　縫合とか、麻酔効く前に始めちゃうし」

ヨウコ「In a war zone, this would be normal.（戦地ではそれが当たり前）」

とおる「Why did you become a military doctor?（なぜ軍医に?）」

ヨウコ「…What?」

とおる「（発音に気をつけ）Why did you become a military doctor?」

ヨウコ「（険しい顔で）ナ、ゼ、軍医になったんかって?」

とおる「もう、ぜってえ英語喋んねえ!」

ヨウコ「命が平等じゃからじゃ」

とおる「……アメリカは違うんでしょ?」

ヨウコ「But in a war zone, all lives are equal.（だけ

ど戦地では平等）金持ちじゃからってミサイル避けてくれんなぁ。Men and women, good and bad.（男も女も、善人も悪人も）ブサイクもイケメンも、みんな平等に危ねえ」

小さなクッキー缶を膝にのせているヨウコ。

とおる「それ何？」

ヨウコ「injured Arab gave me this.（預かった、負傷したアラブ人から）」

55　資料映像・中東の紛争地域

ヨウコの声「I was sent to a war zone, where I treated injured soldiers and civilians.（私は紛争地域に派遣され、負傷した兵士や市民の治療にあたっていました）」

56　瓦礫の街（回想）

ヨウコの声「His name was Ali.（アリという名の男性でした）」

瓦礫の下敷きになったアリ、助け出される。

励ましながら懸命に止血するヨウコ、点滴をする衛生兵。

衛生兵「Hang on! We'll get you to a hospital.（しっかりしろ！　病院に連れてってやるからな）」

ヨウコ「Ｍｏｖｅ」

ヨウコの声「I knew he could not live. ...But still, we kept encouraging him, not giving up hope.（もう助からないのは分かっていた。……でも、希望を捨てず励まし続けた）」

アリ「Are you Japanese?（君は日本人か？）」

ヨウコの声「Japanese-American, actually, but that wasn't the time for nit-picking.（正しくは日系アメリカ人だけど、そんな細かい訂正をしている状況ではなかった）」

ヨウコ「……Ｙｅａｈ」

アリ「Will you be returning to Japan soon?（近々、日本へ帰るか？）」

ヨウコの声「I tried to pronounce it somewhere between the English "Yeah" and Japanese "Iya".（英語の『Ｙｅａｈ』と日本語の『いや』のちょうど中間を狙ってみた）」

ヨウコ「いやぁ?」

アリ、震える手でクッキー缶を出す。

アリ「My brother is in kabukicho, his name is Muhammad.（歌舞伎町に、兄が住んでる。ムハマドという男だ）」

57 聖まごころ病院・屋上（回想戻り）

とおる「ここ住所、歌舞伎町だけど」

ヨウコ「アリ、ムハマド、カブキチョウ住んどった、アリだけdeported（国外追放）イキワカレ、ノ、ブラザー」

58 瓦礫の街（回想）

アリ「My brother has an 8-year-old daughter.（兄には8歳の娘がいる）」

クッキー缶を開けるアリ。メッセージカードの下に、異国の珍しい、色とりどりのクッキーやお菓子が可愛く缶に収まっている。

アリ「Please… take this to my niece.（これを… 姪っ子に渡してくれ）」

ヨウコ「… leave it to me, I will find her, and give this to her.（… 任せて、必ず見つけて、渡すから）」

アリ「（安堵し、目を閉じ静かに笑う）」

ヨウコの声「To keep my promise to Ali, I survived the war and crossed the sea to come to Japan.（アリとの約束を果たすために、私は戦火をかいくぐり、海を越えて日本に来ました）」

59 聖まごころ病院・病室（回想戻り・数日後）

かつては入院患者がいた病床。意識が回復したムハマド、クッキー缶を抱いている。

ムハマド「……」

ヨウコ「Please, open it, Muhammad,（さあ開けて、ムハマド）一枚食べてしもうたけど」

とおる「なんだって?」

ヨウコ「なんでもねえよ」

とおる「いやいや、食べたらダメじゃね?」

ヨウコ「それな。一枚食べたらもう、何枚食べても同じじゃ言うてもう、Can not stop」

缶を開けるとお菓子は一欠片もなく、代わりに虫の死骸、小銭、画鋲、落花生の殻、エロいトランプ、ゆで太郎のサービス券など、ガラクタばかり。

ヨウコ「I didn't read the letter. I do have some discretion.（手紙は読んでない、それくらいの分別はある）」

カードを読んでいるムハマド。

ヨウコ「You are Ali's brother, aren't you?（あなたアリのお兄さん……ですよね？）」

ムハマド「No, I'm not.（違います）」

ヨウコ「……Oh my God.」

ムハマド「弟いないから姪もいない、Ali and Muhammad are pretty common Arab names. It's like Tanaka or Sato.（アリ、ムハマド、アラブ人でわりに多い名前、田中とか佐藤みたいなもの）」

とおる「お菓子食っちゃうわ、人違いだわ、いいとこなしだな」

ムハマド「I have no money, no insurance, no residency status. I was ready to die if I got sick. Why did you save me?（私、お金持ってない、保険も入ってない、在留資格もない。病気になったら死ぬ覚悟でした。なぜ助けてくれた？）」

ヨウコ「Because I'm a doctor.（それは、私が医者だから）」

ムハマド「I truly appreciate it. However, if possible, I would have liked cleaner stitches.（心から感謝します。ただ……できればもうちょっと、ちゃんと縫って欲しかった）」

衣服をめくって傷を見るムハマド、すごく雑な縫合。

ヨウコ「それな」

南 Na「ムハマドさんは、入国管理局に連行されるそうです」

60　同・廊下

とおる「虚しくないですか？」

ヨウコ「ムナシイ？」

とおる「せっかく助けたのに、国に送り返されるんですよね。不謹慎だけど、ウチらが助けても助けなくても、三次救急に回して治療受けても、どっちみち死ぬ運命だったら…」
ヨウコ 「それ、医者が考えることじゃねぇ」
とおる 「……」
ヨウコ 「Sooner or later, everyone dies. That's why I try to save every life that I can, fair and square,（遅かれ早かれ死ぬのが人間、だからこそ、目の前にある命は平等に助ける）ウチの命、オマエの命、ビンボウの命、カネモチの命、平等に助ける」
とおる 「〝雑〟にね」
ヨウコ 「Yes 平等に〝雑に〟助ける、それが医者」
とおる 「……」

61 大学病院・リハビリルーム（日替わり）

リハビリに励む加地。

南Na 「加地さんも、大学病院での脳外科手術が無事成功し、リハビリに励み、回復を待って逮捕されるそうです」

ケアスタッフに「おじいちゃん偉い」と褒められ上機嫌。

室内のTVに、駐輪場強盗逮捕のニュース。
南Na 「駐輪場強盗は、SNSで集められた闇バイトの若者による犯行でした」

62 聖まごころ病院・院長室

啓三 「へえ…軍医ね…難しい手術したらしいじゃん」
啓介 「約束したよね、いいよね続けて」
啓三 「…日本のライセンスも取得済みってことね？」
ヨウコを値踏みするように見る啓三。
ヨウコ 「…いやぁ？」

63 同・詰所

とおる、はずき、横山、田島、白木。
はずき 「私は反対です、絶対、無免許の医師雇うなんて！」
白木 「やめてください人聞きの悪い、免許は持ってます、アメリカの」
横山 「アメリカで取ったら、日本の医師免許もオマケで付いて来る、みたいなお得なシステム…」

はずき「ありません！　そんな、原付の免許じゃあるまいし」
とおる「俺はどっちでも、さっさと独立してビューティークリニックやるんで」
田島「基本的には私も反対ですけど…残念ながら、2人助けちゃってますからね」
白木「2人も百人も一緒ですよ」
白木、新調したネームプレート『外科・ニシ・ヨウコ』を壁にかける。
南Na「ニシ・ヨウコさんは、聖まごころ病院の外科医として働くことになりました」
とおる「二郎食って帰りまーす」

64　同・処置室

マモルの傷からスキンステープラーの針を抜く啓介。
堀井「ね？　傷がキレイに消えたでしょ、ホチキスが一番なの」
ヨウコ「Oh、ホチキス　is　No・1な」
啓介「Where do you live?（あんたどこ住んでんの？）」
ヨウコ「NO！　男性には教えんよ！」
堀井「ネットカフェよね？」
啓介「Upstairs. Use the empty beds.（2階、空いてるベッド使いなさい）」

65　同・病室

病室のカーテンを開ける堀井。その狭さに、
ヨウコ「…a rabbit hutch.（ウサギ小屋）」
堀井「こういう時、日本人なんて言うか知ってる？」
ヨウコ「??」
堀井「住めば、ミヤコ蝶々（笑）おやすみ」

66　歌舞伎町・裏通り（夜）

ガールズバーの呼び込みなどを冷やかす、巡回中の岡本。
ラブホテルの入口から、高級ブランド品に身を包んだサングラスの女が現れる。
岡本「…あれ？」
変装してはいるが、それは南舞。

遅れて出て来る中年男。

2人は別々の方向へ歩き出す。

岡　本「…え〜?」

南Na「ここは新宿歌舞伎町。東洋一の歓楽街…誰でも安心して遊べる、健全かつ衛生的な若者の街」

背後をとおるが通りかかり、

とおる「お巡りさんメシまだ?　二郎行かない?」

岡　本「え!?　ああ…いや、混んでたからゴーゴーカレーにしよ」

とおる「え〜?　もう二郎の口なんだけど」

岡本、とおるを無理やり反対方向へ誘導しながら振り返る。雑踏に消える南舞。

67　聖まごころ病院・病室

ヨウコ、靴を履いたまま横になり、誰かに電話している。

ヨウコ「Hi, I'm in Japan, uh-huh, Kabukicho. I'm doing well.(もしもし、日本着いたよ……うん歌舞伎町。……大丈夫)住めば、ミヤコ、チョウチョウ」

つづく

#2

1　歌舞伎町・雑感

スペイン語Na　「（字幕）ここは新宿歌舞伎町。東洋一の歓楽街です。キャバクラ、ホストクラブ、ガールズバー、その他、合法的な風俗店が軒を連ね、誰でも安心して遊べます」

路上にたむろする〝トー横キッズ〟と呼ばれる少女たち。

岡本　「はーい11時過ぎましたー、未成年者は帰んないと補導しちゃうよー」

サラ　「無理ぃー」

岡本　「無理ぃじゃねーよ、屋根のあるとこ移動しなさい」

リナ　「なこと言ってもネカフェもカラ館も身分証ないと無理ぃ」

サラ　「ラブホ高いし、パパ活しないと無理ぃー」

リナ　「病むー」

岡本　「知らねえよ、君らいくつ」

サラ・リナ　「はたちー」

岡本　「干支《えと》言ってみろよ」

サラ　「ねこー」

リナ　「うにー」

岡本　「はい補導〜」

『Ｎｏｔ　Ａｌｏｎｅ』のベスト着た南舞とあかねが通りかかる。

あかね　「サラちゃんリナちゃん、どした？」

岡本　「（南を見て）あ…」

サラ　「11時過ぎたからパパ活しろって言われたー」

岡本　「言ってねえだろ！」

リナ　「病むー」

岡本　「病むーじゃねえよ、私は青少年育成条例に基づいて…」

南　「補導してどうするんですか？　親と連絡取れなかったら児童相談所って感じですよね」

あかね　「だったらウチで朝まで見ますんで、行こ」

「いえーい」と矯声を上げ、南舞について行く少女たち。

スペイン語Na　「あらゆる人種が集い、あらゆる言語が飛び交う、健全かつ衛生的な、若者の街、歌舞伎町」

インサート。南舞がラブホテルから出てくる。

岡本　「……」

2　聖まごころ病院・病室（日替わり）

カーテンをサッと開けるヨウコ、朝日が眩しい。

スペイン語Na「周辺の医療機関も充実しており、24時間体制で皆さんの安全をお守りします…」

3　同・院長室

ご飯の横にある器の中身（納豆）が気になるヨウコ。

啓三、戦地のニュース映像を見ながら納豆かき混ぜ、

啓　三「…映画みたいだな」

ヨウコ「…（真似してかき混ぜる）」

とおる「逆にリアリティないですね」

啓　三「いたんでしょ？　おたく、こういう所に、すげーね、見たの？　地雷で、手足がふっとんだり…」

はずき「やめてください」

啓介、車椅子でやって来て、

啓　介「俺の朝飯！」

はずき「作り直します」

啓　介「そういう問題じゃない、自分のために用意された朝飯を人に食われるという、私が何より嫌がること、知っててコイツは…」

啓　三「患者用の車椅子を乗り回すのはいいのか」

ヨウコ、納豆のネバネバを嫌がり、塩辛、ぬか漬けなど味見して顔を歪め、みそ汁もダメで食べられるものがない。

啓　介「おはよ、眠れたかい」

ヨウコ「住めば、ミヤコ、チョウチョウ」

とおる「あ、ヨウコさん、今日の当直代わってもらっていいっすか。美容系のセミナーで（啓三に）本当は港区女子とギャラ飲みっす（笑）」

はずき「ヨウコさんもね、しっかり勉強していただかないと」

啓　介「おい」

啓　三「…なんで？　今さら勉強いらねえよなあ、USAの姉ちゃん」

ヨウコ「When bullets come flying, military doctors protect their soldiers, like umbrellas.（字幕・弾が飛んできたら、軍医は傘になって兵士を守れ）」

一　同「え？」

ヨウコ「That's how we're trained. That's why America is invincible.（そう教わった。だからアメリカ強い）（岡山弁）うちの目の前でなぁ、負傷した兵士がなぁ、ぼっけえ血が出て死にそうじゃけぇ、うちが右脚を切断して血管ギュッてしてガムテープぺって貼って止血したら、ぼっけー元気んなったがー。America is invincible（アメリカ強い）」

はずき「…ガムテで？」

啓　介「お母さん、岡山の人でしょ」

ヨウコ「それ、聞かれるん2回目」

4　西麻布・鉄板焼の店（夜）

シャンパンで乾杯するとおる、先輩医師、港区女子2名。

医　師「ヒアルロン酸ってえ、元々人間の体内にある物質なわけえ」

とおる「だからダウンタイムが少ないわけぇ」

港女A・B「やーばーい」

フラッシュ（回想#1‐S27）『Not Alone』

南「高峰さんにとって、この社会は平等ですか」

とおる（心の声）「…平等じゃない、親の金でシャトーブリアン振る舞ってる成金ドクターと、公園で寝泊まりするホームレス」

5　歌舞伎町・公園

タオル、下着など、生活必需品をワゴンカートに積んで、飲み物と一緒に、路上生活者に配る南舞。

南「熱中症予防に水分補給してくださいね」

ホームレス・シゲさん「ありがとねぇ、NPOの舞ちゃん」

南「他に困ってることないですか？」

シゲさん「じゃあ…膝枕してもらっちゃおうかな（笑）」

6　西麻布・鉄板焼の店

とおる（心の声）「平等なわけがない！　つーか、むしろホームレスのほうが俺より幸せなんじゃね？　舞ちゃんに優しくされて…」

港女B「おいひー」

とおる（心の声）「港区女子…『やばーい』と『おいひー』と」
港女Ａ・Ｂ「紹介してくらさぁ〜い」
とおる（心の声）「だけ言ってりゃ2万か3万もらえる女と…」

××××××××

フラッシュ（回想#1）『Not Alone』
南「私にとって、社会は平等じゃないから、虚しくないんです」

××××××××

とおる「（思わず）ぜってえおかしい！」
港女Ａ・Ｂ「…え？」
とおる「…あ、すいません（座る）」

7　夜の街

衝動に駆られ、全力で走るとおる。（以下随時インサート）

8　西麻布・鉄板焼の店

港女Ａ「800万って、それ年収？　月収？」

走るとおる。（インサート）
港女Ｂ「やだやだ年収ぅ、その代わり家事は分担」
走るとおる。（インサート）
医　師「もっと上目指しなよぉ、そのためのハイスペックなんだし」
とおる「やっぱおかしいわ！（立つ）」
医　師「…どうした、高峰」
とおる「いやなんか（財布から金出し）俺がおかしいだけなんで気にしないでください…面白くねえ！　さっきからひとつも！…すいません、でも、見つかりますよ面白くねえけど良い人！　幸せになってくださいね面白くねえ世界で！　ほんじゃ！」

9　NPO法人『Not Alone』

とおる「つって、走って来ました…はぁ…はぁ」
あかね「…西麻布から？」
とおる「なんか手伝わせてください、つーか舞ちゃんは？」

10　ラブホテル・前

ラブホへ入る南舞。続いて30代営業マン、佐竹が入る。
ミニパトカーを駐めスマホの画面越しに見守る岡本。
岡本「…やってんな」

11　千吉ビル・外階段

路地裏の古い雑居ビル。サラとリナ、柵を乗り越え侵入。
サラ「あれ？　マユじゃん」
赤い髪の少女マユ、階段に座ってうな垂れている。
リナ「マユ？　どした－？」
足元に、空になった市販薬のシートが散乱している。

12　聖まごころ病院・詰所

白木が電話に出て、

白木「はい、まごころ…千吉ビル、未成年、オーバードーズですね」
ヨウコ「What!?」
横山「また千吉かよ」
白木「すぐ回してください」
スペイン語Na「(歌舞伎町の片隅にある、聖まごころ病院、またの名を…)」

☆タイトル「新宿野戦病院」

13　歌舞伎町・車道

渋滞。サイレンを鳴らし車両の間を縫って進む救急車。

14　千吉ビル・前

バックで路地を入って来る救急車。
サラ「何してんだよ早く！　早く！」

15　聖まごころ病院・廊下

ストレッチャーで搬送されて来るマユ。

ヨウコ　「Overdose? This young girl?（この小娘が!?）Overdose」

付き添うサラとリナに、はずきが、

はずき　「何時頃、なんの薬を何錠飲んだか分かる?」

16　同・処置室A

ヨウコ　「Gastric lavage, now! Is it MDMA? Or…（急いで胃洗浄しないと！　MDMAか？　それとも）」

横山、現場に落ちていたシートと箱を見て、

横　山　「あー市販の鎮痛剤だ、1000錠飲んでも死なないヤツ」

ヨウコ　「…Phew（少し安堵）No need for gastric lavage.（胃洗浄必要なし）」

吉　野　「(空のシート見て）40錠くらいですかね」

横　山　「お腹いっぱいだろ（笑）よく頑張ったな、トー横キッズ」

電話が鳴る、白木が対応。

村　木　「JCSは20です、点滴します」

白　木　「はい〝まごころ〟…10歳男の子…もう一度よろしいですか?」

ヨウコ　「TO-YOKO?」

はずき　「TOHOシネマズ界隈に集まる子たちの総称です」

17　TOHOシネマズ付近

南舞が「ごめんごめん」と走って来て合流。

あかねと『Not Alone』ベスト着たとおる。

南　「LINE今見た（とおるに）本当にいいんですか?」

とおる　「お力になりたくて、構いませんか?」

南　「大歓迎です」

少女に携帯用歯みがきセットを配るとおる、舞、あかね。

はずき(OFF)　「遊ぶお金欲しさにパパ活したり、違法デリヘルやったり、4、5年前から社会問題になってるんです」

歯磨きセットにQRコードが付いている。

あかね　「これ、お姉さんたちのLINEだから」

南　舞「困ったことあったら、いつでも連絡して」
とおる「なんでも相談に乗るからねー」

18　聖まごころ病院・処置室A

はずき「お酒や薬のトラブルも多いし、家出少女は基本、保険証持ってないから」
白　木「（まだ電話に）もう一度よろしいですか？　鼻に…はい？…もう一度よろしいですか？　鼻に…はい？…もう一度…鼻にぶる…」
はずき「代わりましょうか？」
白　木「ごめんなさい、要領を得なくて。何度聞いても鼻にブルータスが入ったって」
はずき「ぶるーたす？　鼻に？」
白　木「（電話に）とにかくいらして」

19　歌舞伎町・裏通り

ニヤつきながら歩く佐竹。背後から追うミニパトカー。
岡　本「（マイクで）そこの男性、止まりなさーい」
佐　竹「（無視して歩く）」
岡　本「先ほど、ラブホテルから出て来た賢者タイムのお兄さーん」
佐　竹「なんスか、なんなんすか!?」

20　聖まごころ病院・処置室B〜A

泣き喚く10歳児つとむの鼻をペンライトで照らす啓介。
啓　介「ん？　何か白いの入ってるぞ」
つとむ「痛い痛い痛い！」
ヨウコ「しーっ！」
静寂の中、小さい音で音楽が鳴っている。
堀　井「サザン？」
はずき「鼻から？」
横　山「栞のテーマですね、名曲ですよね」
はずき「なんで鼻から？」
つとむの母、スマホ画面にタッチ。
音楽止まる。もう一度タッチすると音楽流れる。
横　山「……名曲だ」
ヨウコ「Bluetooth？」

××××××××××

レントゲン画像を見る一同。
鼻の奥にワイヤレスイヤホンのシルエットが写っている。

横山 「あ、ワイヤレスイヤホン！」
白木 「なぁんだ、ブルータスで飛ばしてたのね」
つとむ母 「ブルートゥースです、何回も言いましたよ、電話で」
堀井 「なんで入れちゃったの？」
つとむ 「入るかなと思って」
横山 「うん、よく入ったな」
啓介 「これが本当の、鼻歌だな」
一同、ゲラゲラ笑う。人一倍笑うヨウコ。
ヨウコ 「ハーッハッハッハ！ ハナウタ、ハーッハッハッハ！」
啓介 「（笑い止んで）さて、どうする？」

××××××××××

ベッドで目を覚ますマユ。カーテンの向こうが騒がしく。
マユ 「（すき間から覗く）…」
大人たちがつとむ少年の鼻の穴を覗いて騒いでいる。
啓介 「（ピンセット手に）つるつる滑るんだよぉ」
横山 「（照らして）1回奥押し込んじゃいましょうか」
啓介、手が震えてうまくいかず、
啓介 「ヨウコさん代わって」
ヨウコ代わるが、思い出し笑いで震えが止まらず、
ヨウコ 「…ぷぷぷ、ハナウタ…ぷぷぷ、ハナウタ、たまらん」
堀井 「いつまで笑ってんの！」
ヨウコ 「…BINGO！」
ゆっくり引き抜き、鼻腔からイヤホンを救出。
一同 「出たあ！」
歓喜する大人たち。その様子を興味深く見守るマユ。
マユ 「……」

21　閉店後の中華料理店・2階

とおる 「あーボランティアあとのザ・リッチキャラメルうめー」
岡本 「お菓子のチョイスまで嫌味だな。水もらうよ」

岡本、奥の中国人店員に声をかけ給水器にコップを置く。

とおる「今日も可愛かったぁ、NPOの舞ちゃん、心洗われるわ」

岡　本「そりゃタランティーノもスコセッシも知らない港区のバカ女と飲むよりはな、社会貢献にもなるし…」

とおる「もう行かねーけど」

岡　本「え!?」

とおる「意味分かんねー、なんで貧乏人の目線まで下りてかなきゃなんねんだよ、つーか俺が舞に合わせるんじゃなくてぇ、舞が俺に合わせるべきじゃね?」

岡　本「もう舞って呼んでる」

とおる「無垢なんだと思う、舞って、穢れを知らないいんだよ…」

岡　本「……」

××××××××××

同場所、数時間前。隣に営業マン佐竹がいる。

佐　竹「知らない奴らが哀れですよね、こんな世界があるのに、めくるめく…あ、エアドロップしました、快楽の連続ね」

岡　本「(スマホ見て) オメエの写真ばっかじゃねえかよ!」

首輪をはめられ正座させられている営業マン。

佐　竹「撮影NGなんで、彼女、集中してるんで」

岡　本「これは…なに? ジャンル的には…SM、になるのかな?」

佐　竹「フン…まあ、そう呼びたきゃ呼べばって感じ」

岡　本「なんで上からなんだよ、ド底辺のド変態が!」

佐　竹「店舗のHPに1枚だけプロフィール写真ありました」

××××××××××

岡本、こっそり南舞のプロフィール写真を見ている。

とおる「自分のポテンシャルに気づいてないのよ舞は、もっと外見を磨いて、自己肯定感を高めたほうがいい」

岡　本「……(絶句)」

源氏名は『May』120分コース15万円。ボンデージスーツに身を包み、腕を組み、高圧的に睨みつけている。露出が少ないのが、逆に官能的に映える。

とおる「聞いてる？　俺なら、舞を幸せに出来ると思うんだよ、金で」

岡　本『金で』って言っちゃうところが、とおるだよな」

とおる「金でしょ結局、金じゃ幸せは買えないとか言うけど、俺らの問題、90％は金で解決しない？　90％幸せなら、それはもう、幸せじゃない？」

岡　本「(再び写真見て) うーん」

22　聖まごころ病院・病室 (夜)

靴を履いたまま眠っているヨウコ。廊下で足音がする。

ヨウコ「!! (目を覚ます)」

警戒しカーテンを開けるとマユが廊下に立っている。

マ　ユ「…ごめん、お腹空いちゃって」

23　同・詰所

マ　ユ「ちょっと食べてみる？」

ヨウコ、カップ焼きそばの匂いを嗅ぎ恐る恐る食べ、

ヨウコ「…おう」

マ　ユ「美味しいよね、ペヤング、毎日だと飽きるけど」

ヨウコ「Pay Young! Finally, food I can eat in Japan. (日本で食えるもの、やっと見つけた)」

ヨウコ、口いっぱい頬張り、返すが、マユが手を付けないので、ついついまた食べる。

マ　ユ「うちどうなる？　家に送り返される？」

ヨウコ「……」

マ　ユ「やだな、児相もやだけど」

ヨウコ「Why the overdose? (なぜオーバードーズした？)」

マ　ユ「分かんない」

ヨウコ「死ぬつもりだったんか？」

マ　ユ「分かんない。薬でぼーっとしてると余計なこと考えなくて済むし、それで死んだとしても、悲しむ人、誰もいないし」

ヨウコ「わしは悲しい！」

マ　ユ「…先生が？」

ヨウコ、感情が昂《たか》ぶり、英語と岡山弁が入り交

じりペヤングも食べたくて、自分で何言ってるか分からなくなる。

ヨウコ「I saw（私は見た）（岡山弁）でーれえ命、injured soldiers, sick kids（負傷した兵士、病気の子供）（岡山弁）じじい、ばばあ、suicides, accidents. When carried in, they are different people with different lives, but when they die, when their life ends.（自殺、事故。運ばれて来る時はみんな違う人間、違う命、なのに死ぬ時、命が消える時）（岡山弁）みな一緒じゃ。the heart stops, breathing stops, they become cold.（心臓が止まり、息が止まり、冷たくなる）（岡山弁）死ぬ時ゃ一緒、それがつれえ、もんげーつれえ」

マユ「（心配で）分かった、分かんないけど、もう分かったから」

ヨウコ「いいや分からん！ My griaf（私の悲しみ）おめえ死んどるけぇ分からん、I'll say it while you're still alive…（だから生きてるうちに言う…）おめえ死んだら、ぼっけえ悲しい」

ペヤングを完食してしまったヨウコ。

ヨウコ「Oh…Overdose（食べ過ぎた）」

マユ「（笑）」

24 同・手洗い（日替わり）

マユ、ヨウコ『Not Alone』の歯ブラシで歯磨き。

南 Na「未成年者の場合、ソーシャルワーカーが警察や児童相談所に問い合わせます」

25 同・受付

はずき、カルテを見ながら電話でやりとりする。

はずき「シマは山ヘンの嶋、宮嶋《みやしま》まゆ、17歳、届出ないですか？」

ロビーで南舞がマユ本人からの聞き取り。

南 Na「地域のNPOとも情報を共有し、家庭でのトラブルがないかを確認してから、親御さんに連絡します」

26 同・受付

マユの母カヨ、請求書を見て、

カヨ「高っ！」

ヨウコ「Ｗｈａｔ？」

はずき「一泊してますからね」

カヨ「ですよね（一転愛想良く）すいませんお騒がせしちゃって」

27 同・外

車の助手席に乗り込み「ばいばい」と手を振るマユ。

見送るヨウコ、南舞、はずき。

動き出す車。後部座席の窓が数センチ開いており、タバコを吸う30代男の手元。南舞だけが気づいて、

はずき「どうかしました？」

南「…いえ、今後も、情報共有おねがいしますね」

28 同・詰所

堀井が「ない、ない」と騒いでいる。

横山「なに、どしたの堀井さん」

堀井「私のペヤングがないんです！」

ヨウコ「……」

堀井「お昼に食べようと思って、置いといたのに、ないんです！」

はずき「なんだ、そんなこと…」

堀井「そんなことってなんですか？　泥棒ですよ、午後の業務のモチベーションに関わる大事件です！　昨日の宿直、どなたでしたっけ？」

焦るヨウコ。ちょうどタウン誌を手に走って来る白木。

白木「はぁ、大変、はぁ、大変…」

ヨウコ「どしたん、志らく！」

白木「志らくじゃない、白木！　これ見て！　サウナのロビーで発見」

『歌舞伎町顔面偏差値テスト、結果発表！』のページ。

白木「ホストYouTuberが募集かけて人気投票してるんですって、ちなみに白木の推し、備前《びぜん》リュウタくんは3位です」

はずき「あー無理、外科医以外の男は、ぜんぶ同じに見

える」

堀井「（覗き込み）田島先生⁉」

白木「そう！　聖まごころ病院の性感染症内科医、田島琢己先生が、堂々7位にランクインされてるの！　もう白木、びっくりしちゃってサウナの館内着で走って来ちゃった、着替えて来ます」

はずき「……どうりで、最近、平日の昼はこんな感じ」

待合室、派手な女性であふれている。

29　同・診察室

診療を終えたデリヘル嬢リリカ。

田島「症状が治まっても、お薬は飲み切ってください」

リリカ「飲み切ったらおしまいですか？　またもらったら、先生に診ていただけるんですよね」

田島「…もらわないに、越したことないですけどね（笑）」

リリカ「はいっ、頑張ります」

堀井「なにを頑張るの？」

リリカ「今月、担当のバースデーなんで」

堀井「まだダメ、陰性が出るまで頑張っちゃダメ」

30　同・詰所

堀井「その担当が『イケメン牧場』のダイスケ・ダルメシアン三世」

横山、とおる、ランキングを見て、

とおる「8位じゃん、ダルメシアン、田島先生に負けてんじゃん」

横山「ていうか、イケメンかなあ、田島先生」

とおる「古いタイプの二枚目ですよね、演歌味っていうか、北島ファミリーの末っ子的な」

田島「…何とでも言ってください」

白木「あら、あんなにモテて嬉しくないの？」

田島「だって、僕に会いに来る女性はみんな病気持ってるんですよ」

横山「……医者だからねえ！　それが医者と患者の正しい関係！」

とおる「田島先生、今の発言ないわ、好感度だだ下がり」

横山「何様だよ！　世の女性はあんたに会うために性病にかかってるわけじゃないよ！」

はずき「取り急ぎホームページ、リニューアルしました」

聖まごころ病院のＨＰ、田島の写真が大フューチャー。『女性の悩み、恥ずかしがらず、まごころへ…』

とおる「うわ、露骨！」

はずき「今のまごころ、田島先生のビジュアル頼みですから」

横山「にしたって、僕、もうちょっといい写真ありませんでした？」

とおる、横山、啓介らの写真は隅に小さく配置。

ヨウコ「ネエサン〝たんとう〟って何なん？」

堀井「…ああそうか、アメリカにはホストいないもんね」

31　夜の歌舞伎町・雑感

ホストクラブの派手なネオン。

店内の様子、シャンパンタワー、シャンパンコール。

堀井Na「Currently, there's over 300 host clubs in Kabukicho. The female customers spend millions there buying expensive champagne for their host.（現在、歌舞伎町には３００軒を超えるホストクラブがある。客の女性は担当のホストをＮｏ・１にするために、高いシャンパンを振る舞い、何百万も使うんです）」

32　聖まごころ病院・詰所

堀井「彼女たちの資金源は（横山を見て）おっさん。キャバクラ、風俗、パパ活、路上売春、その稼ぎを全てホストに貢ぐんです」

白木「女が男を買う時代なのよね」

はずき「悪質な売り掛けこそ減ったけど」

ヨウコ「ウリカケ？」

堀井「Putting it on the tab. The host will pay in advance, so you can drink even if you don't have the money to pay for it yet.（ツケ払いで飲むこと。ホストが立て替えるからお金なくても飲めちゃうの）」

ホワイトボードにホストを頂点にしたトライアングル。

はずき「おっさん→若い女→ホスト、これが歌舞伎町の経済の流れ」

横　山　『『おっさん』て言う時、なんでこっち見る？」

ヨウコ　「Your host ranked no.8, Tajima, no.7.（〝担当〟が8位で田島が7位）それ、マズくね？」

33　駐車場（夜）

田島とダイスケ・ダルメシアン（D・D）顔を寄せ合い睨み合い。周囲をホストが取り囲む。

DD　「おめえが7位の田島かコラ、俺の姫に手ぇ出しやがって」

田　島　「抗生物質は出してるけど手は出してません」

ホストたち　「なんだとコラ！」「DD軍団ナメんなコラぁ！」

リリカ　「やめて！　二人とも！（と言ってる自分に酔ってる）」

DD　「うるせえっ！…お前んとこ、美容整形やってねえのか」

背後でとおるが手を挙げ、

とおる　「あ、はーい！　美容皮膚科担当の、高峰ですー」

34　開店前のホストクラブ（orそのまま駐車場の一角）

タブレット上のDDの顔をタッチペンで修正しながら見積もりを算出するとおる。

とおる　「フェイスライン矯正とリフトアップで40万ですね」

「おお〜」と声を上げるホストたち。

とおる　「あと鼻…」

DD　「鼻はいいだろ、気に入ってんだよ」

とおる　「…すいません」

DD　「…一応、見ていい？」

とおる　「メスを入れず糸と針で、こんな感じに（ペンで修正）」

リリカ　「やだぁ、リアルガチ王子、降臨」

ホストたち　「鼻もいっちゃいましょうよ」「いかなきゃ男じゃねっすよ」

DD　「おーし、DD鼻もいっちゃいま〜す！」

ホストたち　「いえーい！　DD！　DD！」

とおる　「はい、はい、30万すね、あとシミ除去、ヒゲ脱毛、月々のエイジングケアで、税込み100万」

DD　「…なんだ、シャンパンタワー一発じゃん」

リリカ「……がんばるぅ（涙）」

35　聖まごころ病院・詰所（日替わり）

白　木「坊っちゃん、でかした！（拍手）」
トライアングルの頂点に『美容↑』と書き足し、
とおる「だーら言ってるじゃないですか、外科医なんかいなくたって、美容と性病の両輪で回せるんです、それが歌舞伎町」
はずき「ホームページ、リニューアルしました！」
とおると田島の二枚看板『Ｂｅａｕｔｙ&Ｓｅｘｙ』
白すぎる歯。横山は目元を隠されている。
横　山「おいおい、なんで俺、顔出しＮＧなんだよ！」
はずき「ビューティ&セクシーだからよ！　それ以上言わせないで」
田　島「でも設備は？　専門の機器が要るんじゃないの？　高そうなヤツ」
啓三が現れ、
啓　三「初期投資なら私が持ちますんで、おかまいなく」
横　山「…出た、ぎょろ目不動産」
啓　三「くっせつ、相変わらず病院臭えなーここ」
はずき「病院ですからね」
啓　三「ビューティークリニックはアロマの香りがすんだよ、なあ！　とおる、いっそ買い取っちゃうか、ここ」
とおる「いいねえ、とうちゃん」
はずき「…どうぞお好きに。但し、外科だけは残します」
啓　三「なに？」
はずき「当たり前です、ひいお爺ちゃまから代々、外科医が院長を務めてきたんですから、ねえ白木」
白　木「…仰る通り。経営難を脱するための一時的な措置です」

36　ジャズ喫茶ＢＵＧ

タブレットで医学書を開き、勉強するヨウコ。
啓介の声「よく見つけたね、こんな渋い店」
階段を下りて来る啓介。ヨウコ、一瞥するが、
ヨウコ「Mom told me the name.（母親から名前聞いて知ってた）」
啓　介「お母さんが、ここの？　へえ」

ヨウコ　「（顎をしゃくり）Ｓｉｎｇｅｒ」
　壁にジャズシンガー、ニシ・リツコの写真。
マスター　「!?（驚いて啓介を見るが）」
啓介　「（やんわり制して）へえ、あの人が（椅子を引き）…偉いね、休みなのに」
ヨウコ　「わし『どうぞ』言うた？　『ここええ？』『どうぞ』言うてから座らん？　普通、他も空いとるんじゃし…ええけど」
啓介　「食べない？　ここの名物」
ヨウコ　「いらん、一人で食べねえ」
啓介　「…岡山弁？」
ヨウコ　「岡山じゃ！　ひつこい！　3回目！　なんなん？　ワシのママ、Ｆｒｏｍ 岡山じゃけえ、それが何なん！」
　啓介、ヨウコのタブレットを覗き込み、
啓介　「千吉ビルだね」
ヨウコ　「あ?…ああ…did research, it's a famous suicide spot.（調べた、自殺の名所なんだな）」

37　千吉ビル・全景

ヨウコ（ＯＦＦ）　「A 40-year-old, five-story building left in ruins, Vagrants move in, take drugs and jump off…（築40年、5階建てのビル、廃墟のまま取り残されて、浮浪者が棲みついたり、クスリやったり飛び降りたり…）」

38　ジャズ喫茶ＢＵＧ

ヨウコ　「（身を乗り出し）The issue is, an ambulance it takes 15 minutes from Senkichi building to the hospital, but it's just 3 minutes on foot. Why?（問題は、千吉ビルから病院まで救急車15分かかった、徒歩なら3分なのに、なぜ?）」
啓介　「迂回するからじゃない?」
ヨウコ　「ウカイ?」
啓介　「（言おうとするが）」
ヨウコ　「（遮り）Ｗａｉｔ！（辞書で調べ）Ｄｅｔｏｕｒ?」
啓介　「（指差し）靖国通りと、職安通りに挟まれてるでしょ。ここ行き止まり、ここも、ここも。だから迂回して、ここからバックで入ってここに駐めて、ストレッチャーで運ぶしかない」

ヨウコ「でーれえキチぃ、ここ抜けりゃあ3分じゃが、Just go this way.（なぜここ通らない）」
啓介「One way（一方通行）」
ヨウコ「Just turn on the siren and go through a one-way.（サイレン鳴らせば一方通行も逆行できるだろう）」
啓介「そうは言っても混んでるからね、迂回したほうが早いの」
ヨウコ「Every minute, every second counts, this is how we lose lives.（1分1秒を争う時、これじゃ助かる命も助からない）」

39 聖まごころ病院・院長室

啓三「まさか…あの姉ちゃんに、ここ継がせるつもりじゃやねえよな」
はずき「誰があんな、アメリカ帰りのビッチに」
見知らぬ中年男性の写真をスマホで見せ、
はずき「結婚相談所からメールが来ました。長野県松本市在住49歳外科医が、仮交際から真剣交際に移行したいそうです」
白木「…お嬢様（切ない）」
はずき「婿養子前提ですから！ もうねえ、抱かれる覚悟で、ほうれい線と小皺《こじわ》を消して、あずさ2号で松本へ向かいますから！」

40 歌舞伎町・ドラッグストア（夜）

ペヤングの種類の多さに我を忘れるヨウコ、全種類をカゴに入れレジへ。
店員「2457円になります」
ヨウコ「カードで」とカードを見せる。
ヨウコ「…ん？」
少女が風邪薬を大量に万引きしている。
ヨウコ「Wait！」
店員「暗証番号お願いします～」
モタついている間に自動ドアが開き、店の外へ出る少女。

41 同・同・店の前

ペヤングを抱え出て来るヨウコ。少女の集団の中に、見覚えのある、髪の赤い少女、マユ。雑踏に消える。

ヨウコ「……」

ヨウコ、スマホを取り出すがバッテリー切れ直前で、

ヨウコ「Damn it…battery's dead.（バッテリー切れそう）（周囲を見渡す）」

42 公園（ヨウコとカットバック）

ボランティア活動中の南舞スピーカーフォン状態で、

南「お母さんと連絡つきました、やっぱり3日前から帰ってないみたい、確定ですね」

ヨウコ「……」

あかね「Xのアカウントも見つかりました」

傍でサラとリナが画面を読み上げる。

リナ「『P活希望、新宿、10時以降空いてる方、即2万、DM待ってます』」

サラ「Pはパパ、即2万は、会った日に2万でシちゃうこと」

リナ「病む〜」

南「こないだ、気づきませんでした？　男が乗ってたんです」

43 サービスエリア（orコンビニ・回想）

車から降りトイレへ向かうマユの母、カヨ。

南（OFF）「お母さんの交際相手らしいんですけど…」

44 車内

南（OFF）「もしかして、性的虐待を受けてるのかも…」

声「後ろ来いよ」

後部座席の男、シンゴ、シートを蹴り、

シンゴ「なあ、聞こえてんだろ、後ろ来い早く」

マユ「…やです…」

シンゴ、レバーを引いて無理やり助手席のシートを倒す。

45 公園（回想戻り）

南　「だとしたら、家出してるほうが安全…ですよね。…ところで、ヨウコさん、今どこです？」

46　ホストクラブ・店内

ヨウコ　「イケメン牧場じゃ…」
静まり返っている店内。隣に若手ホスト、アツシ。
ヨウコ　「…Thank you」
電話を切り充電コードを抜くヨウコ。
アツシ　「お客さん、職業は？」
ヨウコ　「…Doctor」
アツシ　「ドクター？　え、お医者さんすか？　女医っすか！　マジすか！」
ザワつくホストたち。VIP席のDDにボーイが耳打ち。
アツシ　「だったらシャンパン、入れてもらえません？」
ヨウコ　「Champagne？」
アツシ　「見てこの最悪な空気。今夜、DDさんのバースデーなんすけど、エースの姫がドタキャンで、タワーがコケちゃってぇ」
布で覆われた残念なシャンパンタワー。DDが隣に来て、
DD　「イケメン牧場18カ月連続No・1。ダイスケ・ダルメシアン三世です、わんわん」
アクリル製のツルツルの名刺を渡すDD。
DD　「滑るでしょ、パウダーアロマ。素敵なバースデーにしたいな」
時刻は0時5分前。ホストたちの哀願するような目。
アツシ　「尋常じゃなく盛り上げるんでシャンパンタワー、いっすか？」
ヨウコ　「……いやぁ？」
アツシ　「マジっすか！　あざっす！」
ふと卓上の値段表を見るヨウコ『シャンパンタワー100万円～』。
ヨウコ　「!?」
ボーイ　「売り掛けNGなんで、カードか現金になりますね～」
ヨウコ　「…ウリカケ？」

47　聖まごころ病院・詰所

横山と田島、岡本から南舞のプロフィール写真見せられ、

横山「…ええええっ!!」

岡本「しっ！（押さえつけ）でも、期待通りの反応ありがとう」

田島「NPOの舞ちゃんが…」

横山「ぼっぼっぼっボンデージ！　知ってるの？　とおる君は」

風呂上がりのとおる、通り過ぎる。

とおる「うぃっす、ヨウコ先生いねーから今日は平和っすね」

岡本「…言うのは簡単だけど、あえて泳がせてるなう」

横山「鬼だねえ」

堀井が早足で通り過ぎる。

堀井「岡本さん？　じゃないわよね、私のペヤング、信じらんない」

岡本「…やっぱり男ですよぉ、どう見ても」

横山「またそういう、失礼だよ君たち」

白木が入って来る。

田島「ねえ白木さん、堀井さんて…男性ですよね」

白木「なにを言ってるの？」

横山「女性ですよね」

白木「…考えたことない」

一同「……」

白木「堀井さんの性別とか、気にしたこと一度もない」

横山「…第三の答えだ」

白木「ちゃんと見とけばよかったわ、一緒にお風呂入った時（去る）」

岡本「一緒に風呂入ったの!?」

田島、岡本のスマホ画面を見て、

田島「（ふと）これ、ここから予約出来るのかな」

田島、発信ボタンを押して岡本にスマホを放る。

岡本「え、うそ、やだ、うそ、ばか（電話に）あ、もしもしホームページ見て電話してるんですけど…あの、メイさん？　あ…」

横山「なんだって？」

岡本「（切って）3年先まで予約でいっぱいだって」

田島「はあ!?」

岡本「…3年後なんて、自分がSなのかMなのかも分かんねえよ！」

48　ホストクラブ・店内

ヨウコとＤＤ、タワーの頂上からシャンパンを注ぐ。

ホストたちが2人を囲んで尋常じゃないダンス。

アツシ「♪よーこそここへ」

ホスト「♪ヨーコさーん！」

アツシ「♪ヨコハマヨコスカ」

ホスト「♪ヨウコさーん！」

そこへ現れたリリカ、その狂騒を見て、

リリカ「……（憤怒）」

アツシ「♪タテタテ、ヨコヨコ」

ヨーコ「♪ヨーコさーん！」

ＤＤ「…リリカ、よぉ、来れたんだぁ」

リリカ「来れたんだぁ、じゃねえよ！」

店を飛び出すリリカ、追うＤＤ。

49　千吉ビル・外階段

南舞、サラ、リナが来ると柵が開いている。

サラ「…いない。こないだ、ここ座ってたんだけど」

リナ「まさか…上かな」

南「…ありがと、ここで待ってて」

イヤな予感しつつ、階段を駆け上がる南舞。

50　同・屋上

5階建てのビルの屋上。

南「……」

柵の向こうでＤＤとリリカが揉み合っている。

リリカ「離してっ！　もうやだ、限界！　死ぬんだから！」

ＤＤ「なにが」

リリカ「何がじゃねーよ、アンタのために風俗やって、病気もらって、そこまでして1番になれないって、何なの!?　バースデーも祝えなくてウチ、何なの!?」

ＤＤ「1番だよ、リリカが1番だよ」

リリカ「だったらウチが予約したシャンパンタワー、他の女とすんじゃねーよ！」

ＤＤ「売り上げのためだろーが、自分の担当がＮｏ・1獲ったら、おめーだって嬉しいだろ」

リリカ「私の金じゃなきゃヤなの！　私が金使って獲ったＮｏ・1じゃなきゃ意味ないの！　1番の人の

1番じゃなきゃヤなの！」

100万円の札束を床に投げつけるリリカ。

リリカ「…拾えよ」

DD「（拾いたいが）拾わねーよ」

リリカ「つーか、バックレると思ってたんだろ」

DD「思ってねえよ、つーか、体売れなんて俺、言ってねーじゃん」

リリカ「売らなきゃ払えねーよ！　100万なんか！　分かってんじゃんそんなの、なに見てんだよ！」

黙って見ていた南舞。

リリカ「バカだと思ってんだろ！」

南「…思っていません」

リリカ「……」

南「達成したい目標が明確にあって、それにはお金が必要で、そのために自分のスペックを最大限に活用して、ぜんぜんバカじゃないし、筋通ってるし、感情剥き出しで、いいと思う。…あ、私、NPO法人『Not Alone』新宿エリア代表南です」

DD「（名刺出し）DDこと、ダイスケ・ダルメシアン三世です」

リリカ「（叩き落とし）営業してんじゃねーよ！　今こっちだろ！」

DD「だから…リリカが1番だって」

リリカ「うるせえ！　もう疲れた、金銭感覚バグって今さらマトモに生きらんねーし、ババァんなってまで風俗やりたくねえしもう死ぬわ」

ヨウコ「トコロガ死ネナイ」

南「…ヨウコさん」

ヨウコ、鞄からタブレット出し写真を見せながら、

ヨウコ「The chances of dying from a fall injury about this height is less than 30%.（この高さからのfall injuryで死ぬ確率、30%以下）（岡山弁）70%は助かる。死なん。If you fall on your head, you'll have a surgery where a metal plate will be placed into your cheekbone and pulled up to reconstruct your crushed face,（頭から落ちた場合、潰れた顔を再建するため頬骨に器具を入れて引っ張り上げる手術）でーれえ痛えそうじゃ。でも死なん」

リリカ、写真を直視できず目をそらす。

ヨウコ「A case where he fell from the lower half of

his body. Hip joint shattered and pierced his internal organs.（下半身から落ちて股関節が粉砕して内蔵を突き破ったケース）これもでーれえ痛えそうじゃ、でも死なん。Fall on your back first and you're partially paralyzed.（背中から落ちて半身不随）もんげー苦しいそうじゃ、でも…」

リリカ　「死ねないんですか？」

ヨウコ　「死なん、なぜなら、ワシがここにおるからじゃ」

南　「外科医なんです、この人」

DD　「…どうする？」

リリカ　「…やめようかな」

リリカを柵の内側に戻すDD、ついでに札束を回収しようと身を乗り出した拍子に、自分の名刺を踏んでツルッと足を滑らせ、あえなくフレームアウト。

リリカ　「(振り向き) え？」

下で衝撃音。地面に不自然な姿勢で倒れているDD。

ヨウコ　「(見下ろす) ……」

救急車のサイレン音。

51　歌舞伎町・車道

渋滞。

サイレンを鳴らし車両の間を縫って進む救急車。

52　千吉ビル・前

救急隊員がストレッチャーを押して来る。

サラ　「何してんの遅ぉい！」

救急A　「すいません、通行止めで……あれ？　被害者は？」

DDの姿はなく血痕が残っている。

リナ　「あっち（と指差す）」

53　細い道

DDを乗せた『Not Alone』のワゴンカートを引くヨウコ。路地や私有地を抜け、最短距離を走る。

54　聖まごころ病院・廊下

ヨウコがワゴンカートごと救急外来入口から突入！
DDの体は衣服やロープで固定されている。

田島「え？ なに？（見て）ダルメシアン!?」

ついてくる南舞、リリカ、ホストたち。

ヨウコ「Fall injury from the 5th floor, open fracture of the right knee joint, shock from the bleeding! Tourniquet and echo!（5階からの墜落外傷、右膝関節開放骨折でショック状態！ 駆血用のターニケットとエコーの準備！）」

堀井「はい！」

とおる「はい！ じゃない、ちょっと部外者は立入禁止…」

南「とおるさん、助けて、お願い！」

とおる「…はい」

55 同・処置室A

患者を処置用ベッドに移動させマンシェットを巻く。

村木「血圧：86／47 脈拍：126、SPO2《エスピーオーツー》：98％」

田島「開放創《かいほうそう》からの出血継続しています」

ヨウコ、英語で指示を出す、訳す堀井。

ヨウコ「Cut off his clothes, get IV access and draw blood! I will control the bleeding. Get the scalpel and hemostat!」

堀井「服を切ってルート確保と採血！ 止血するからメスと止血鉗子用意して！」

横山「くそ！ なんで革パンはいてんだよ！」

ズボンがピタピタで切れない。
とおるが顔を覆ったタオルを取り、覗き込み、

とおる「あーあー、見積もり100万の顔が……」

ヨウコ「（岡山弁）顔なんかあとでええんじゃ！ 足じゃ足、切断になるかもしれんで」

一瞬にして緊張走る。

ヨウコ「FAST is negative, it's a hemorrhagic shock from the wound, so we need to control the bleeding!（FASTは陰性、やっぱり開放創からの出血性ショック、とにかく止血！）志らくは!?」

白木「白木ならここです」

ヨウコ「Call the closest emergency department!（近くの救命センターに連絡！）」

56 同・詰所

電話する白木。

白木「右膝関節開放骨折、開放創からの出血継続してます…」

57 同・処置室A

ブルドッグ鉗子で右膝の止血を試みたヨウコ。

ヨウコ「Loosen the tourniquet.(ターニケットを緩めて)」

バルブを緩めて空気を抜くとおる。右膝から目立つ出血がないことを確認したヨウコ。

ヨウコ「Bleeding controlled.(止血はできた)」

ヨウコ、ドレープを捲り右下腿の足背動脈を触る。

ヨウコ「Move your toes.(足の指動かしてみて)」

田島「聞こえる？　足の指、動かして」

微かにピクッと動く程度。

ヨウコ「…Paralysis」

堀井「(訳す) 麻痺が出てきてます」

とおる「色もどんどん悪くなってる」

白木がドアを開け、

白木「大学病院、2件あたりましたが断られました」

ヨウコ「May need to amputate…(このままだと切断…)」

啓介「迂回すればいいんじゃない？」

横山「院長……」

ヨウコ「……Detour？」

啓介「(右足指し) 靖国通り (左足指し) 職安通り。左の鼠径部《そけいぶ》から右の足背動脈に、迂回路を通して血液を流してはどうかね」

とおる「バイパス手術……」

ヨウコ「Temporary Vascular Shunt!(テンポラリーバスキュラーシャント！)」

啓介「点滴用のルートでバイパスするから準備をして」

はずきが、電話を手にドアを開け、

はずき「救急です、10代女子、ネットカフェでオーバードーズ」

白木「無理！　断ってください」

はずき「なんだけど…本人が、まごころに行きたいって言ってるみたい…あの子じゃないかな」

ヨウコ「…… (思い当たり)」

58　ネットカフェ・前

マユ、ストレッチャーに乗せられ、搬出される。

59　聖まごころ病院・処置室A

首下から膝下までドレープで覆われたＤＤ。
啓介、左鼠径部よりシースを大腿動脈に挿入。
同時進行で堀井が機械出し。

ヨウコ　「Scalpel（メス）」
堀　井　「はい」
ヨウコ、右足背部をメスで切開。
ヨウコ　「Forceps（モスキートペアン）」
堀　井　「はい（受け渡し）」
即肺動脈にペアンをくぐらせて、20Ｇ留置針を挿入する。
チューブをシースと留置針に接続。
啓介側のロックを解除すると、チューブを動脈血が流れ、右足の色調が少しずつ戻る。
とおる　「おお…」

60　同・救急外来入口

白　木　「（電話切り）北新宿救命救急センター受け入れ可能です！」
ちょうどマユがストレッチャーで運び込まれる。
白　木　「あ、その救急車ちょっと待って！」

61　同・処置室A

堀　井　「血圧：１０４／57、脈拍：１０２、ＳＰＯ２：98％」
啓　介　「色も少しずつ良くなってきてる」
ヨウコ　「Get him out, hurry!（急いで搬送！）」
一　同　「はい！」

62　同・廊下

搬送用ベッドに固定され運び出されるＤＤ。
救急Ｂ　「担当医の方、ご同行願います」
ヨウコが行けない事情を察し、医師たちに動揺が走る。

啓介「だいじょぶ、私がついてるから」

ヨウコを促し出て行く啓介。見送る一同。

南「(一連の空気に)なんですか?」

とおる「……いや」

63 北新宿救命救急センター・手術室・前

執刀医の広重が出て来て、

広重「無事終わりました。…あなたが執刀医ですか?」

啓介「ええ、聖まごころ病院の高峰と申…」

広重「もうちょっと丁寧にやって欲しかったな、すごい雑」

啓介「…すいません(ヨウコを見ながら)時間なかったんで」

広重「確かに、外傷性膝窩動脈損傷《しっかどうみゃくそんしょう》はスピードが命ですからね」

ヨウコ「そうなんよ」

広重「あと少し、処置が遅れたら切断は免れなかった…感謝します」

「じゃあ」と背を向け歩き出す二人、安堵と喜び。

啓介「あ、これ、お給料ね」

封筒に入った現金を渡す(20万円くらい?)。

ヨウコ「…This is not enough(…足りない)」

64 聖まごころ病院・病室

半身起こしているマユ。腕には点滴。

ヨウコ「Thanks to you, we didn't have to call another ambulance…(お前のおかげで救急車呼ぶ手間が省けたよ…)」

靴を履いたまま、隣のベッドに横になる。

マユ「助かったの? 千吉の屋上から落ちたんでしょ?」

ヨウコ「あれくらいじゃあ死にゃあせん」

ヨウコ「Heart might be weak, but the body's strong…(心が弱くても身体は強い…)人間の、生きようとする力、ナメんな」

マユ「…ごめんなさい」

ヨウコ「おめえの勝手じゃ好きにしたらええ。じゃが、ワシがおる限り命は助ける、何べん死のうとしてもぜってー助ける。ワシの勝手じゃ」

マユ「…(泣く)」

ヨウコ「寝ろ」

南Na「家出少女のマユは、しばらく〝まごころ〟で預かることになり…ボランティア活動を始めました」

65　公園（日替わり）

とおる、南舞、あかね、マユ、歯磨きセットを配布する。

一　同「（口々に）困ったことあったら、LINEしてくださーい」

マ　ユ「配り終わりましたぁ！」

南「おー、マユちゃん、偉い偉い」

とおる残りの歯磨きセットをあかねのカゴに投げ入れ、

とおる「自分も、配り終わりましたぁ」

南「…はい、偉い偉い」

66　北新宿救命救急センター・病室

ベッドのDD、恐る恐る包帯を取り、

DD「どうよ」

ホストたち「いいっす」「ありっす」「逆にいっす」「男前っす」

DD「ほんと？　鏡取ってくれ」

アツシ「見ねえほうがいっす、見るもんじゃねっす」

南Na「右脚を失う寸前だったことを、本人は知りません」

67　聖まごころ病院・詰所

南Na「ここは新宿歌舞伎町。誰でも安心して遊べる、東洋一の歓楽街です…一部の例外を除いて」

堀井、ヨウコが買って来たペヤングにふりかけをふる。

白木『聖まごころ病院』宛の請求書を突きつけ、

白　木「おいビッチ、アメリカのあばずれ、なんだ？コレは」

『¥1，000，000〜ご飲食代・イケメン牧場』

ヨウコ「……ふりかけ？」

つづく

#3

聖まごころ
診療案内
外科・内科・小児科
泌尿器科・性病科
診療時間
BEAUTY CLINIC
NEW OPEN!
聖まごころ病院

1　歌舞伎町

タクシーが停車しスライドドアが開き、派手なスキニーパンツをはいた女の脚、降り立つ。

韓国語Na　「(字幕)ここは新宿歌舞伎町。東洋一の歓楽街です」

ジャズシンガー、ニシ・リツコ(64)。
サングラスに映る一番街アーチ。

リツコ　「It stinks! Stinks like urine!(字幕・臭っせ、小便くせえ)」(歩き出す)

運転手がトランクからキャリーケースを出し、

運転手　「お客さん荷物！」

韓国語Na　「キャバクラ、ホストクラブ、ガールズバー、その他、合法的な風俗店が軒を連ね、誰でも安心して遊べます」

2　NPO法人『Not Alone』

あかね　「ごめんなさい私、高峰さんのこと、まだよく知らないし…」

とおる　「……」

あかね　「……って、言うと思います」

とおる　「それはさ、あかねちゃんがでしょ？　俺は舞ちゃんに告るんだから、ちゃんと舞ちゃんの気持ちになって答えてよ」

あかね　「私で練習しないでください、すごい失礼(席を立つ)」

とおる　「(追って)じゃあカウンセリングしてあげようか」

あかね　「なんの？」

とおる　「人形の命、つまり顔。Dr・高峰の5分で無料カウンセリング」

あかね　「いいです」

とおる　「いいわけねえっしょ」

あかね　「いいわけねえってどういうこと!?」

とおる　「あ、ごめん。すごく味のある……オリジナリティあふれる顔だと思うよ。可愛いの、一歩手前って言うか、可愛いの、寄せ集めって言うか、可愛いの、もらい事故っていうか…あーもう語彙力！　顧客をその気にさせるトークスキルが足りねえ」

あかね　「だから私で練習しないでください！」

買い出し帰りの南舞が息を弾ませて来て、

南　「ごめんごめん、お菓子、補充」

あかね「……（とおるを見る）」
南「（とおるを見て）なんですか？」
とおる「（意を決し）…あの、舞ちゃん」
南「…あ（察して）ごめんなさい私、高峰さんのこと、まだよく知らないし」
とおる「……」

3　聖まごころ病院・処置室（日替わり）

ヨウコ、とおる、横山、田島、堀井、処置の準備しつつ、

田島「なに、フラれたくせにニヤニヤしちゃって」
とおる「いやだって、あれ以来明らかに恋愛対象として？　意識され始めてるっていうかぁ」
堀井「Well, it's congested.（鬱血《うっけつ》しちゃってますね）」
とおる「おやすみLINEおはようLINE来るし、しれっと付き合ってますよねえ！」

患者の青年、恥ずかしそうに股間を隠している。

ヨウコ「Hands off, I need to see it.（手をどけて、ちゃんと見せなさい）」
青年「あの…できたら男の先生が…いいんですけど」
ヨウコ「…ネエサン」
堀井「あ（察して）ごめんね、気が利かなくて（と退席する）」
一同「いやいやいや…」

患者の股間から垂れ下がった牛乳瓶を引っ張るヨウコ。

青年「いでででで！」
ヨウコ「（岡山弁で）なんで入ったん？」
青年「YouTube撮ってて、知りません？　温めた牛乳瓶にゆで卵のせるとトゥルン！　って中入っちゃうの、それを…」

ゆで卵が牛乳瓶に吸い込まれる動画を見る医師たち。

横山「自分のでやってみた、ってか。何やってんだバカ！」

白木がカーテンを開けて、

白木「救急です！　ゴールデン街で外国人同士の喧嘩！　1人は顔面骨折《がんめんこっせつ》の疑い」
田島「怖っ」
白木「鼻は変形してぐちゃぐちゃ、耳はちぎれ血まみれ…」

とおる「きっつぅ」
白木「歯も何本か折れてるそうです…」
青年「さぶっ」
　コンという音。青年の足元に牛乳瓶が転がる。
ヨウコ「It's shrunk.（縮んでる）」

4　同・救急外来入口

救急I「すみません、どこも受け入れ拒否で…」
　ストレッチャーで運ばれて来る外国人男性。
　迎えに走るヨウコ、とおる、横山、田島、堀井、青年。
韓国語Na「あらゆる人種が集い、あらゆる言語が飛び交う歌舞伎町、その片隅にある聖まごころ病院、またの名を…」

☆タイトル「新宿野戦病院」

5　同・院長室（日替わり）

　ジャズのレコードを拭きながら、
啓介「なにすんの?」
白木「…ですから、お休みを…」
啓介「休みが欲しいのは分かった、休んでなにすんの?」
白木「休んで…休むんです、白木、何もしません」
啓介「もったいない」
白木「…そうでしょうか」
啓介「そうでしょう、休んでる白木さんなんか魅力ないよ、本も読まない家事もしない、旦那との関係は冷え切ってる、せいぜい韓国ドラマの再放送見ながら寝ちゃって、あーあ、こんなことなら出勤しとけばよかったって、なるよ」
白木「…そうですねぇ」
　話を終わらせレコードを拭く啓介。動こうとしない白木。
白木「眼窩底《がんかてい》骨折の疑い!」
啓介「（驚き）なんだね」

6　同・処置室A（回想）

白木（OFF）「絶対にオペ適応。うちで対応できるレベルじゃない」

運び込まれた外国人男性。堀井、色んな言語で挨拶。

堀井「ズドラーストビーチェ、ヨーナポットキヴァーノク、サラーム」

男性「(息苦しそうに)…Salam」

堀井「アゼルバイジャン人です」

口々に「あぜるばい、じゃん?」と呟く一同。

とおる「…ごめん、アゼルバイジャンあるある出てこない、勉強不足!」

白木「パスポートは?」

村木「不携帯です」

所持品、カギとクルミの殻。

白木「保険証は？　現金は？　カードは？　何もないじゃない!」

ヨウコ「Shut up!」

ヨウコ、聴診器を胸に当て、触診。

堀井「(モニター見て)SpO2低下しています」

モニター数値　血圧152/76　脈拍116　SpO2:82。

ヨウコ「Traumatic pneumothorax of the right chest! The lung has shrunk to a dangerous level!(右外傷性気胸《みぎがいしょうせいききょう》、肺が縮んで危険な状態!)」

白木「三次救急当たりませんか？　うちじゃ無理」

ヨウコ「Get a chest tube!(胸腔《きょうくう》ドレナージの準備!)」

一同「Yeah!」

白木「Yeah!って…やるの?」

7 同・院長室(回想戻り)

啓介「…いいじゃない」

白木「よくない!　治療したとて、一銭も払えないいんですよ」

啓介「白木さん、口を開けば金金カネカネ」

白木「経理担当ですから白木は!」

8 同・処置室前・廊下(回想)

処置室Aからアゼルバイジャン人の叫び声。

ため息をつきながら出てくる白木。

ベンチで待ってる大柄な、いかにも観光客っぽい米国人。

米国人「……（右手を気にしている）」

白　木「…もしかして…アナタが殴ったの？」

米国人「It might be broken.（折れているかもしれない）」

パスポートとインバウンド保険の加入証明を見せ、

米国人「Here's my passport and a proof of my insurance.（私のパスポートと保険です）」

9　同・院長室（回想戻り）

白　木「かたやパスポートなし保険証なしの重症患者、かたやインバウンド保険加入済みの軽症患者。前者を速やかに三次へ回して後者から治療費を頂戴するのがセオリーですよね。アメリカだったら絶対そうする。なのに」

10　同・処置室A（回想）

処置の真っ直中のヨウコ、ものすごい剣幕。

ヨウコ「There's no time for this! Can't you see Inoki? If not treated, a tension pneumothorax will develop and he will go into cardiac arrest! Let others take care of a presumed broken bone, you moron!（それどころじゃない！　見て分かんないの猪木！　このまま放っておくと緊張性気胸になって心停止するの！　ただの骨折疑いなんか、よそへ回して！　どマヌケ！）」

白　木「…いのき？」

11　同・院長室（回想戻り）

白　木「『志らく』までは…そんな言い間違いもあるかな？　アメリカ人だしって。でも猪木は（涙）…猪木は、猪木だもの…」

12　同・外（回想）

白木（OFF）「結局、骨折の疑いがあるアメリカ人が三次救急へ」

笑顔で搬送される米国人を、忸怩《じくじ》たる思いで見送る白木。

米国人「Ｔｈａｎｋ ｙｏｕ ｓｏ ｍｕｃｈ 信ジラレナ

ヨウコ　～イ…（何かに気づいて）!?」

　ヨウコ出て来て、清々しい表情で、

　「Medical insurance system in Japan care for all lives.（すべての命に寄り添う日本の医療保険制度）…もんげー平等」

13　同・院長室（回想戻り）

白木　「違う！　本当は取れる相手からは取りたい！　いや違う違う、お金じゃなくて怪我の度合い、重症患者は三次救急へ回すべき」
啓介　「その三次が断ったから、彼女が診たんでしょ？」
白木　「ん～重症、軽症の感覚が違うのかしら。ヨウコ先生にとっては、たとえ内臓が飛び出てても、生きてりゃ軽症なのかしら」
啓介　「軍医だからねえ」
白木　「…とにかく！　ヨウコ・ニシ・フリーマンが来てから、働けど白木の暮らし楽にならざり、せめてお休みを！」
南Na　「白木さんの『涙の直談判』が功を奏し、シフト制が導入されます、働き方改革です」

14　同・前（日替わり）

　看板に『日曜・休診』『月曜・救急のみ』の文字。
南Na　「日曜休診、月曜は救急のみの対応、夢の週休2日」

15　同・診察室B

南Na　「その月曜日に目をつけたのが、院長の弟、啓三さん」
　ドアに『月曜BEAUTY CLINIC』のプレート。
啓三　「とおる、そこの汚ねえ油絵外して、ポスター飾っちゃおう」
　オーナー（啓三）と院長（とおる）のポスターを貼る。
南Na　「診察室をリフォームして、月曜限定ビューティークリニックを開業したのです」

16　ホストクラブ・店内

南Na「箔を付けるため、息子をホストクラブに体験入店させる力の入れよう」

とおる、新人ホストとしてシャンパンコール。

とおる「ハーイハーイハイーイ！」

17　歌舞伎町の路上（日替わり）

とおるのどアップ写真のアドトラックが街を走る。
コピー『現役ホストDr・が、お前を日本一のキャバ嬢にしてやろうか！　BY TORU』

南Na「宣伝活動にも大金を注ぎ込みました」

18　聖まごころ病院・診察室

とおる「お待たせしました、院長の高峰とおるです」

スキニーパンツの脚を組むリツコ、サングラス外し、

リツコ「（韓国語）美容系インフルエンサー、イ・オンナです」

とおる「…えー（カルテ見て）ヒアルロン酸と脂肪吸引ですね」

リツコ「Yeah」

19　同・詰所（日替わり）

PC画面、ヒアルロン注射の予約メールが大量に。

堀井「とおる君、大変！　予約が殺到してる！」

横山「おおっ！　口コミも増えてる！　なんで？　怖い」

とおる、スマホでインスタを開き、

とおる「やっぱり…美魔女インフルエンサーが、インスタにあげてくれたみたいです、ほら！（見せる）」

岡本「イ・オンナって、ハハハ（笑）そんなバカな」

横山「（読む）まごころの、ヒアル注射、もんげー安い」

ヨウコ「もんげえ!?」

ヨウコ、スマホを奪って見るが、別人級の画像加工で、

ヨウコ「…知らん（と返す）」

とおる「いや、よそが高すぎるんスよ」

白木「どうする？　うちも値上げしちゃう？」

とおる「いや、据え置きで、その代わりガンガン仕入れてください！」

20　同・外（日替わり）

病院前に長蛇の列が出来ている。誘導する啓三。

啓　三「キレイになりたい人、2列に並んで！　ボトックスの方はこっち、ヒアルの方こっち！…おや？」

帽子を目深に被り、俯くはずき。

はずき「…違います」

啓　三「何も言ってねえけど」

はずき「ほうれい線が…婚活バーベキューなんです、外科の一本釣り狙いなの、お父様には言わないで…」

21　同・受付

白木が一万円札の束を数えている。看護師が「お先でーす」と声をかけるが、気づかないほど没入。

22　同・階段（深夜）

足音を忍ばせ階段を上る足元。壁に映る不気味な人影。

23　同・病室（廊下とカットバック）

ベッドに横たわるヨウコ、廊下に人の気配を感じ、

ヨウコ「!!（目を見開く）」

廊下。革手袋を装着する、ごつい男の手元。

病室。枕元の護身用の武器を掴むヨウコ。

何者かの主観。ヨウコのベッドのカーテンに近づく。

高まる緊張。ヨウコが中から一気にカーテンを開ける。

ヨウコ「!?」

マユが立っている。

マ　ユ「（声を潜め）ごめん…起こしちゃった？」

咄嗟に掴んだ武器を離し、腕時計を見ると午前1時。

ヨウコ「遅え！」

マ　ユ「…ごめぇん」

××××××××

ベッドに座り、ペヤングを食べるマユ。

マ　ユ「どこで、誰と何してたか、聞かないの？」

ヨウコ　「That's not a doctor's job.（それは医者の仕事じゃない）」
ヨウコ　「…ODはしてないよ」
ヨウコ　「…当たり前じゃ（横になり）DRUGは最悪じゃ。ウチのRooMate…stress overload after retirement, got addicted and dated a pusher.（退役してストレスで薬漬け、Pusher〈売人〉と付き合った）」

24　アメリカのアパート（夜・回想）

ソファでぐったりするルームメイト、元衛生兵アンナ。

ヨウコ、馬乗りになり名前を呼び続ける。

ヨウコ（OFF）「I was freak'n mad. MDMA, cocaine, dried hemp…I flushed them all down the toilet.（アタマ来てMDMA、コカイン、乾燥大麻、トイレに流した）」

大量の薬物をトイレへ捨て、流すヨウコ。

25　聖まごころ病院・病室（回想戻り）

マ　ユ　「プッシャーだけ分かった」
ヨウコ　「Saving a friend's life, that's a doctor's job.（友達の命救った、あれは医者の仕事）」
マ　ユ　「なんで靴履いて寝るの？　足臭いの？」
ヨウコ　「夜はな、何かあった時、逃げ遅れるけぇ」
マ　ユ　「戦場にいたんだもんね、すごい」
ヨウコ　「すごくねえ。…No one wants to get into a war.（戦争なんか、やりたくてやってる奴など、１人もいない）」
マ　ユ　「…ヨウコさんが傍にいれば、安心だ」
ヨウコ　「No! Don't be such a baby!（NO！　甘えるな！）自分の身ぃ守るのは、自分じゃ」
マ　ユ　「…ありがと、ごめんね」
ヨウコ　「（背を向け）…はよー寝ぇ」
マ　ユ　「おやすみ」

26　同・詰所（日替わり）

堀井がペヤングを探している。
堀　井　「ない！　ない！　また私のペヤングが…」

村木「昨日食べてましたよ」
堀井「それは昨日のペヤング！」

27 同・院長室

啓介の席に最先端の美容機器。
啓介「これは」
啓三「最先端のレーザー治療機…なんだっけ」
とおる「ピコレーザーです」
堀井が飛び込んで来て、
堀井「院長！　私のペヤングが…あ」
啓介「ピコレーザーくんは、なぜ私の席に？」
啓三「アンタより役に立つからだよ」
白木「場所を取るので、一旦置いただけです」
とおる「シミ除去、顔全体のトーンアップ、シワをなくしハリとツヤを与えてくれる」
はずき「これ一台で？」
とおる「20歳若返ります」
白木「…お、おいくらまんえん？」
啓三「1000万」
啓介「要らん！　こんなもの、救急医療機関の本分を忘れるな」
はずき、堀井、白木、ピコレーザーに釘付け。
啓介「他にもっと必要な物がある、トイレを洋式にするとか。出せ、はずき、目障りだ」
はずき「……」
啓介「聞こえないのか、白木さん」
白木「……」
とおる「試してみます？」
堀井「いいんですか!?」
啓介「堀井さん！」
啓三「金は俺が立て替える、初期投資だよ、1回の治療で4万から5万、200回で元取れるんだぜ」
啓介「そんなのは医者のやることじゃない！」
ピコレーザーを挟んで激しくやり合う啓介と啓三。
啓三「出たよ、外科だけが医者で、それ以外は下に見る、そういう傲慢さが今この状況を招いたんだろ！　借金地獄と人手不足と！」
啓介「黙れ！　守銭奴！」
白木「1千万、院長、1千万がここに（と庇う）」
啓三「需要があんだよ、美容皮膚科のほうが儲かんの!　てめえら患者選べる立場か!」

28　ジャズ喫茶BUG

ヨウコと啓介。

ヨウコ「じじい同士、なんで仲良うできんのん」

啓　介「じじい同士だから喧嘩すんの（マスターに）ドライカレー2つ。可愛かったんだよ、アイツ昔は、目がクリッとしててね」

ヨウコ「（啓三の顔を思い浮かべ）目は今もクリッとしとる」

29　遊園地の駐車場（回想・55年前）

自家用車が到着し、啓介(17)と啓三(7)が降りる。

啓介（OFF）「歳は10違うが仲が良くてね、歌舞伎町のまごころブラザーズって呼ばれてたよ」

遊園地へ向かう啓介、啓三、父の陽介、母の真紀。

啓三（7）「ぼくコーヒーカップ乗る!　10回乗る!（走る）」

真　紀「啓三ちゃん、走らないで!」

その時、陽介のポケットベルが鳴る。

真　紀「（振り返り）え?」

陽　介「…すまん」

啓介（OFF）「当時、医者だけが持ってたポケットベル。患者の容態が急変すると容赦なく鳴るんだ」

意に介さずはしゃぐ啓三。啓介、全て察して、

啓三（17）「帰るぞ、啓三」

啓三（7）「…なんでぇ?」

啓三（OFF）「兄貴はもう分別ある歳だったけど、俺は違った、声が嗄《か》れるまで泣きわめいて抵抗した」

嫌がる啓三を抱え上げ、車へ戻る啓介。

30　聖まごころ病院・院長室（回想戻り）

啓　三「いいとこで鳴るんだよ、運動会、学芸会、授業参観」

はずき「ほんと腹立つのよ、だったら最初から来ないで欲しい」

とおる「医者の子あるあるスね」

啓　三「兄貴を外科に、俺を内科に、それが親父の…夢じゃねえ、現実的な目標だった。兄貴が医大受

かってからは当たり強くてよ」

31　歌舞伎町のディスコ（回想・43年前）

友人と共に一心不乱に踊る啓三（19）。

啓介（OFF）「啓三は家出を繰り返し、ディスコに入り浸った。東亜会館、今の歌舞伎町タワーの横、元祖トー横キッズだな」

32　ジャズ喫茶BUG（回想戻り）

啓介「…アンタは？ Your father, Dr. Freeman, what is he like?（お父さん、Dr・フリーマンどんな人？）」

ヨウコ「……」

啓介「Don't want to talk?…that's fine.（言いたくないなら…別にいい）」

ヨウコ「おふろの味」

啓介「ん？」

ヨウコ、運ばれて来たドライカレーに釘付け。半熟の目玉焼きがのっている。

ヨウコ「（指し）これ、おふろの味」

啓介「…（マスターに）お風呂の味がするって、なんだろね」

ヨウコ「Mom didn't like doing household chores, she only made this.（母さん、家事が苦手、料理はこれしか作れなかった）」

啓介「…おふくろの味？」

ヨウコ「YES! BUG RICE」

啓介「バグライス」

ヨウコ「ママ、そう呼んどった。Dad ate BUG RICE after his night shift. I ate BUGRICE the day before my exams.（父さん、夜勤明け、BUG RICE食べた、私、試験の前の日、BUG RICE食べた）」

と言いながら卵の黄身をグチャグチャに潰す。

啓介「写真、ないの？ Dad's photo?（お父さんの写真）」

ヨウコ、手を止め、スマホで写真を出す。

ヨウコ「おやじ、死んだ、わし、二十歳…Cancer（癌）」

黒人医師フリーマン氏、サックスを手に笑っている。

ヨウコ「（再び黄身を潰す）Mom swore that she will never marry a doctor and came to the States, but she still laughs because she married one after all.（医者とだけは結婚しないと誓ってアメリカ来たのに、結局、医者と結婚したって、母さん笑ってた）」

啓　介「……」

ヨウコ「I admired my dad so I became a doctor. But he died after I entered medical school…（私は父に憧れて、医者を目指した。だが、医大に受かった矢先、父は死んだ）」

啓　介「…君は？」

ヨウコ「Applying for a military doctor, I knew training scholarship would be provided. But the condition was, serve in the military as long as the scholarship period.（軍医を志願すれば、養成奨学金が出ることを知った。但し、援助を受けた期間と同じ年数、軍に所属するのが条件）」

啓　介「それで軍医に、そうか…（真似して黄身を潰す）」

ヨウコ「13年、わし、軍におった（食べる）」

啓　介「…苦労したんだね」

ヨウコ「（悶絶）うめえーっ！」

啓　介「…だが無事で良かった、生きてて良かった（混ぜる）」

ヨウコ「…おっさん泣いとん？」

啓　介「泣いてない（食べる）うまいね」

ヨウコ「うめえーっ！　ぼっけえうめえっ！」

33　聖まごころ病院・ビューティークリニック

リツコ「ぼっけえ儲けとるなぁ」

とおるのピコレーザー治療を受けるリツコ。

とおる「うちにもいますよ、岡山弁喋るアメリカ人の先生」

リツコ「…ふーん」

とおる「面白いですよね『でーれー』と『ぼっけえ』と『もんげー』ぜんぶ『すごい』って意味ですもんね」

34　ジャズ喫茶BUG

ヨウコ「『ぶち』もあるで『ぶちうまい！』」

啓　介「どう違うんだい」

ヨウコ　「違い、難しいな…『でーれー』は…わお！（Ｗｏｗ）ぼっけえは（目を見開き）わぁおぅ！」
啓　介　「顔が違うんだね、もんげーは？」
ヨウコ　「（さらに目を見開き）うわあぁおうっ！」

35　大久保・イケメン通り

韓国料理店でマッコリを飲むとおる、リツコ。
リツコ　「ぜんぶ一緒じゃ」
とおる　「そうなんスか!?」
リツコ　「ぼっけえも、でーれーも、もんげーも意味は一緒。『でーれーでーこんてーてーて』」
とおる　「…分かんないです」
リツコ　「『大きい大根、炊いといて』」
とおる　「ハハハ（リツコの飲みっぷりに）…大丈夫ですか？」
リツコ　「平気平気、点滴じゃ。（韓国語）ほら、美容皮膚科のカリスマだよ、名刺もらいなよ、名刺ほら！」
とおるの名刺を、イケメン店員パクらに配るリツコ。
とおる　「飲む点滴は甘酒っす」

36　細い路地（夜）

リツコ　「メンズがどんどんキレーんなる、ええ時代じゃわ」
とおる　「それ、うちの院長に聞かせてやりてっすよ」
リツコ　「男が美容に金かけて、悪いことなんか、ひとつもねぇ！」
とおる　「ですよね！…だからまあ、生存競争も激しいんスけど…え？」
リツコ、腕を引いて路地を曲がる。ラブホテル街。
リツコ　「続きはホテルで話そう」
とおる　「いやいや、え？　冗談でしょう（ぐいぐい引っ張る）」
リツコ　「せわーねー、何もせんから（ぐいぐい引っ張る）」
とおる　「いやいやいや、マズいですマズいマズい……あっ」
『Ｎｏｔ Ａｌｏｎｅ』のベストが見える。
とおる　「…違う」
南舞、厳しい目つきで立っている。
とおる　「違う違う」

南　「……」

とおる　「違う違う違う…違う違う違う…もう今日の俺『違う』しか言わないと思う…助けて」

リツコ　「イ・オンナです」

とおる　「違う」

南　「高峰さんがどういう人か、よく分かりました」

とおる　「だから…」

手で「来ないで！」と拒絶する南舞。携帯に着信音。

南　「もしもし…はい…え？…（と去って行く）」

とおる　「……」

37　中華料理店

中を覗く南舞。俯いているマユが見える。

テーブル上に数種類の薬剤、コスメ品。

岡本と、児童福祉司の犬居《いぬい》がいて、

岡本　「万引きです。盗んだ薬でオーバードーズして、どんだけ迷惑かけんだよ」

南　「…ここ、なんなんですか？」

岡本　「一応気ぃ使ってんだよ、いいから入って」

南　「（入って）……申し訳ございません」

岡本　「いや、俺じゃなくて（顎でマユを指し）叱んねーんだ」

マユ　「……」

岡本　「叱んねーと、やるよ、また。ゴミ拾いもいーけど、炊き出しもいーけどさ、大人が憎まれ役んなって叱ってやんねーとさ」

犬居　「児童福祉司の犬居です。以前にも家出してそちらで保護されていたそうですね」

南　「…居場所がないんです。家にも学校にも、だから…」

岡本　「居場所ない連中が居座って、元いた奴ら追い出してやりたい放題やるから、歌舞伎町、こんなことになっちゃったんでしょ」

南　「こんなことって、どんなこと？」

岡本　「無法地帯じゃん、ガキは近づけなかったんだよ、昔は」

南　「それは怖い大人の縄張りだったからですよね」

岡本　「…そのぶん秩序はあったよ」

南　「私はそうは思いません！」

岡本　「……」

南　「ヤクザとか半グレとかが、力でねじ伏せて作った秩序なんか必要ありません」
岡本　「ヤクザがいたら一晩15万も稼げねえか」
南　「……（微かに動揺）」
マユ　「…ごめんなさい」
岡本　「…叱られてもねーのに」
犬居　「初犯でしたよね？　でしたら今後のことは親御さんが来たら…」
南　「親御さん？…え、ダメです」
岡本　「当然だろ未成年なんだから」
南　「親はダメなんです…え、報せたの？　逃げて来たんですよ、この子、母親の交際相手のDVから」
マユ　「……」
犬居　「虐待の記録はなかったですけど…」
南　「言えませんよ本人は、怖くて」
岡本　「そんなんばっかりだな」
南　「そんなんばっかりですよ、実の親から性加害受けてる子だっている、そういう子たちの居場所は？」
岡本　「…お、親がダメなら、養護施設が…」
南　「施設に馴染めない子だっています」

岡本　「知らねえよ！」
南　「そういう子たちを甘い言葉で騙して、搾取する悪い大人ばっかりだから、この街」
マユ　「『そういう子たち』って2回も言った」
南　「…え？」
マユ　「もういいです（ため息と共に一言ずつ絞り出す）どこも一緒…家も…学校も施設も。歌舞伎町はちょっとマシかと思ったけど…変わらない。居場所とか社会とか知らないし。虐待され…てるから何ですか？　母親の恋人と寝たから？　家出してオーバードーズして万引きしちゃう、そういう子たちは何？　可哀相？　は？　みたいな（笑）いいです、そういうドラマが好きなら、ウチそういう子の役で！」
　入口に母カヨが立っている。
カヨ　「マユ…」
　マユ、大きくため息をつき、感情のない目で立ち上がる。

38　聖まごころ病院・病室

ベッドに横たわるヨウコ、眠れない。廊下で物音。

ヨウコ「…マユ？」

体を起こしカーテン開けるが誰もいない。昨日までマユが寝ていたベッドを見つめ、

ヨウコ「……」

39　中華料理店・前

マユを乗せ去って行く車を見送る南舞、岡本。

南「(前見たまま) なんで知ってんの？」

岡本、ＳＭクラブのプロフィール画像見せる。

岡本「…とおるには言ってない」

南「なんで？」

岡本「なんでって…」

南「言えばいいじゃん、薄汚い中年男性しばいて稼いだお金で弱い立場の人々に寄り添ってます。いけませんか？　家族に嘘ついて自分の娘より若い少女を金で買ってる罪悪感を少しでも軽くしようと相談に乗ってあげたりする姑息なキモオジから金巻きあげる家出少女と一緒で後ろめたさなんか微塵もありません！　１２０分15万でも安いくらいです」

岡本「…タランティーノもロドリゲスも知らねえくせに」

南「タランティーノがアルバイトしてたビデオ屋の名前は？」

岡本「……ＧＥＯ？」

南「マンハッタン・ビーチ・ビデオ・アーカイブです」

岡本「……」

40　聖まごころ病院・詰所 (日替わり・翌週の月曜)

とおるが通りかかると横山、田島、堀井、白木。

とおる「あれ？　なにしてるんです？」

白木「防犯カメラに映ってるはずだって言うの、堀井ちゃんが」

堀井「ペヤング泥棒がいるはずなんです、絶対！」

パソコンに防犯カメラの映像。

とおる「(呆れ) そのためにわざわざ休日出勤スか (診察室へ)」

横山「なんか来ちゃうんだよ、悪かったな暇で」

待合室に韓国料理店の店員パクがいて、

とおる「あれ？　こないだ会ったよね、韓国料理屋の…」
パク「（韓国語）パクです」
とおる「来てくれたんだあ！　パクちゃん、嬉しい、入って入って」
とおる、パクを診察室に招き入れる。
白木「……ん？（身を乗り出す）」

41　同・ビューティークリニック

診察台に寄りかかるパク、とおるの問診。
パク「（韓国語）ヒアルロン酸と、ボトックス注射打ったら、頭が痛くて」
とおる「ヒアルロン酸とボトックス注射ね、ＯＫ、カムサハムニダ（と準備始める）初回だから割引しとくニダ」
パク「ＮＯ！　ＮＯ！」
とおる「…ん？　どうした？」
パク「（頭指し）ヘンジュチュ、ヘンジュチュ」
とおる「…へんじゅちゅ…へん…あ、偏頭痛？　なんだ日本語（笑）ＯＫ、終わったらロキソプロフェン出すニダ」

ヨウコとはずきが現れ、
ヨウコ「To-ru, have you seen Mayu?（とおる、マユ知らないか？）」
とおる「ちょっと診察中！」
はずき「昨夜、帰って来なかったみたいなの、南さんから連絡…」
とおる「ない、知らない、出てってよ」
とおる、診察台を倒すためにパクの頭を押さえると、
パク「（韓国語）痛い！」
ヨウコ、違和感を感じ、触診する。
とおる「え、なに？」
ヨウコ「…Get CT ready!（ＣＴの準備して！）」

42　同・詰所・前

パクをストレッチャーに乗せＣＴ室へ。
ヨウコ「ネエサン救急！　処置室使うよ！」
岡本が来て、
岡本「警察でぇす、ロビーで涼んでいい？」
白木「ほれ、今のとめて」

横山が防犯カメラの映像をポーズ状態に。

岡本「…なに、どうしました?」

階段を上る、大柄な男の姿がハッキリ映っている。

横山「誰だ、これ?」

43 同・処置室A

ヨウコ、CTの画像を見て、

ヨウコ「Hmm, well, if it's not cerebral hemorrhage.（…んん、脳出血じゃないとすると）」

処置台にパク、堀井が覗き込み話しかける。

パク「アンニョハセヨ」

堀井「韓国人です、イケメンです」

はずき「それは見れば分かる」

ヨウコ「Did you get any treatment today?（今日、どこかで施術しました?）」

パク「I got hyaluronic acid on the nose and nasolabial folds, botox on the jawline and temple, 8 shots in total.（鼻とほうれい線にヒアルロン酸、エラとコメカミにボトックス、全部で8本打った）」

堀井「やってます、結構、やってます!」

パク「After that, I got a headache…that's what I was saying earlier.（その後、偏頭痛がして…って、さっきから言ってるんだけど）」

ヨウコ「Base of the nose is not looking good…it could necrotize.（鼻の根元の色が悪い…放っておいたら壊死するかも）」

堀井「（思わず）ええ!?（訳す）鼻が壊死しかかってるって」

一同「ええっ!?」

とおる「もしかして…血管にヒアルロン酸入っちゃった?」

ヨウコ「Vascular occlusion（血管閉塞《けっかんへいそく》）」

とおる「稀にあるんです、血流が止まって、最悪、失明するって」

ヨウコ「Few hours late and your nose could have fallen off.（数時間遅かったら、鼻がもげるとこだったよ）」

とおる「あっぶねえ! 打つとこだった!」

堀井「So, what is the treatment?（で、処置は?）」

ヨウコ「知らんわ、専門じゃねえけん」

とおる「…溶解剤！　ヒアルロン酸を溶かす薬あります！　ヨウコさん…助かりました」

南Na「迅速な処置で、なんとか危機は回避できましたが、口コミは、良い時より悪い時に効果を発揮するもので」

44　インスタ、X、SNS等の書き込み

『#ヒアルロン事故』『#まごころ』『#ヤブ医者』で、悪評が拡散される様子。

南Na「あたかも、まごころの施術で事故が起きたかのような書き込みが、SNSで拡散されました、売り上げはガタ落ち。風評被害です」

45　聖まごころ病院・廊下（日替わり）

隅に放置されたピコレーザー、ビニールかけられ『返品』の紙が貼られている。

啓三（OFF）「残念ながら返品とかねえから」

46　同・院長室

啓三の傍に、優しそうな笑顔が逆に怖い男、刈谷《かりや》とおる、はずき、白木、啓介。

啓三「ホストの売り掛けと一緒、立て替えたから一千万、こちらが」

刈谷「ご安心ください」

はずき「（小声で）不安しかない」

啓三「ディスコで踊ってた時代から、世話になってる刈谷先輩」

刈谷「懐かしいねえ、BIBA」

啓三「踊り明かしたわあ、TRFのサムと3人で」

刈谷「世が世なら俺がEZ《イージー》 DO《ドゥ》 DANCE《ダンス》してた、かもね」

啓三「ありえる（笑）。そんな刈谷さん、現在は歌舞伎町では知る人ぞ知る不動産王なんです」

啓介「知ってるよ、でっかい看板出てるもん」

47　歌舞伎町の雑感

屋上から見た風景、刈谷所有のビルを示す刈谷の顔看板。

啓三（OFF）「そうなんです、ココもココもココもココもココもココも刈谷さんの所有物件」

48　聖まごころ病院・院長室

啓　三「刈谷さん、この病院にも目をつけてくださって」
刈谷、ビルの完成予想図（グラフィック）を見せる『歌舞伎町Champagneタワー』

刈　谷「5階がエステ&美容室、4階がホストクラブ、3階キャバクラ、2階が消費者金融、1階がパチンコ」

啓　三「最上階でキレイになってモテたり働いたり借りたり儲けたりしながら落ちて行く、シャンパンタワーのイメージですね」

刈　谷「地下は風俗です」

啓　介「(呆れる) ……お前らの欲望を具現化するとこうなるのか」

とおる「あれ？　あれあれ？　美容皮膚科は?」

啓　三「よく見ろ」

とおる「俺のビューティークリニックを開業するって話でしたよね」

啓　三「よく見ろ！」
消費者金融の横、曇りガラスに白衣を着たシルエット。

とおる「(坪数を見て) 6坪」

はずき「今より狭い」

とおる「……」

啓　三「悪いな。お前みたいな道楽息子に大事な病院継がせるほど、お人好しじゃねんだわ」

とおる「……」

啓　三「抵当権を譲渡する代わりに、兄貴に貸した金も刈谷さんが肩代わりしてくれたんで」

刈　谷「金利は15パーです。年内に返済していただけない場合、ここも競売にかけますんで」

啓　介「…」

49　同・屋上

とおる「1本ください」
とおる、横山にタバコをせがむ。ヨウコ、田島。

横　山「…いいか、入院患者もいねえし」

とおる「くそ親父、息子の俺まで出しに使うとは…本当すいません」
横山「別に俺たちは、なあ（火をつける）」
田島「ここがダメでも働き口探せるけど、ヨウコさんは」
横山「…そうか、無免許」
ヨウコ「パパ活でもやるかぁ！」
横山「あんた意味分かって言ってる？」
とおる「…だけど、考えちゃうなぁ」
田島「なにが」
とおる「医者じゃないって言うじゃないスか、院長、美容皮膚科なんか。いや、反発はありますよ、やり甲斐あるし、自由診療だから儲かるし。けど実際…できねえことが多すぎますよね」
田島「病気を治すわけじゃないしね」
とおる「そうなんスよ、命に関わる仕事じゃねんだもん。その負い目は正直ある。ほうれい線が消えて唇プルプルになっても車突っ込んで来たら死ぬから！　戦場でさぁ、これから最前線へ向かう兵士がさあ、美容とか化粧とか誰が気にするよ」
ヨウコ「するで、めちゃめちゃする」
とおる「…そうなんスか」
ヨウコ「なんでせんと思ったん？」
とおる「すいません」
ヨウコ「Chances of dying tomorrow, chances of meeting your soulmate tomorrow… are both even.（明日、死んでしまう確率、明日、運命の人と出会う確率…どっちもイーブン）」

50　戦地の森林・テントの中（回想）

靴を履いたまま寝ているヨウコ。外でドン！と音がする。

ヨウコ「!?（飛び起きる）」

51　同・テントの外（回想）

激しい撃ち合い。銃弾が飛び交っている。
衛生兵アンナが「ヨウコ！」と叫ぶ。

アンナ「Yoko. Help me get him over there!」
ヨウコ「Got it. Let's go」
アンナ「Grab his feet」

アンナ「Come on help us」
ヨウコ「Here」
駆けつけるヨウコ。負傷した兵士に駆け寄り、
ヨウコ「!!」
ヨウコ（OFF）「He was so my type. Nose bigger than Ryan Gosling, jaw more cleft than Ryan Reynolds.（超タイプだった。ライアン・ゴズリングより鼻が大きくてライアン・レイノルズより顎が割れて……）」

52　聖まごころ病院・屋上（回想戻り）

ヨウコ「Hence,（要するに）ぼっけえイケメン、やる気出たよね」
とおる「あれ？　ブサイクもイケメンも命は平等って…」
ヨウコ「そりゃタテマエじゃが」
田　島「言っちゃった」
ヨウコ「I then realized I haven't checked myself in the mirror this morning. What if I have nose hair sticking out? Or eye boogers…?（応急処置しながら…今日は朝から1度も鏡を見ていない、鼻毛が出ていたらどうしよう、目ヤニがついていたら…）」

53　戦地の森林・テントの中（回想）

ヨウコ、気づかれないよう手早く手鏡でチェック。
ヨウコ「（戻りかけて）!?」
アンナが兵士に覆い被さりキスをしている。
ヨウコの声「Mouth to mouth? Artificial respiration?（マウストゥマウス？　人工呼吸？）NO、ありゃ、ただのディープキスじゃ、意識はっきりしとったし」
アンナ「Ryan!（ライアン！）（キス）Ryan!（ライアン！）（キス）」
兵　士「…No, I'm Not Ryan.」

54　聖まごころ病院・屋上（回想戻り）

アンナと兵士の結婚写真を見せる。

ヨウコ「After returning from military service, the two tied a knot… I swore to make an effort to beautify myself.（帰還後、2人は結ばれ…私は、どんな時も美容に力を注ぐことを誓った）（タバコの煙を吐く）戦場、それは生きるか死ぬかの戦い、そして嫁ぐか嫁がないかの戦い。…命ある限り美しくありたい、それが人間。じゃけんオメエも…立派な医者じゃ」

とおる「…はい」

55　マンションの一室（夜）

暗闇にマユの顔が、スマホの灯りで浮かび上がる。

カヨ「飲みすぎないでよ」

シンゴ「分かってるよ、行け早く」

マユの母カヨが出て行く。ドアが閉まる音。

マユ「……」

息を潜め、トー横界隈で遊ぶ仲間のTikTokを眺めるマユ。クローゼットのカーテンが開き、シンゴが缶チューハイ片手に、死んだ目で立っている。

56　防犯カメラの映像

4分割（入口、待合、廊下、救急入口）の画面に時間差で映る大柄な男の姿。

はずき（OFF）「救急入口から…廊下を通って…（画面切り替え）階段のぼって…」

57　聖まごころ病院・詰所

はずき「ヨウコ先生の部屋のドアの前まで来て…」

フレームアウトする大男。

はずき「消えた」

はずき、堀井、岡本、白木。

岡本「これ（映像）借りてっていい？　特定できるかもしれない」

マユが帰って来る姿も映っている。

はずき「…マユちゃん帰って来たから、逃げたんだ…やだ怖い！」

白木「ケガしてましたよね」

一同「え？」

白木「ちょっと、戻してください」

巻き戻る防犯カメラ。

白木「……」
歩いて来る大柄な男。

白木「…ほら右手、ケガしてる」
大男の右手に革の指なし手袋。

白木「……」

××××××××××

フラッシュ（回想S‐8）処置室前・廊下。
ため息をつきながら出てくる白木。
ベンチで待ってる大柄な、いかにも観光客っぽい米国人。

米国人「……（右手を気にしている）」

白木「…もしかして…アナタが殴ったの？」
パスポートとインバウンド保険の加入証明を見せ、

米国人「It might be broken.（折れているかもしれない）」
防犯カメラの大男と激しいカットバック。同一人物で。

××××××××××

白木「いた！　そこのベンチに、この前、こいつ！　いました！」
と、当日の記録用ファイルをめくる白木。保険の証書コピーに写真と名前『Michael』。

岡本「マジで？　マイケル、どうしたの？」

白木「三次救急に行ってもらいました…危なかったあ！」

声「Pusher（売人）」
カウンター越しに見ているリツコ。

一同「……」

リツコ「（指さし）そいつPusherの手下、ウチも後つけられた」

××××××××××

フラッシュ（回想S36）細い路地。
振り返るリツコの視線の先、革手袋の男（マイケル）。
リツコ機転を利かせ、とおるの腕を引いて路地を曲がり、

××××××××××

リツコ「続きはホテルで話そう」

リツコ「ところで、院長先生は？」

はずき「ここにはいません」

リツコ「あっそ（去る）」

はずき「…だれ？」

堀　井「あっ！」
防犯カメラ映像。ペヤングを持って病室に入るマユ。
堀　井「ペヤング泥棒、特定できました、ありがとうございました！」

58　マンションの一室
マユの体をまさぐるシンゴ。諦めたように、なされるがままのマユ。
床にペヤングの残骸、割り箸が無造作に落ちている。
マ　ユ「……」
××××××××
フラッシュ（回想）ヨウコの言葉が甦る。
ヨウコ「おめえ死んだら、ぼっけえ悲しい」
××××××××
マ　ユ「……」
××××××××
ヨウコ「おめえの勝手じゃ好きにしたらええ」
××××××××
割り箸に手を伸ばすマユ。
シンゴ「…つまんね。ちょっとぐらい声とか出せよ、なあ、やってんだろ？　パパ活する時は」
××××××××
ヨウコ「No! Don't be such a baby!（ＮＯ！　甘えるな！）自分の身ぃ守るのは、自分じゃ」
××××××××
マ　ユ「!!」
割り箸を折るマユ、そのグサグサの断面。

59　夜の道
必死の形相で走るマユ。

60　マンションの一室
シンゴの腿裏に刺さっている割り箸。

61　ジャズ喫茶ＢＵＧ
ジャズのレコード聴きながら強い酒を飲む啓介。

店に入って来る派手なスキニーパンツの足元。

革手袋がヨウコの喉元を捕らえる。

つづく

62　夜の道

走るマユ。息を切らし、解放感から笑顔に。

63　ジャズ喫茶BUG

「Doctor」と声をかけられ振り返る啓介。

啓　介「…りっちゃん」

南Na「ここは新宿歌舞伎町、誰でも安心して遊べる、東洋一の歓楽街」

64　聖まごころ病院・病室

階段を駆け上がって来る足音が聞こえる。

ヨウコ「(目を開き) マユ…」

ヨウコ、起き上がり、ベッドから下りカーテンを開ける。

大柄の米国人マイケルが立っている。

ヨウコ「!!」

#4

1　靖国通り～歌舞伎町・入口（夜）

歌舞伎町のネオン目指して走るマユ。

中国語Na　「（字幕）ここは新宿歌舞伎町。東洋一の歓楽街です」

マ　ユ　「はっ…はっ…はっ…」

2　聖まごころ病院・病室

カーテンを開けるヨウコ。革手袋の手が喉元に食い込む。

ヨウコ　「!?」

3　マンションの一室（回想・夜）

マユ、ささくれた割り箸をシンゴの腿裏に刺す。

シンゴ　「…いてっ（見て）…おおい！　なにやってんだよ！」

マ　ユ　「うるせえクソじじい！」

一瞬の隙をついて飛び出すマユ。

4　Ｉ♡歌舞伎町の看板前（回想戻り）

走ってくるマユ。サラ、リナがすれ違いざま声をかける。

サ　ラ　「マユじゃん、お帰りぃ（ハイタッチ）」

マ　ユ　「ただいま！（と応じる）」

夏なのに長袖コートの少女と再会を喜ぶマユ。

中国語Na　「キャバクラ、ホストクラブ、ガールズバー、その他、合法的な風俗店が軒を連ね、誰でも安心して遊べます」

リ　ナ　「じゃね～（去る）」

スマホを取り出し発信するマユ。

5　聖まごころ病院・病室

中国語Na　「あらゆる人種が集い、あらゆる言語が飛び交う歌舞伎町」

マイケル　「I'm gonna kill you, you freak'n bitch!（字幕・ぶっ殺してやる糞ビッチ！）」

ヨウコのスマホに着信音。マイケルがひるんだ一瞬の隙をついて、股間を蹴る。

マイケル「ＯＨ！」
と、腰を引いた瞬間に右腕をねじり、ベッドに押しつけ膝で固めるヨウコ。マイケル、ブーツに忍ばせたナイフを左手で取り出す。
ヨウコ「!!」
突き出したナイフをかわす。

7　同・給湯室
沸騰したお湯をペヤングに注ぐとおる。上の階から物音。
とおる「??」

8　同・2階
病室のドアが開いていて、とおるが中を覗くと、ヨウコとマイケルが無言の死闘を繰り広げている。
裸絞《はだかじめ》でホールドされたマイケルの顔、うっ血し変色。
ヨウコと目が合うとおる、思わず素通りしようとする。
ヨウコ「Ｈｅｙ！　Ｈｅｙ！　Call the police!（警察呼んで！）」
とおる「はい、はい、えっと…あ、救急にかけちゃった！」
マイケル、後頭部でヨウコに頭突き。
ヨウコ「んん――っ！（昏倒《こんとう》）」
とおる「だ、大丈夫っすか？」
形勢逆転したマイケル、ヨウコを組み伏し絞め上げる。その後頭部に、マユがペヤングの熱湯をかける。
マイケル「??……Arghhhhhhhhhh!（ぎゃあああああああ！）」

9　北新宿警察署・前
縄＆手錠で拘束されたマイケル、パトカーから降ろされ悪態つきながら連行される。

10　同・内
柳　井「パスポートも保険も偽造でした」

ヨウコ「じゃろうな I know why he was attacked.（襲われた理由は分かる）…やんちゃしとったもんでな」

アンナと兵士の結婚写真を見せるヨウコ。

ヨウコ「My roommate Anna and her husband. They met in the war zone and got married…（ルームメイトのアンナとその夫。2人は戦場で出会い、結婚した…）」

とおる「え、やんちゃって、まさか、三角関係？ ライアンと、プライベートライアンしちゃった？」

ヨウコ「彼は去年、紛争地区で戦死したんじゃ」

とおる「あー…すいません」

ヨウコ「She got addicted to drugs from the distress.（ショックで、アンナは薬物依存）わしゃあ見とれん言うて…flushed down the toilet.（便所に流した）」

××××××××××

フラッシュ（回想＃3）。

大量の薬物をトイレへ捨て、流すヨウコ。

ヨウコ（OFF）「It wasn't enough, so I destroyed everything.（だけじゃ収まらず、全部燃やした）」

××××××××××

倉庫。積まれた大量の白い粉にガソリンをまき、火をつけ、逃走。

追って来た売人「F××k!」とか「Shit!」とか叫び怒り狂う。

ヨウコ（OFF）「The pusher lost 5 hundred million dollars.（売人は5億ドルの損害を被った）」

××××××××××

ヨウコ「そいつが雇ったアサシン《刺客》じゃ（マイケルを指す）」

岡本「…やんちゃのスケールが、タランティーノ」

マイケル、ヨウコを挑発。

11 ジャズ喫茶BUG

リツコ「命狙われとるけぇ、国外逃亡する言うから、ほんなら日本行って、新宿のBUGちゅうジャズ喫茶訪ねたらええ、言うたんじゃが…」

フラッシュ（回想）。

××××××××××

外国人とテキーラ一気し、走りゴミ箱に突っ込むヨウコ。
搬送された病院で暴れ、外科医として執刀…という目まぐるしい、インパクト重視のコラージュ。

××××××××××

啓　介　「…寄り道したんだね」
リツコ　「酒が好きじゃけえ、誰ん似たんか」
啓　介　「…で、どうだい、42年ぶりでしょ、新宿」
リツコ　「変わらんね、先生も」
マスター　「……」

12　聖まごころ病院・前

ヨウコ、とおるパトカーを降りる。
去って行くパトカーに、
ヨウコ　「世話んなったのう、ポリ公」
岡　本　「『ポリ公』は岡山弁じゃないよね」
ヨウコがとおるにタバコ勧めるが、受け取らず。
ヨウコ　「なんなん？」
とおる　「こっちがなんなん？っすわ、ヨウコさん、いちいちエピソード強すぎる」
ヨウコ　「それな（火をつける）」
とおる　「なんなん？　アーミーとかプッシャーとかアサシンとか、そこまでアメリカ求めてねえし」
ヨウコ　「Thank you もんげー much（肩を組もうと）」
とおる　「やめろウザ絡み！　英語と岡山弁混ぜて喋っていい日本人は、藤井風だけ！　もうないですよね、打ち止めですよね…あ」
ヨウコの視線の先、街灯の下にリツコがいる。
ヨウコ　「…MOM」
とおる　「…え？」
リツコ　「Glad you're safe, Yoko.（無事でよかったね、ヨウコ）」
とおる　「…まむ？　その人、ヨウコさんの、まむなの？」
駆け寄り、抱き合い、再会を喜ぶ2人。
中国語Na　「歌舞伎町の片隅にある聖まごころ病院、またの名を…」
とおる　「…あっぶねえ——!!」

☆タイトル「新宿野戦病院」

13 聖まごころ病院・詰所（日替わり）

とおる「お母さんって、早く言ってよ！」
ヨウコ「（写真の）顔が違うもんで」
　インスタの、加工済みの写真を見る田島、堀井。
堀　井「これは分からない、娘でも分からない」
　××××××××××
　フラッシュ（回想#3）細い路地。
　とおるの腕を掴み、ぐいぐいホテルへ引き込むリツコ。
とおる（OFF）「もうなんか、酔ってたのもあって、顧客獲得のためならマクラも致し方ないかって…」
　××××××××××
リツコ「せわーねー、何もせんから」
ヨウコ「Makura?」
堀　井「（訳そうとするので）Makura means when you…」
とおる「いい、訳さなくて！」
田　島「俺は実物のほうがいいけどな」

14 同・院長室

リツコ「ヨウコが、でーれえお世話んなっとるそうで」
　困惑気味のはずき、鋭い目つきで睨む白木。
啓　介「どうしたの、ヤンキーみたいな顔して、威嚇？」
白　木「…経理担当の白木です」
啓　介「父の代からの金庫番、で、娘のはずき」
はずき「当院のソーシャルワーカーです」
リツコ「弟さん、おらんかった？　態度の大きい」
はずき「まあ、よくご存じで」
啓　介「言ったじゃん、古い付き合いなの、ジャズ喫茶の給仕でね、時々歌ったりして、もう40年以上前になるね」
リツコ「歳がバレちゃう（笑）」

15 同・階段～詰所～待合室

　階段を下りて来る、はずき、、リツコ、白木。
リツコ「Yoko, when's your next day off?（ヨウコ、今度いつ休み？）」

ヨウコ　「I'm only working Monday, Wednesday and Friday.（月、水、金は当直だから、それ以外なら）」
リツコ　「Let's have some Sushi then.（じゃお寿司食べ行こう）皆さんごきげんよう（と去る）」
白　木　「…ただならぬ女が、ただならぬムードをまとい、ただならぬ娘を置いて去って行く」
ヨウコ　「なんなん？　白木屋《しろきや》」
白　木　「鼻が利くんですよ、歌舞伎町で40年も働いてるとね、災いをもたらす女特有の、禍々《まがまが》しさを感じますね」
はずき　「娘の様子見に来ただけでしょ」
電話が鳴る。
白　木　「（出て）はい白木屋…じゃない白木！　まごころです」
田　島　「俺、ぜんぜん行けますね」
とおる　「やめて田島先生」
田　島　「お母さん、いつまでいるの？」
ヨウコ　「You can't handle her.（あんたの手には負えないよ）…彼氏ぎょーさんおるし」
ロビーで、若い韓国人男性と落ち合うリツコ。
韓国人　「（韓国語）リツコ、なに食べたい？」
リツコ　「（韓国語）肉ぅ〜」
腕を組んで出て行くリツコと彼氏。
白　木　「お嬢さん、児童相談所の犬居さんから…マユちゃんの件で」

16　NPO法人『Not Alone』（日替わり）

児童福祉司の面談に立ち会う南舞、はずき、岡本。
カ　ヨ　「…あの、マユは？」
あかね　「（お茶を出し）いたら、喋りづらいと思って」
南　　　「まさか連れて帰ろうと思ってました？」
カ　ヨ　「……」
はずき　「御心配なく、うちのスタッフが見てますので」

17　（例えば）コンカフェ・前

ヨウコの服を着ているマユ。
マ　ユ　「もっとマシなのなかったの？」
ヨウコ　「うちの一張羅じゃ！」
長袖コートの少女の前を通り過ぎる。
リ　ナ　「うちらコンカフェ行くけど」

少　女「今日はやめとく、ありがとね」
　　保護者としてついて来たヨウコ。
ヨウコ「シャンパンタワーNOな！　ぜってぇNOな！」
マ　ユ「だいじょぶ、ここノンアルだから、チェキ撮ろう」
ヨウコ「…ちぇき？」
マ　ユ「いいから行こ」
カヨ（OFF）「子供が可愛いとか思ったこと…ないかも、一度も」

18　NPO法人『Not Alone』

カ　ヨ「望まない妊娠だったので」
はずき「それは…授かり婚？」
カ　ヨ「援交です、ウチらの世代は渋谷。egg系…って知らないか(笑)。私みたいな女、社会に出ても、何にもできないし、産むかーって」
南「…じゃあ、本当のお父さんは」
カ　ヨ「分かったところで、ねえ」
犬　居「(絶句する一同に）…あ、珍しくないんです、こういうケース、親が援交世代で、子がパパ活世代っていう」
カ　ヨ「育児とかほんと向いてなくてぇ、子育て支援課のおばさんに怒られるからやってたけど」
岡　本「可愛いからじゃないの？　できないよ、可愛くなきゃ」
カ　ヨ「飲み行ってましたけどね、余裕で、子供置いて、旅行とか」
南「現在のパートナーと付き合ったのは？」
カ　ヨ「…4年前すね、スナックの客、同居が2年前。その頃にはあの子…すっかり笑わない子になっちゃって」

19　(例えば）コンカフェ

屈託ない笑顔でチェキを撮るマユ。
リ　ナ「おばさん、ヤバい形になってる」
ヨウコ、指でハートを作ろうとして、できない。
サ　ラ「こうだよ、こう、なんでできない」
ヨウコ「いでででで！」
マ　ユ「(笑)」
カヨ（OFF）「最初は寝ぼけてるのかな？　と思って

たんです、彼が、マユの部屋でゴソゴソやってるの」

20　NPO法人『Not Alone』

カヨ「でも違った。ムカついた。やっぱ若いコがいいのかよって」
はずき「ムカついたって、娘でしょ自分の、やめさせないと！」
カヨ「はいはい分かってる分かってるんです、そういうのは！」
南「注意はしなかったんですか？」
カヨ「しましたよ何度も、けどキレて暴力ふるわれるだけなんで、お前とやろうが娘とやろうが俺の勝手だって」
はずき「（呆れ）…本当に言うの？　それ」
カヨ「言いますよ、警察に相談しても無駄だとか」
犬居「民事不介入？」
岡本「それ昔の話でしょう、今はDV防止法ってのもあるし、刑事事件になるんですよ」
カヨ「…そうなんですか？　知らないから。預けられる親戚もいないし、だから、正直、家出してくれてたほうが楽だし、平和なんです、最悪、私が殴られれば済むし」
はずき「別れたらどうなんです？　関係を断ち切らない限り、状況は変わりませんよ」
カヨ「別れて何が残るんです？　私みたいな女。…あんな奴でも優しいとこもあるし…」
岡本「私みたいな女って言うのやめない？」
カヨ「……」
岡本「謙遜？　自虐？　どっちにしろ面倒くせえわ」
南「そういう子って呼ばないでって、娘さんに怒られたんです」

××××××××

フラッシュ（回想#3）中華料理店。
マユ「虐待され…てるから何ですか？　母親の恋人と寝たから？　家出してオーバードーズして万引きしちゃう、そういう子たちは何？　可哀相？　は？　みたいな（笑）」

××××××××

南「反省したんです。『私みたいな女』から『そういう子』が生まれるって考えに、大人が囚われちゃいけませんよね」
カヨ　「……」
南　「断ち切ろうとしたんじゃないでしょうか、娘さん、自分で」

21　ラーメン屋（夜）

マユ、割り箸をじっと見つめて、
マユ　「……」
ヨウコ　「どうやって食うん？」
山盛りの野菜と豚の背脂に狼狽《うろた》えるヨウコ。
マユ　「まずスープをすすって」
　　　　ヨウコ、恐る恐るスープを一口飲んで、
ヨウコ　「…おうふ、Tastes more porky than I imagined.
(思ったより豚)」
マユ　「麺を下からほじくり出して、野菜の上にのせちゃう」
リナ　「出た、麺ぐり返し！」
ヨウコ　「(食べ)…んまいっ！」

22　聖まごころ病院・詰所

とおる、横山、堀井、看護師、帰り支度の田島が、
田島　「おつかれっすー」
横山　「田島先生、帰らないほうがいいかもー」
テレビのニュースが立てこもり事件を報せ、
レポーター　「男が立てこもり3時間が経過しました、未だ膠着《こうちゃく》状態が続いている新宿歌舞伎町の風俗店からです…」
堀井　「やだぁ、すぐそこ、ラーメン屋の裏」
レポーター　「周囲には騒ぎを聞きつけ、人だかりが出来ています」
田島　「こういう派手なのは来ませんよウチには」
とおる　「そうそう、せいぜいイヤホン鼻に入れたら」
村木　「抜けなくなっちゃった」
横山　「瓶に男性器入れたら」
村木　「抜けなくなっちゃった」
とおる　「抜けなくなっちゃいますよね、この時間」
吉野　「抜けない科、作ったほうがいいですよ」
横山　「いいねえ、外科内科、抜けない科」
レポーター　「たった今！　SITが突入しました！」
電話が鳴る「!?」顔を見合わせる医師たち。

白木「(電話に出て)はい、まごころ、立てこもりですか?」
一同「(緊張が走る)」
白木「なんですか? 聞こえません…何が抜けなくなったって?」

23 駐車場(随時カットバック)

乗用車の横で電話している救急隊員。
救急L「ですから、車の助手席で性交中にその、女性の方が痙攣を起こして抜けなくなったみたいなんです」
白木「カーセックス? カーセックスですね?」
横山「嘘だろぉ」
白木「カーセックスならカーセックスって言って下さい最初から」
とおる「拒否で〜」
ヨウコとマユが通りかかり、
ヨウコ「What happened?」
救急M「何でもないから行って行って」
窓のすき間から中を覗くヨウコ。
ヨウコ「ヘイ男性、Are you オーライ?」
マユ「この人、お医者さん」
救急N「え? そうなの?」
ヨウコ「Dyspnea…coldsweat…JVD(呼吸苦…冷や汗…頸静脈怒張《けいじょうみゃくどちょう》)…さては男性、心疾患あるのにEDの薬飲んだろ…苦しいなら喋るな」
喋ろうとする男、だが息が苦しい。
ヨウコ「飲んだろぅ? 喋るな、飲んだんじゃろ? 喋るな、飲んだんか?」
窓のすき間から、まごころの診察券が出る。名前は沼田。

24 聖まごころ病院・詰所

白木「(受話器離し)田島先生の患者さんだって」
田島「は?」
白木「沼田さん、ED治療薬を処方してもらってるそうです」
横山「心疾患があることは?」
田島「知ってたら処方しませんよ、ったく、何やってんだよ」

白　木「三次はダメ？　じゃあもう搬送してください！

堀　井（切り）この病院呪われてる！」

とおる「陰茎補捉《いんけいほそく》で検索したら『都市伝説』って出ました」

とおる「都市伝説みたいな病院だからしゃーねーか！」

白　木再び電話鳴り白木が出て、

「まごころ…ええ見てましたニュースで、はい？

野次馬の1人が…倒れた!?」

24A　駐車場

ヨウコと救急隊員が沼田と愛人を助手席から救出。

野次馬がスマホ構えるので、愛人はサングラスをかける。

沼　田「（弱々しく）だいじょぶ、もう、あの、放っといて…」

ヨウコ「放っといて、もし心筋梗塞じゃったら、死ぬで」

沼　田「……（青ざめる）」

愛　人「あ、抜けました」

25　聖まごころ病院・廊下

ストレッチャーで運び込まれる沼田、付き添う愛人。

とおる「（出て来て）陰茎捕捉！　陰茎補捉は？…抜けちゃったんだ」

処置室Aが騒がしい。

堀　井「こっち先に見てもらえます？　心臓かもしれないです」

ヨウコ「NO、こっちも心臓！」

とおる「胸と肩の痛みの後に失神したみたいで」

ヨウコ「You two, monitor his vital signs and get ECG! If it's a heart attack, move him straight away!　ネエサン！　Get defibrillation.（2人ともバイタル計って心電図！　心筋梗塞ならすぐに転送！　ネエサン！　除細動の準備も）」

マ　ユ「（思わず）…かっけえ」

田　島「沼田さーん、田島ですよ、分かります？（処置室Bへ）」

白　木「奥様ですか？」

愛　人「（咄嗟に）あ、はい」

白　木　「(違うと知りつつ) …お呼びしますので、お待ちください」
愛人とマユだけが残され、離れて座る。

26　同・処置室A

小柄な老婆が苦しそうに横たわっている。
吉　野　「小宮山幸代《こみやまさちよ》さん76歳、心筋梗塞の既往《きおう》あり、つい さっき吐血されました」
ヨウコ　「(心電図見て) 心筋梗塞と違うな…吐血はどんくらい?」
吉　野　「鮮血をコップ1杯ほど」
ヨウコ　「Get CT scan, and get the ultrasound. (造影CTの準備を、その間にエコー持ってきて)」
とおる・田島　「Yeah!」

27　同・処置室B

村　木　「血圧207/109、脈拍126、SPO2:94%です…」
何とか喋れるくらいに意識と呼吸が回復した沼田に、
田　島　「なんですか? 沼田さん?」
沼　田　「妻、には…れ…絡し…いで」
田　島　「奥さん呼んで欲しいの?」
沼　田　「(首振り) しないで…連絡…妻に知られたら、殺される」
ヨウコ　「(準備しながら) ワシがおるけぇ、絶対死なせん」
堀　井　「(カーテンから顔を出し) こちらエコー準備できました!」

28　同・処置室A

小宮山のエコーを見るヨウコ、とおる、横山。
ヨウコ　「Stanford-A AAD (スタンフォードA型の急性《きゅうせい》大動脈解離《だいどうみゃくかいり》)」
堀　井　「…スタンフォードA型の急性大動脈解離です」
吉　野　「血圧80まで下がっています」
ヨウコ　「心《しん》タンポナーデじゃ」
ヨウコのナレーション (岡山弁) と図解で解説。
ヨウコNa　「心臓を包んどる膜のすき間『心嚢《しんのう》』に血液がでーれえたまると、心臓が圧迫され、ポンプの役割を果たせんようなって、血圧がでーれえ低下し死に至るんじゃ」

とおる「急いで転院させないと…」

29　同・廊下

ヨウコ「Try the ER or other hospitals cardiovascular surgeons, she'll only hold for another hour! 白木屋！（救命センターか、心臓血管外科がある病院当たって白木屋！　もって1時間以内だから！）」

堀　井「（訳す）1時間以内に白木屋！」

白　木「ちゃんと訳して！」

はずきが飲み物を持って来て、マユに渡し、

はずき「もう遅いし、休んだら？」

マ　ユ「見てちゃダメ？」

はずき「ダメじゃないけど…（隣に座る）」

忙しく行き来する看護師、医師を興味津々見ているマユ。

はずき「いつもと違うでしょ、顔つき。ヨウコ先生もとおるさんも」

マ　ユ「…うん」

はずき「そりゃそうよ、命を預かってるんだから（愛人に気づく）」

愛　人「あ、すいません、沼田の…（妻と言おうとするが）」

はずき「奥様は今こちらに向かわれていますよ」

愛　人「…連絡したんですか？（動揺）」

沼田の妻かなえが走って来る。

かなえ「沼田です、主人は」

堀井の声「血圧50まで下がってます」

とおるの声「心囊穿刺《しんのうせんし》！　気管挿管を行います！」

かなえ「……」

愛　人「違う違う、こっちです（と処置室Bを指す）」

かなえ「ああ（安堵し）あなたは？」

愛　人「あ、秘書です」

かなえ「秘書？　あそう。…なんで、今日から大阪に出張って言ってたのに。秘書？…なんで新宿？なんか聞いてます？　え、秘書？」

愛　人「……」

はずき・マユ「……」

30　同・処置室A

シリンジを引くヨウコ。

とおる「ダメですね、血が固まって少ししか抜けない」
横山「血圧、40です」
ヨウコ「Switch to pericardial fenestration!（心嚢開窓術《しんのうかいそうじゅつ》に切り替えます！）」
とおる・横山「Yeah！」

メスをとるヨウコ。

31　同・廊下

白木「三次救急確保。新宿西救命救急センター。すぐに手術できるようです」
ヨウコ「Got it！」

啓介が慌てて来て、

啓介「陰茎補捉だって!?」
はずき「お父さん！」
啓介「抜けなくなったんでしょ、すごいね、医者人生50年で1回も見たことないよ、どっち?」

いたたまれず、うつむく愛人、それを見ているかなえ。
救急車が到着し、救急隊員が処置室Aへ向かう。

32　同・処置室A

施術は佳境。心嚢膜《しんのうまく》をメッツェンで少し切開をし、尿道バルーンを入れ、血液を抜く。
動じることなくアシストするとおるを見て、

横山「平気なんだ」
とおる「…はい？　ああ…ですね確かに、平気です。（吹き出す血を拭い）ビビってる場合じゃねえし」
吉野「血圧80まで回復しました！」
ヨウコ「Ok, let's move her out!（OK、搬送しましょう！）」

医師、救急隊員が協力してストレッチャーに移す。

33　同・廊下～救急外来入口

白木「奥様、先生から説明ありますので中へ」
愛人「あ、いえ私は…」

はずき「こちらが奥様です（と沼田妻を指す）」
白　木「は!?　じゃあ、あなたは？　何者？　さっき確認しましたよね『奥様？』『はい』って、なんで嘘ついた？　白木、理解できない」
ヨウコ「どいて！」
ストレッチャーで搬送される小宮山を救急外来入口まで見送る一同。
啓　介「私が行こう」
救急O「いや、でも（と、ヨウコを見る）」
白　木「いいんです、院長お願いします」
救急車に乗り込む啓介。
ホッとしたヨウコ、感極まりとおるに抱きつく。
とおる「おおっと…」
ヨウコ「Thank you!　Thank you トオル！」
堀　井「心嚢開窓術、なんとか間に合いましたね！」
ヨウコ「ネエサン！」
アメリカ人らしい感情表現で1人ずつ抱きしめるヨウコ。
戸惑いつつ喜びを分かち合う医師たち。
ヨウコ「ヨコヤマ！（握手）」
横　山「ははは（出て来た田島に）そっちは？」
田　島「心不全増悪《しんふぜんぞうあく》、もうED治療薬なんか飲むからぁ」
ヨウコ「タジマ！（抱きつく）」
気まずそうに出て来る沼田、妻と目が合わせられない。
ヨウコ「マユ！（抱きつく）」
マ　ユ「ハハハ、関係ない関係ない」
南Na「大人たちが話し合って、マユは当面、児童養護施設から高校に通うことになりました」

34　児童養護施設・前（日替わり）
マユを送って来た南舞、はずき、岡本（非番）、犬居。
犬　居「じゃあここで」
マ　ユ「うん、はずきさん、ヨウコさんに伝えて欲しいんだけど…」
はずき「なあに？」
マ　ユ「…やっぱいい、笑われるから。…ああ、でもな、言霊ってあるって言うからな」
南「そうだよ、言ったら叶うこと、あるよ」

マユ「お医者さんになる」
はずき「……」
マユ「のはムリだけど病院で働きたい、って思ってる、看護師とか」
はずき「ムリじゃない、待ってる」
マユ「（笑）ありがと」
犬居と一緒に施設に入って行くマユ。子供たちが「こんにちわー」と挨拶。
はずき「行きましょうか（歩き出す）」
南「岡本さん」
岡本「はい？」
「顔貸せ」と顎でしゃくる南舞、ついていく岡本。

35 新宿区立けやき公園

一転、何だかイライラしてる南舞。
南「で？」
岡本「『で？』って入り方、おかしくないかな」
南「（イライラ）え、言った？」
岡本「誰に？　何を？」
南「（イライラ）」
リュックから鞭の先端がちょっと出てる。
岡本「…ああ、とおるに？　例の件？　まだ言ってない」
南「いつ」
岡本「いつって…それは自由でしょ、俺には俺のタイミングあるし、言わないっていう選択肢だってあるし」
南「は!?」
岡本「……」
南「…で!?」
岡本「いくらなんでも言葉足らず、ていうか自分で言えば？　ＳＭクラブで働いてて、３年先まで指名埋まってますって」
南「…別に」
岡本「向こうはもう付き合ってる気でいるよ」
南「は？　やめてよ、なんで私が、あんなボンチャラと」
岡本「ぼんちゃら？」
南「チャラチャラしたボンボンって意味でしょ、分かるでしょ！」
岡本「なんなんだよ、言いたいことあるならハッキリ言えよ」

南　「まだ言わない。…言霊ってあるから」
岡本　「…え？」
南舞、鞭が出ていることに気がつき、さりげなく戻し、
南　「（顎しゃくり）休みなんだ今日」
岡本　「だからなんだよ」
南　「（財布出す）109シネマズの株主優待券2枚」
岡本　「109シネマズ？」
南　「マーベルの新作」
岡本　「どうせなら武蔵野館で『戦場のメリークリスマス』4Kリマスター版って気分かな」
南　「7時の回ね、その後7階の叙々苑、はい、これ」
映画と焼肉の券を渡し去って行く南舞。
岡本　「…え？　え、なんだ？」

36　歌舞伎町の道（夕）

うずくまっている少女に、男が声をかけようとするが、
啓三　「邪魔！」
男を突き飛ばして早足で歩き去る啓三。

37　聖まごころ病院・詰所

6時半ごろ。落ち着かない岡本。
ヨウコ、とおる、横山、吉野。
岡本　「（視線を感じ）…なに？」
とおる　「鼻歌、戦メリ」
岡本　「ああ…ごめん歌ってた？　ハハ、やってんだよ今、4K、行く？　たまたま俺、チケット持ってんだよ」
とおる　「今日、当直」
横山　「何時から？」
岡本　「は？　7時だけど」
横山　「行こうか、上がりだから」
岡本　「いやいや横山さんは（首振る）」
横山　「なんでよ、最後にたけしがカメラ目線でメリークリスマス！　って言うやつでしょ？」
岡本　「そんな雑なネタバレする人には観て欲しくない」
とおる　「ヨウコさん、好きな映画なんスか？」
ヨウコ　「ブルース・ウィリスが最初から死んどるヤツ」

岡本「シックス・センス？　うわ、雑ぅ」
啓三が切迫した様子で歩いて来る。
啓三「兄貴いる？」
とおる「はずきさんと出かけましたよ」
ヨウコ「うちの母ちゃんも一緒じゃ」
啓三「母ちゃん？　あんたの？　母ちゃん？　誰が」
ヨウコ「リツコ・ニシ・フリーマン」
啓三「!?」

38　ジャズ喫茶BUG（夜）

リツコ「……」
啓介の隣にリツコ。テーブル挟んで、はずき。
啓介「すまん…まず誰よりお前に、謝らなきゃならない」
はずき「…なんですか？」

39　歌舞伎町の道

コンビニ帰りのサラ、リナが男に、
サラ「その子、パパ活やってないよ」
男「（中国語）具合悪そう、心配」
サラ「やばい、チャイニーズ」
リナ「パパ活って中国語でなんだっけ」
サラ「分かんないよ、日本語だってままならないのに」
リナ「病む～」
少女、立ち上がろうとして、お腹押さえてうずくまる。
サラ「だいじょぶ？　汗、びっしょり」

40　聖まごころ病院・院長室

啓三「兄貴からメールで、今日、包み隠さず話すって。白木さん、うちで働いて何年だっけ」
白木「40年です、いえ、42年です」
啓三「サバ読まないで、そこ大事だから、兄貴が、みづきさんと結婚した後だよね」
机の上、啓介と妻みづきとはずきの写真。
岡本「家庭的で朗らかな人でしたよね」
白木「そうでしたね…って、なんでアンタがこっち来てんの！」
岡本「すいません、下、救急が来たんで」

白木「えっ？」

41　同・救急外来入口

長袖コートの少女、苦しそうに背中を丸め、搬送される。

救急P「年齢はおそらく10代後半、激しい腹痛と吐き気」
横山「胃腸炎かな、とにかく診察しましょう」

42　ジャズ喫茶BUG

啓介「俺たち夫婦、なかなか子宝に恵まれなくてさ。当時は、男女同権なんて風潮もなくて、特に医者の世界はな…」
はずき「今だって変わんないよ、医学部の入試で、女子が不当に差別されて、落とされて問題になったし」
啓介「うん、つまりその…」
はずき「男の子が欲しかったんでしょ。いいよ今さら、そんなことで口ごもらなくて」
啓介「ちょうどその頃だ、リツコさんと知り合ったのは」

はずき「……」
リツコの声（字幕）♪お医者さんに電話して
♪愛の痛みで死んじゃいそう
×××××××××
イメージ（回想）ピアノ横で歌うリツコ、カウンターで、
♪ドクターに電話して
♪薬を飲んでも眠れない
×××××××××
リツコ「うちは、歌手を目指して岡山から出て来たばかりでした」

43　聖まごころ病院・院長室

白木「奥様は、気づいていらしたんですか？」
啓三「察しはつくだろ、俺の目は節穴じゃやねえ」
白木「…ええ、節穴ではございませんとも。いいえ、啓三さんではなく奥様がです」
啓三「白木さんよぉ、この家で、俺が気づいたら、終わりだろ」
白木「…密告したんですか!?」

啓三「俺を誰だと思ってんだ、俺だぜ?」
白木「そうでした、啓三さんの口に戸は立てられない」
啓三「寝耳に水って顔してたよ、みづきさん」
岡本「ちょっと待って!…この話、俺、聞いちゃって
て平気かな」
白木「何言ってんのよ今さら」
岡本「いやでも、ちょっと自分、もう予定が、あっ!」
時計は7時7分過ぎ。

44 新宿武蔵野館・前

『戦場のメリークリスマス』のポスターの前で、
最大級にイライラしている南舞。
南「あーくそ、腹立つ、国家権力の犬っ!」

45 聖まごころ病院・処置室A

横山、聴診器を当てながら、
堀井「傷んだもの食べたりしてませんか」
少女「(答えない)」
とおる「しんどいだろうけど、少しは症状を教えてくれ
ないと、検査や治療ができないんだ」
横山「しっ!」
とおる「なんですか?」
横山「…この子、心臓が2つある!」
一同「ええっ!?」
ヨウコ「貸せぇ!」
聴診器を奪い、少女のお腹に当て、
ヨウコ「何言うとん。She's just pregnant. It's the
baby's heart that's beating.(この子、妊娠し
てるだけ、打っているのは子供の心臓)」
堀井「(訳す)陣痛です」
一同「…えええっ!?」

46 ジャズ喫茶BUG

啓介「母さんがお前を身ごもった時、俺は心の底から
嬉しくて、花園神社に毎日、安産祈願に行った。
けど…親父は冷静だったね」

47 聖まごころ病院・院長室(回想・42年前)

啓介、啓三、陽介の対話（顔が判るのは陽介だけ）

陽　介「まず、性別を調べなさい」

48　同・同（回想戻り）

啓　三「ひでえ話だろ、親父にとっては初孫である前に跡継ぎだった」

白　木「果たして、お腹の子の性別は…女」

岡　本「…はずきさん、ですもんね」

49　ジャズ喫茶BUG

リツコ「じゃけん私の妊娠が分かった時…すぐには伝えませんでした」

はずき「……」

50　聖まごころ病院・院長室

啓　三「兄貴が気づかなくても、俺の目は節穴じゃねえ」

白　木「また密告したんですね？　次男坊は口が軽い！」

啓　三「不倫の末の妊娠、産ませないという選択肢もあったが、本妻の子が女と判った以上、高峰家としては跡取りが欲しかった」

岡　本「何その、大河ドラマみたいな展開！」

啓　三「心底幻滅したね。何が〝まごころ〟だよ、全ては家のため病院のためじゃねえか」

白　木「チクったアンタもアンタだけど…」

啓　三「親父は兄貴を呼び出し、こう告げた」

51　同・同（回想・42年前）

陽　介「男の子だったら…認知してウチで引き取ろう」

52　ジャズ喫茶BUG（回想戻り）

啓　介「（自責の念に駆られ）あろうことか私は、父の言葉をそのままリツコさんに伝えた」

はずき「……」

リツコ「絶対にイヤじゃった、子供を取られとうなかった私は、単身アメリカへ発ちました」

啓　介「すまなかった…りっちゃん」

53　怒りに任せ、鞭を振る南舞（以下、ランダムにインサート）

54　聖まごころ病院・処置室A

呼吸が乱れ、苦しそうな少女。

とおる「ああっ、ヤバい、頭が見えてます！」
ヨウコ「We have to take her to the Obstetrics!（産婦人科に搬送しないと）白木屋は？　なにしとん！」
堀井「NO! We won't make it in time.（もう間に合わない）慌てないで！　落ち着いて！」
横山「堀井さん、助産師の資格持ってるから」

上着を脱ぎ、気合を入れ直す堀井。

堀井「ペアンとセーレ、バスタオル、カゴも用意して。大至急！」
とおる「ここで!?」
堀井「さあ、お嬢ちゃん！　体の力を抜いてぇ、一緒に頑張るわよ。はい、息、吸って！」

55　同・廊下

とおる、出て来て、待っていたサラとリナに、
とおる「ねえねえ、君ら、あの子の友達だよね」
リナ「うん、キャスミン、超仲良し」
とおる「じゃあ本名とか年齢とか、何でもいいから知ってること、教えてくれる？」
サラ「んとねぇ、ハイチュウ青りんごといちごミルクが好きでぇ、赤飯が嫌いでぇ、推しの地下アイドルがメンヘラでぇ」
とおる「どーでもいい！　何でもいいとは言ったけど、どーでもいいこと教えてとは言ってない！」
サラ「どうでもよくない〜」
リナ「病むぅ」

騒ぎを聞きつけ出て来る岡本、白木、啓三。

岡本「なに？　なんかあった？」
とおる「コレ！　コレ！（妊娠）」
白木「まあ！」
とおる「堀井さんが本気出してます！」

56　ジャズ喫茶BUG

啓介「8月に、はずき、お前が生まれた」

リツコ「その年の12月、私はニューオーリンズの救急病院に搬送されました、産まれたんは…」
はずき「やめて」

57　聖まごころ病院・処置室A

ヨウコ「Baby's about to come out! You can do it!（産まれる！　もうすぐ産まれるよ！　頑張れ！）」
ヨウコ、堀井の助手として、少女の手を握り励ます。
タオルを抱え飛び込んで来るとおる。
とおる「うわあ！　もうクライマックス！」
横　山「うん、ずっとクライマックス」
堀　井「もうひと息！　もうひと息！」
とおる「頑張れ！　頑張れ！」
ヨウコ「Hang in there! You can meet your baby soon!（頑張れ！　もうすぐ赤ちゃんに会える！）」
ヨウコの手を握り、歯を食いしばる少女。

58　ジャズ喫茶ＢＵＧ

リツコ「女の子でした」
はずき「……」
赤ん坊の産声が響き渡る。
啓　介「私の子なんだ、ヨウコは」

59　同・処置室～廊下

堀　井「よく頑張った！　ほら、女の子だよ！」
岡　本「（時計見て）あーあ」
啓　三「……」

60　ジャズ喫茶ＢＵＧ

リツコの正面に回り込む啓介。

啓　介「すまなかった…長男としての責任や重圧から逃れたくて…私は君に救いを求め…」

インサート・南舞が鞭を打つ。

啓　介「君を傷つけ、そして見捨て…」

インサート・南舞が鞭を打つ。

啓　介「君と、幼い命を…許してくれ、この通り」

インサート・南舞が鞭を打つ。

61　ひと気のない夜の公園

南　「…はぁ…はぁ…はぁ…」
　その一部始終を物陰に隠れ、見守っていたあかね。

あかね　「…舞さん」

62　ジャズ喫茶BUG〜表

　紙焼きの写真。黒人医師フリーマン。

リツコ　「Dr・フリーマンは、肌の色の違う娘を、わが子のように可愛がってくれた。ヨウコは彼に憧れ、お医者さんになりてえって」

啓介　「本当の父親も医者だとは知らずにね…」
　はずき、大きくため息をつき、努めて冷静に、

はずき　「…だからか。どうりでなんか…受け入れ難《がた》いと思ったんだよね、あの女、最初から、勘が働いたんだろうね」

リツコ　「……」

はずき　「分かってたんでしょ？　苗字が一緒で岡山弁、知ってたから雇ったんだよね、免許もないのに！」

啓介　「おい、はずき（周囲を気にする）」

はずき　「父さん浮気性なの知ってたし、それで母さんと喧嘩してるのとか見てたし、隠し子ぐらいで驚かないけど…医者って…よりによって…医者になるかな」

啓介　「それは…俺も驚いた…」

はずき　「継がせるつもり？」

啓介　「……」

はずき　「ヨウコさんに、病院、いいけど！　別に、でも、私がどんな思いで！…あの病院でどんな思いで働いてるか、ちょっとは考えてからにしてよね、失礼！」
　どうにか持ちこたえ、千円札を置いて立ち去るはずき。

リツコ　「…ええんですか？」

啓介　「…よくはないよ」
　外に出た途端、感情を抑え切れず走り出すはずき。

啓介の声　「けど…あの子はずっと苦しかったんだから」

涙を拭い走るはずき。

63　**聖まごころ病院・病室**（日替わり）

授乳を終えた赤ん坊を看護師（吉野）が連れて行く。

南Na「少女の名はカスミ、16歳。歌舞伎町に来たのは1カ月ほど前だそうです…」

ヨウコ、とおる、南舞、堀井、岡本、犬居。

犬　居「相手の心当たりは、あるの？」

カスミ「……」

岡　本「パパ活してたら特定できないか」

カスミ「してないです、高校入ってからは、1回も」

南「（岡本を睨んで舌打ち）」

カスミ「彼氏です…って、向こうはそう思ってないかもだけど。地元の先輩、好きだから、捨てられるのが怖くて、言えないまま時間が過ぎちゃって」

とおる「一人で産むつもりだったんだ」

カスミ「（頷く）ネットで調べて。最悪トイレかなんかで産んで、赤ちゃんポストかなんかに置いて来ようと思ってました」

堀　井「赤ちゃんポストは東京にはないの」

カスミ「…そうなんだ」

堀　井「熊本と北海道に1個ずつ、ちゃんと調べないと」

カスミ「けど…赤ちゃんの顔見たらなんか…自分勝手だけどなんか…離れたくないって…思います」

64　**同・処置室**

急ごしらえの新生児ベッドに赤ん坊がやってくる。

小さく歓声を上げ、見守るマユ、サラ、リナ。

65　**同・病室**

犬　居「大変なことなんだよ親になるって、覚悟できてる？」

カスミ「…はい」

南「辛い時は誰かに頼るのも大事、一人で抱え込まないで」

ヨウコ「でーれえ痛え思いして産んだんじゃ、あの子の母親はおめえしかおらん…」

声　「私はそう思わない！」
ヨウコ　「??」
はずきが入って来る。
はずき　「何考えてんの、馬鹿じゃないの？　勝手に子供作って、勝手に産んで捨てようと思ったけどやっぱり可愛い？　馬鹿か！　想像力が足りない！」
南　「やめてください」
怯えるカスミ。マユも入って来て。
とおる　「ちょっと…どうしたんスか、はずきさん」
はずき　「アンタみたいな馬鹿な女は母親になんかなれない、なる資格がない！　どうせ男連れ込んで育児放棄、はっ、また仕事が増える」
ヨウコ　「……」

66　同・前

足を引きずり来るシンゴ、タバコに火がつかずイライラ。
南Na　「ここは新宿歌舞伎町、誰でも安心して遊べる、東洋一の歓楽街」
シンゴ　「……」

67　同・病室

はずき、明確にヨウコを意識しつつカスミに、
はずき　「望まれずにこの世に生まれた子は、ずっと辛い、ずっと苦しいの！　忘れないで！」
ヨウコ　「……」

つづく

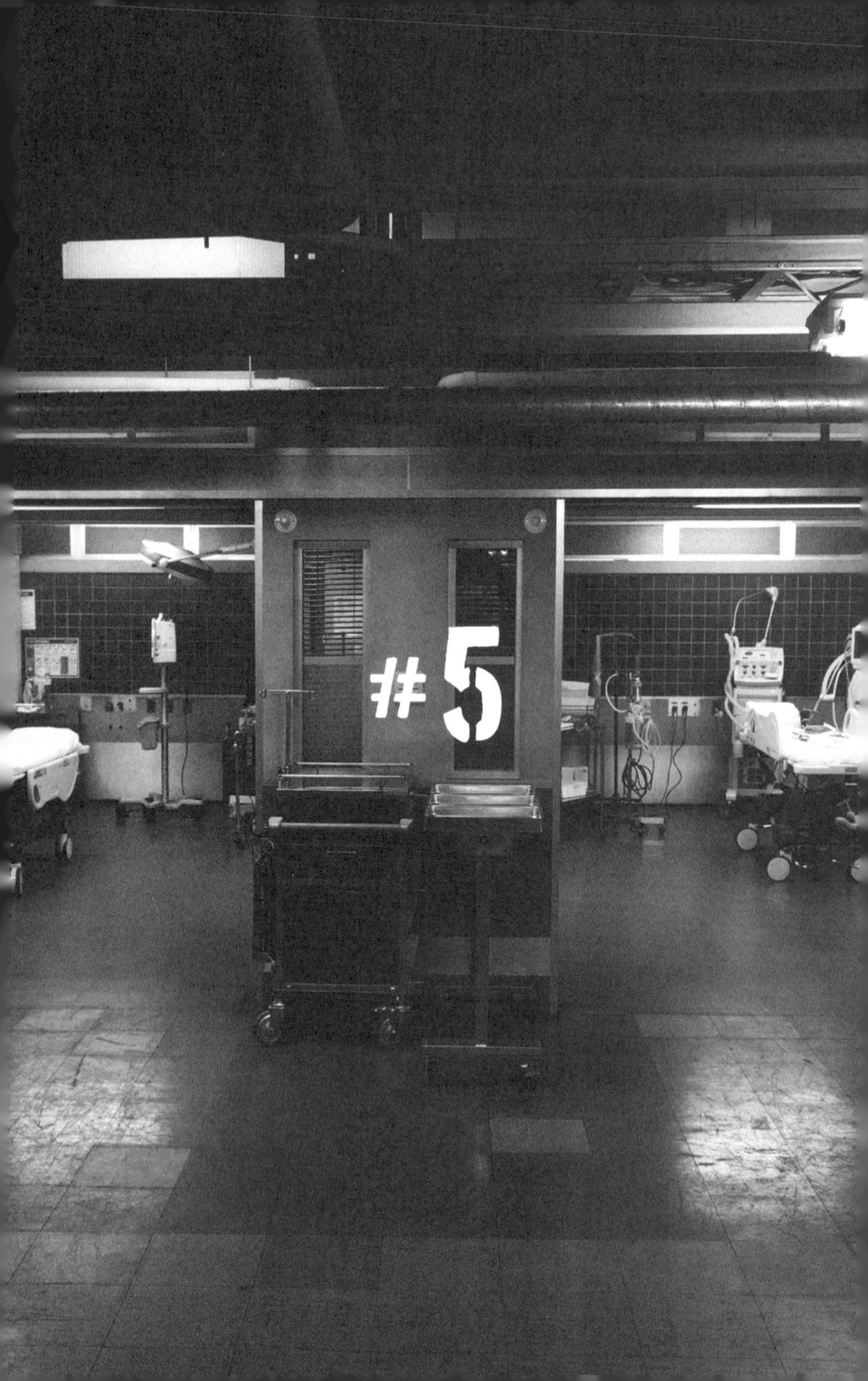
#5

1　聖まごころ病院・病室（前回ラストと同シチュエーション）

はずき「私はそう思わない！」

ヨウコ「⁉」

はずきが入って来て少女カスミを罵る。

はずき「何考えてんの、馬鹿じゃないの？　勝手に子供作って、勝手に産んで、捨てようと思ったけどやっぱり可愛い？　馬鹿か！　想像力が足りない！」

南「やめてください」

2　ジャズ喫茶ＢＵＧ（回想）

啓介「8月に、はずき、お前が生まれた」

はずき「……」

リツコ「その年の12月、私はニューオーリンズの救急病院に搬送されました、産まれたんは…」

はずき「やめて」

啓介「私の子なんだ、ヨウコは」

3　聖まごころ病院・病室（回想戻り）

はずき「望まれずにこの世に生まれた子は、ずっと辛い、ずっと苦しいの！　忘れないで！」

ヨウコ「……なに言うとん」

はずき「…岡山弁（嗤う）」

ヨウコ「誰のこと？　何のこと？　分からん、言いてぇことあるんなら、ちゃんと言いねぇ」

はずき「……」

シンゴの声「マユ！　どこだ返事しろ！　マユ！」

南舞、マユを空きベッドに座らせカーテンで隠す。

吉野らの制止を振り切り駆け上がって来るシンゴ。

シンゴ「マユどこだ！」

南「ここにはいません」

タイ語Na「（字幕）ここは新宿歌舞伎町。東洋一の歓楽街です」

はずき「なんですか？　警察呼びますよ！」

みな何となく岡本を意識する。

岡本「⁉」

タイ語Na「キャバクラ、ホストクラブ、ガールズバー、その他合法的な風俗店が軒を連ねる、健全かつ衛生的な若者の街として生まれ変わりました」
岡本、Ｙａｈｏｏ！知恵袋で検索する。
『非番のお巡りさんは犯人を逮捕できますか？』

堀井　「（タイ語）あらゆる人種が集い、あらゆる言語が飛び交う歌舞…」

シンゴ　「うるせえな！（詰め寄り）おっさん、おばはん？娘が帰って来ねーんだよ、おっさん」

堀井　「……」

シンゴ　「おばはん？　いや、おっさん、どこに…おばはん？　おっさん、娘どこ…おばはん？　おっさん」

堀井　「どっちでもいいです！　お好きな方で」

岡本、Ｙａｈｏｏ！のベストアンサーを小声で読む。

岡本　『非番の警官は現行犯逮捕の権限しかありません』…うーん」

カーテンを開けるシンゴ。だがマユはいない。
岡本、シンゴの正面に回り込み、両手を後ろで組み挑発。

とおる　「…やめなよ、何やってんの岡本っちゃん」

シンゴ　「なんだオメエ…やんのかコラ！」

シンゴが岡本の挑発に乗った、その隙に、ベッドの下に隠れていたマユが脱出。

シンゴ　「あ、マユ！」

岡本、シンゴの腕を掴み、自分の手首を握らせ、捻って、

岡本　「いでででで！　暴行罪！　現行犯逮捕！」

「どけ！」と追いかけようとして足がもつれるシンゴ。

ヨウコ　「ＳＴＯＰ！」

転んだシンゴの脚を見るヨウコ。スウェットに付着した血。裾をめくると腿裏の傷、化膿して腫れている。

ヨウコ　「これ、どしたん」

××××××××

フラッシュ（回想＃4）マンションの一室。
ささくれ立った割り箸をマユが思い切り突き刺す。

××××××××

シンゴ　「…なんでもねえ、自分でやったんだよ」

マユ　「……」

ヨウコ　「膝、曲げてみぃ」

シンゴ、膝を曲げようとするが力が入らず。

ヨウコ　「Tetanus」

堀　井　「破傷風」

シンゴ　「……」

ヨウコ　「Seen many in the warzone,（字幕・戦地で沢山見た）じきに毒素が全身に回り、顎が痺れて呂律が回らんようになる」

とおる　「あ！　そう言えばさっき『おっさんおばはん』って何回も言い直してた」

シンゴ　「あれはリアルに、おっさんかおばはんか分かんねえから…」

ヨウコ　「Lockjaw（開口障害）」

堀　井　「典型的な破傷風の症状ですね」

とおる　「人食いバクテリアの可能性はないですか？」

シンゴ　「ひ、人食い？　バクテリア？　俺が!?」

ヨウコ　「Necrotizing fasciitis, it is.（正しくは、壊死性筋膜炎《えしせいきんまくえん》）」

堀　井　「菌が全身に回ると敗血症《はいけつしょう》になり、多臓器不全で命を落とす」

シンゴ　「嘘だろ…やだよ、助けてくれよ」

とおる　「どうしても助かりたいなら…切断するしかないですね」

シンゴ　「いやいやいやいや！」

4　**同・廊下**

訳も分からずストレッチャーで処置室へ運ばれるシンゴ。

堀　井　「（タイ語）歌舞伎町の片隅にある聖まごころ病院、またの名を」

☆タイトル「新宿野戦病院」

5　**公園**（日替わり・朝）

ベンチで寝ているホームレスのシゲさん。

南　Na　「後日、マユは母親の交際相手を刑事告訴しました」

6　**ネットのニュース映像**

『交際相手の娘に性加害、39歳無職男性を聴取』

マンション前、記者の直撃を受け、足を引きずり悪態をつくシンゴ。（モザイク）

シンゴ「撮んじゃねーよ、てめえ、名刺よこせ！」

7 聖まごころ病院・屋上

とおる、動画を見ている。

とおる「あーこれ、捕まったらモザイク外れるヤツだ」

マユ「あんなヤツ、治療しなくてもよかったのに」

ヨウコ「Criminal or domestic violence offender, I will save them.（罪人だろうがDVだろうが命は助ける）それが医者じゃ」

とおる「結局、膿がたまってただけでしたけどね、何年くらい？」

岡本「不同意わいせつ罪は最長10年だけど」

ヨウコ「短え、アメリカじゃったら性加害最長30年で」

岡本「3年以下だと執行猶予ついちゃうかも」

マユ「え、会いに来れちゃうってこと？」

岡本「それはない、接近禁止命令出るから」

ヨウコ「ところでなんなん、顔白、こないだの、どういう意味？」

岡本「かおしろ？」

とおる「…はずきさんかな」

岡本「カオシロって認識してたんだ」

ヨウコ「顔白、白い顔の女、白ウサギ」

××××××××

フラッシュ（回想#4）

はずき「望まれずにこの世に生まれた子は、ずっと辛い、ずっと苦しいの！　忘れないで！」

××××××××

マユ「ウチらのことでしょ」

岡本「いや、自分も含めて…じゃないかな」

とおる「はずきさんは辛くないっしょ、溺愛されてんじゃん院長に」

ヨウコ「白い顔の、腹黒い女の…白焼《しらやき》」

とおる「まだ続いてた」

岡本「…色々あんじゃない？　知らんけど」

岡本（心の声）「…いいや知ってる、この中で、もっとも知らなくていい俺が、なぜか一番知ってる」

8 同・院長室

はずき、白木、啓三、啓介。

はずき「…どうされるおつもりですか?」

啓　三「んなことしたら思うツボだろ!　ずーじゃのちゃんねーの」

白　木「ジャズの姉ちゃん、手切れ金払ってないんですか?」

啓　介「よしなさいよ、娘の前だよ」

白　木「お金ですよ、こういう時もの言うのは、現金現金!　現金があれば何でもできる。白木に言ってくだされば、如何様《いかよう》にも都合しましたのに」

啓　三「そういうとこケチるから今こういうことになってんだろ」

声「どういうことに?」

啓　三「だから、質《たち》の悪い女に強請《ゆす》られてたかられて…!?」

リツコ、背後のドアから入って来て、

リツコ「まあ啓三さんご立派になられて、ちゃんと顔見せてぇやぁ」

啓　三「(避けて)やあどうも、その節はどうも」

リツコ「42年ぶりよ、大成功されたんですってね、羨ましいわ」

啓　三「いやいや(笑)リツコさんも変わらずお美しい」

リツコ「脛《すね》かじりが土地転がして、うちも転がりてぇわぁ」

啓　三「あははは(爆笑)うるせえババぁ!　強欲ババぁ!」

リツコ「(岡山弁)ちばけな、こんヤクザもんが!」

はずき「やめてください!…座って聞きましょう、院長のお考えを、今日はそのために集まってるんだから」

啓　介「うん、継いでもらおうと思う、ヨウコさんに」

はずき「……」

白　木「…まだ座ってない」

リツコ「……」

啓　三「ダメだ、話になんねえ」

9　同・屋上

ヨウコ「…そろそろ下りようか」

岡　本「え!?」

とおる「1時か、そっすね」

マ　ユ「うちも行かなきゃ(ため息)お母さんと面談」

岡　本「もうちょっとお喋りしません？」
ヨウコ「おめーのお喋り、笑っとんの、おめーだけ」
岡　本「……」

10　同・院長室

啓　介「腕が良いわけじゃない、雑だし、言葉づかいも乱暴。だけど…いや、だから面白い。ねえ、白木さん、そう思わない？」
白　木「院長が死んで、ヨウコ先生が継いだら白木はどうなるんです？」
啓　介「…そういう話は、私が死んでからしてくれ」
白　木「クビだな、あいつ私のこと下に見てるから、ちくしょう」
啓　介「そんなことはないよ、まごころの院長に必要なのは、金や政治力じゃない。命と向き合う正しい姿勢。彼女にはその資格と資質がある」
はずき「資格はないよねえ！」
啓　介「…おい」
はずき「ごめん、無理！　今、お父さんの話、何も入ってこない、お母さんの顔、ちらつくし、アナタがそこ座って黙って聞いてるのが気分悪くてムリ！」
リツコ「ほんなら一言だけ喋ろうか」
はずき「……」
リツコ「（岡山弁）さっきから、まるでヨウコが次期院長の座を狙っとる前提で喋っとるがぁ、あの子にも選択する自由はあるんよね、もちろん、断る権利も」
啓　三「…は？　なに言ってんだ、ババァ」
リツコ「Military doctors are treated like officers in America! Even after retirement, they get priority and scouted from large hospitals.（アメリカでは軍医は将校待遇！　退役後も優遇され大病院からのヘッドハンティングもあるんです）」
啓　介「…りっちゃん」
リツコ「エリートなんよ、ああ見えて。アンタらぁにとっちゃぁ、親から受け継いだ大事な大事な病院じゃろうけど、こんな小汚え、底辺の病院で、低賃金で働く義理はねえがぁ」
たまらず立ち上がって部屋を飛び出すはずき。

11　同・1階廊下

はずき「!!」
　ちょうど屋上から下りて来たヨウコと鉢合わせ。
ヨウコ「……」
とおる「どうかしました?」
はずき「…どいて!」
　押しのけ階段を駆け下りるはずき。
マ　ユ「白くなかったね」
ヨウコ「(頷き)…赤いきつね」

12　NPO法人『Not Alone』

　児童福祉司の犬居、とおるの名刺を見て、
犬　居「あなたも高峰さん?」
とおる「はい、前回立ち会ったソーシャルワーカーの高峰とは、いとこ同士で、彼女が本日その一…」

13　ホストクラブ

　はずき、ホストに囲まれ憂さ晴らし。
ホストたち「うれしはずかし、はずきさーん」
はずき「やーだー、もっと!　もっとシャンパン持って来てイケメン!　イケメン!　イケメン!　四方八方イケメン過ぎて見飽きた!　逆に今、和田勉が恋しい!　ワダベン!　ワダベン!　ワダベン!」

14　NPO法人『Not Alone』

とおる「…体調不良で。代理で参りました」
南　「……」
犬　居「宮嶋さん、転居先は決められました?」
カ　ヨ「うーん、探してはいるんですけど…なかなか」
マ　ユ「……」
犬　居「接近禁止命令の期限は1年ですので、その間に引っ越されることを、強くお勧めします」
南　「それと…高校卒業まで、児童養護施設で生活するという選択肢もありますが」
カ　ヨ「できれば…親子でやり直したいと考えてます。経済的な事情もありますが、マユの母親でいられる時間は限られていますし、たった2人の家族として、しっかり向き合い、償いたいです」

犬居　「…じゃあ、娘さん、施設を退所して」

カヨ　「ええ、高校には家からのほうが近いし…」

顔を見合わせる南舞と犬居。

カヨ　「どうかな、マユ、お母さん、変わるから…」

マユ　「ケータイ変えた？」

カヨ　「え？」

マユ　「え？　じゃなくて、変えた？　携帯、変えてないよね」

カヨ　「…ごめん」

マユ　「来ちゃうじゃん、連絡、アイツから、出ちゃうじゃん」

とおる　「携帯は、身柄拘束されてる間は使えないから」

マユ　「（遮り）てか、引っ越さないでしょ、どうせ」

カヨ　「……（弁解しようとするが）」

マユ　「終わってるよ、母親でいられる時間？　とっくに終わってるって、遅っせえ！　つーか娘だと思うのやめたよね、だからこっちもやめた。勘弁してよ、あんたが母親なんて、ごめん、ムリ。記憶喪失にでもならない限り。家族？　は？　誰と誰が？　ブッ壊れてんの、とっくに。アンタも、ウチも、あの男も、3人とも病気なの。分かんない？　一緒に暮らしたらもらっちゃうの病気。一人で生きていくしかないの。変えなよ、携帯、引っ越しな、馬鹿なんだから、ほら早く！　学習しろよ！」

卓上のカヨのスマホを奪い叩きつけようとするマユ。

南　「やめて！（肩を抱き）もう、いい、もう、充分…」

カヨ　「…情けない」

マユ　「……」

カヨ　「…こんなに言われて、腹も立たない、情けない」

15　帰り道（夕方）

とおる　「キツかったあー」

南　「マユちゃんのほうがお母さんみたいだったね」

とおる　「確かに…あれくらい言わないと、関係断ち切れないか」

南　「でも、スッキリしたんじゃない？　ずっと言えなくてモヤモヤしてたんだから」

とおる　「言えなくて、今もひどい目に遭ってるコいるんだもんね…」

南　「私もスッキリしていいですか？」
とおる　「え？…なになに？　舞ちゃん、え？　待って待って…」

××××××××××

フラッシュ（回想＃3）細い路地。
酔ったリツコがとおるをホテルに連れ込もうとしていて。

南　「……」
とおる　「違う違う違う…違う違う違う…」

××××××××××

とおる　「違う違う、あれ本当に違うの、あの人、ヨウコさんのお母さん、ハハ、親子で酒癖悪くて」
南　「…違う」
とおる　「え？」
南　「…ううん（笑顔を作り）なんか食べ行こう」
南舞のほうから手を握り、歩き出す。
とおる　「（笑）」

16　**聖まごころ病院・詰所**（夜）

テレビのニュース、厚労大臣の会見。
マイナンバー保険証への移行を呼びかける内容。
厚労大臣（OFF）「2024年秋、皆さんの保険証は全てマイナンバーと紐付けられ…」
ヨウコ　「黒木」
白木　「……（無視）」
ヨウコ　「青木…大木…六本木…美女木」
白木　「白木だよ！」
ヨウコ　「ロビーに人がおる」
白木　「ああ、シゲさんでしょ？」
長椅子で背中丸めているシゲさん。
横山　「すずめ公園のホームレス、夏になると涼みに来るの」
堀井　「今日は熱帯夜だからね」
ヨウコ　「Shouldn't we check? He might be sick.（診なくていいのか？　どこか悪いんじゃないのか？）」
堀井　「NO! Because he doesn't have any money or insurance.（お金も保険証も持ってないから）」
田島　「患者さんの手前、苦しそうにしてるけど点滴刺さってない」
点滴のチューブの先、ポケットに入っている。
ヨウコ　「…Bravo。Japanese healthcare system is

kind.In America, he would get kicked out.（日本の医療制度、優しい、アメリカだったら即刻追い返してるよ）」

白　木「日本でも追い返さないのは、まごころだけ！」

横　山「問診してみる？　フロ入ってないからちょっと匂うけど気さくな人だから、シゲさん、こちら外科のニシヨウコ先生」

ヨウコ「貧乏なんか？」

横　山「ちょっと！…いきなりそれは」

シゲさん「（にっこり笑い）ごめんね、おねえちゃん、公園のベンチがさあ、バッテラになっちゃってさあ」

ヨウコ「…What？」

17　公園（日替わり）

南舞と岡本。

座面がアーチ型の『排除ベンチ』の前で。

南「何すかこれ」

岡　本「…ベンチ」

南「バッテラじゃん、こんなの、バッテラ、バッテラ」

岡　本「見る人の感覚によるでしょ、切る前のカマボコにも見えるし」

南「いいから座ってみ、バッテラに、深く腰かけてみ」

岡本、座ると後ろにひっくり返る。

南「な？　意地悪ベンチって呼ばれてんの、野宿できないように、わざわざヘンな形にして、路上生活者を排除しようって魂胆」

岡　本「苦情が来るの、酔っ払いが酒盛りしてうるさいとか子供が安心して遊べないとか、苦肉の策です」

南「いないじゃん子供、結果、排除してんじゃん、しょ～もな」

岡　本「自治体に言ってよ」

南「あ～しぃ、デートすっぽかされたの初めてなんだけどぉ」

岡　本「…は？　いや行くって言ってねーし、つーか、あれデートだったんだ」

足元に分厚い金券の束を放る南舞。

南「拾えば？」

岡　本「な、なんだよ」

南「株主優待券、新宿の全映画館、全飲食店で永久に使える」

岡本「…なんでそんなに株主優待券持ってんだよ」

南「株主だからに決まってんじゃん！」

岡本「…分かんない、怒ってんの？　誘ってんの？」

南「まだ言ってないんですね」

岡本「…とおるに？　例の件？　なかなかタイミングがないんだよ（南舞が鞭を構えるので）言う、言います！」

18　聖まごころ病院・詰所

とおる「あ〜、舞ねぇ」

カルテ入力をしながら、興味なさそうなとおる。

岡本「え、なにその、そんな女いたなぁ〜みたいな冷め切った返し」

田島「なんかあったの？」

とおる「なんも。しいて言うなら…蛙化現象？　心のベストテン第1位ではなくなっただけ」

××××××××××

フラッシュ（回想）南舞と手を繋ぎ歩くとおる。

××××××××××××

とおる「今となっては、片思いしてた頃が懐かしいよね（遠い目）」

岡本「だとしたら…蛙化、早くない？」

田島「早い早い、手ぇ繋いで数メートル歩いただけだよね」

横山「串カツ田中行ってキャベツでお腹一杯になるようなもんよ」

とおる「真面目すぎるんだよ、舞は、良い子だけどぉ、裏表がなさ過ぎて面白味に欠けるんだよね」

岡本「あははははは…」

スクショした南舞のＳＭ嬢写真をこっそり見せ、

横山・田島「あはははははは」

とおる「ん？　なになに？」

岡本「なんでもない、好きじゃないならもういいの」

ヨウコが通りかかり、

ヨウコ「とおる、今夜ヒマじゃったら胸腔ドレーンの練習しようか」

とおる「やった、是非お願いします！」

ヨウコ「ついでにシースの練習もするか？　お前ができたらでーれー助かる」

とおる「ですよね、今後ＥＣＭＯ《エクモ》が必要なケースも…」

堀井　「ちょっとちょっと、まごころでECMOは無理よ」
ヨウコ　「じゃとしても、救命処置はできるに越したことはねえ」
とおる　「是非お願いします」
　去って行くヨウコ。
田島　「あれ？　あれあれ？　なに今の、子犬が尻尾振ってるみたいな感じ、もしかして、心のベストテン第1位って」
横山　「ヨウコ先生!?」
岡本　「!?」
とおる　「バレちゃいました？（笑）」
横山　「聞いてなーい！　なになに、いつから？　何きっかけ？」
とおる　「実は…こないだ、心タンポナーデのオペあったじゃないスか、あの時…」
××××××××××
フラッシュ（回想#4）廊下～救急外来入口
　搬送される小宮山を救急外来入口まで見送るヨウコ、感極まり、とおるに抱きつく。
とおる　「おおっと…」
ヨウコ　「Thank you!　Thank you トオル！」
××××××××
とおる　「おっぱい当たったんスよね（笑）」
横山　「中学生か」
田島　「確かに、スキンシップ過剰なとこあるよね、彼女」
横山　「えー？　そう？」
××××××××
フラッシュ（回想#4）廊下～救急外来入口
ヨウコ　「ヨコヤマ！（握手）」
横山　「ははは（出て来た田島に）そっちは？」
田島　「心不全増悪《しんふぜんぞうあく》、もうED治療薬なんか飲むからぁ」
ヨウコ　「タジマ！（背中から抱きつく）」
××××××××
横山　「背中から!?」
堀井　「アメリカ人だから屈託なくて、見てて気持ちいいのよね」
横山　「…そうかな」
××××××××
ヨウコ　「ヌマータ！（抱きつく）」

沼　田　「おーおーおー」
ヨウコ　「…ヨコヤマ（握手）」
　　　　×××××××××
横　山　「…なんか、俺だけ損してない？」
　　　　岡本、話半分でYahoo！知恵袋で検索する。
　　　　『いとこ同士、恋愛はOK？』
田　島　「モチベーション上がるよね、期待に応えようって思うし」
とおる　「そうそう、患者の命を最優先に考えつつ、雑だけど迷いがない姿勢とか…つーか、ギャップ萌え？　バイリンガルで、方言女子だし」
堀　井　「ファン増えてるんです、お年寄りとか子供とか、ヨウコ先生に診て欲しいって」
とおる　「次、誰かの命救ったら、勢いでプロポーズしちゃうかも」
岡　本　『4親等以上なら結婚もできます』4親等…」
　　　　インサート・高峰家の家系図で分かりやすく。
岡本の声　「0（とおる）→1（啓三）2（陽介）→3（啓介）→4（ヨウコ）」
岡　本　「…あ、いいんだ」

19　同・院長室

　　　　ドアを開け、中を覗くヨウコ、白木と啓介。
ヨウコ　「院長、今ちょっとヨロシイか？（タブレット見せる）」
啓　介　「えらいね、勉強？」
ヨウコ　「国家試験まで半年じゃし、あ、白木もおってえ」
白　木　「白木じゃないよ！　…いや、白木だよ！　なに？　ひっかけ？」
ヨウコ　「My number 保険証てなんなん？」
啓　介　「保険証とIDをリンクさせましょうって国が呼びかけてるの」
ヨウコ　「…今までしとらんかったん？」
白　木　「そう、遅れてるでしょう」
ヨウコ　「…いや、進んどる…」
白　木　「進んでる？　どこが？」
ヨウコ　「Americans don't have insurance.（アメリカ人、保険証持ってない）」
啓　介　「No National Health Insurance.（国民健康保険がないからね）」
ヨウコ　「YES。Medicare for seniors, Medicaid for

low income earners. Each is insured by the government or the states. But that's it. Most citizens take out the private one. And it's…（高齢者はメディケア、低所得者はメディケイド、それしかない。国民の多くは民間の保険に加入する。これが…）でーれえ高え」

啓介　「You can receive advanced medical care by paying high insurance premiums.（高額な保険料を払えば、高度な医療が受けられる）」

ヨウコ　「So the gap keeps getting bigger. Not good.（だから格差は広がる一方、よくない）」

白木　「なんです？　なんなんです？」

啓介　「日本は高齢者と低所得者ばっかりで羨ましいって」

白木　「まあ」

ヨウコ　「ＮＯ！　言っとらん、ちゃんと訳せぇ！」

啓介　「あと、他に分かんないことは？」

ヨウコ　「日本の救急車、料金かからんの、なんで？」

啓介　「アメリカは有料だもんね」

ヨウコ　「One thousand three hundred dollars on average.（Two hundred thousand yen）（平均１３００ドル（20万円））でーれえ高え、じゃけん重症患者しか搬送せん。まごころに来る患者みんな救急車で来ょーるけど、ありゃあ重症じゃからじゃのうて」

啓介　「タダだから」

ヨウコ　「Ｂｒａｖｏ（拍手）」

白木　「ブラボーじゃない全然！　税金で賄ってるんです、軽々しく呼びすぎなのよ、約50％が軽症患者なんですよ」

ヨウコ　「重症、軽症、誰が決めるん？」

啓介　「現場の救急隊員だね。軽症だと判断して、もしものことがあったら、大変だから、大事を取って三次救急に運んじゃう」

白木　「三次はすぐ一杯になっちゃう、で、断られた患者が、うちみたいな二次に回って来るわけ」

ヨウコ　「じゃったら、2・5次を作りゃあええ」

白木　「にーてんご？」

ヨウコ　「まごころが、そうなればええ。もっと設備を整えて、医者も増やして」

白木　「そんな簡単に言うけどお金が…」

啓介　「白木さん（と制する）」

ヨウコ「金持ちも貧乏も平等に医療を受けれる、救急車も夕ダで乗れる、世界的にも珍しい、日本の医者、もっと胸張ってええ、堂々としとけぇ」

啓介「はい」

白木「『はい』って…」

20 ジャズ喫茶BUG(夜)

ジャズのレコードを聴くリツコ、啓介。

啓介「そうなんだよ、昔はオペもしてたし、入院患者も受け入れてた。それがある日、出来なくなって、出来ないのが当たり前になってしまった」

リツコ「啓介さんのせいじゃないじゃろ」

啓介「でも、卑屈になってたのは確かだ、よくないね、娘に言われて気づくとは」

21 聖まごころ病院・処置室A

ジャズの曲続いて。深夜。人体模型を使い、ヨウコからシース挿入のトレーニングを受けるとおる。

ヨウコ「シースが入ったら、右手で内筒とガイドワイヤーを一緒に抜く…OK、あとは縫って固定じゃ」

啓介(OFF)「彼女が来て2カ月経つけど、なんか昔の、歌舞伎町の赤ひげ時代に戻ってる感じがするんだよね」

とおる「ヨウコさんて、兵士を看取ってきたんですよね、戦場で」

ヨウコ「Yah」

とおる「絶対助からないって分かってる患者に、かけてやる言葉とか、あるんですか?」

ヨウコ「……」

とおる「ないか、そんな映画みたいな場面、すいません」

ヨウコ「人間の身体は、最後の瞬間まで生きようとするけん、決して諦めんし慰めの言葉もかけん、しいて言うなら…Laugh(笑う)」

とおる「…ああ、笑うと免疫力上がるって言いますもんね」

ヨウコ「脳が楽しいと錯覚して持ち直すんじゃ、例えば…」

と、思いきり寄り目にしてみせる。

とおる「それ、ヤバいです（笑）」

ヨウコ「お前もやってみぃ」

酔って帰ったはずきが、ドア越しに二人の笑い声を聞く。

はずき「……」

22 同・ロビー

ヨウコ、トレーニングを終え、出て来る。

ベンチで寝苦しそうな、ホームレスのシゲさん。

ブランケットをはだけ、ハンディファンを握りしめ。

ヨウコ「……」

ヨウコ「おい、じじい、起きろ（足でツンツン）シゲじい！」

23 同・シャワー室

手術着を着て、シゲさんの体を雑に洗ってやるヨウコ。

シゲさん「あー…生き返ったぁ、ありがとうねえ」

24 同・病室

とおる、缶ビール2本を手にカーテンの前に立ち、

とおる「（小声で）とおるです、今日はありがとうございました」

反応がない。

とおる「…寝たか。自分、上がりますね」

気になり、カーテンのすき間から覗くとおる。

とおる「え!?」

開けると、風呂上がりのシゲさんがビール飲んでいる。

シゲさん「…あ、違うの、ヨウコ先生が代わってくれて（笑）」

25 同・ロビー

ブランケットを掛け、ベンチで寝入っているヨウコ。

26 テロップ『2週間後』

27 点描・炎天下の歌舞伎町

日陰に佇むトー横界隈の少年少女。

街行く人々、ハンディファンや日傘で暑さ対策。

街頭演説でマイナ保険証の普及を呼びかける国会議員。

議　員「ここで私の盟友、防衛副大臣の川島一也《かわしまかずや》先生が応援に駆けつけてくださいました！　大きな拍手でお迎えください！」

興味なさそうに行き交う人々、温度計は37℃を指す。

白木（ＯＦＦ）「救急です。60代男性、住所不定無職、路上で倒れているところを通行人が救急要請…」

28 聖まごころ病院・救急外来入口

ストレッチャーで運び込まれる患者（顔見えない）

ロビーは珍しく、熱中症の子供や老人で混雑している。

白木（ＯＦＦ）「意識アリ、本人の希望で当院に搬送されたそうです」

29 同・処置室Ａ〜Ｂ

バイク事故で骨折した若者の処置をするヨウコ、横山、吉野。

隣の部屋から「1、2、3」と処置台に移す声に続いて、

とおるの声「シゲさぁん？　聞こえる？」

ヨウコ「⁇」

堀井の声「ここ、どこだか分かるシゲさん」

ヨウコ「ヨコヤマ、代われぇ」

と、仕切りカーテンを開け処置室Ｂへ。

とおる、田島、堀井が処置に当たっている。

田　島「会話は出来たんですよね」

救急Ｑ「ええ、本人が『まごころに運んでくれ』と…」

田　島「熱中症だな、とりあえず点滴」

とおる「肺雑音きこえます」

処置台のシゲさんの様子を見るヨウコ、様子がおかしい。

ヨウコ「カルテは？」

田　島「はい？」

ヨウコ「Check for any underlying condition! Hurry!（基礎疾患の有無を調べて！　急いで！）」
とおる「…あれ？　シゲじいって、ウチで診察したこと…」
横　山「（処置室Aから）ないよ、一度も、ロビーで涼んで帰るだけ」
田　島「じゃあカルテもないですね」
堀　井「SPO2：70％です！」
一　同「ええ!?」
ヨウコ「Pneumonia?（肺炎か？）とおる、補助換気せえ！」
とおる「Yeah」
とおる、補助換気に取りかかりながら、テキパキと、
とおる「サチュレーション上がらなければ挿管します！　CTの準備も！」
村　木「は、はい」

30　同・廊下

シゲさんをCT室へ搬送するヨウコ、とおる、田島。
ヨウコ「白木！　救命救急センター当たって！」
白　木「え、なんで？　熱中症じゃないの？」

31　同・処置室B

CTの結果、両側の肺に広範な浸潤影《しんじゅんえい》を確認。
ヨウコ「ARDS（急性呼吸窮迫症候群）」
田　島「…ですね、呼吸もどんどん悪化してます」
白木、入って来て、
白　木「救急センター受け入れ拒否です」
ヨウコ「What!?」
横　山「どこも熱中症の患者でパンパンなんだよ今日」
ヨウコ「（心エコーを当て）左室《さしつ》が全然動いてねえ、心筋炎か」
とおる「うちで出来る処置、ないですか？」
村　木「血圧も下がってます」
とおる「シゲさん、望んでうち来たんだから」
ヨウコ「…ECMOを導入しないと助からん」
とおる「…ECMOかぁ」
堀　井「白木さん、ECMO可能な三次救急あたって！」

ヨウコ　「遠くても構わんけん！　見つかったらすぐ搬送。それまで…どうにか、もってくれぇしか…何しょん」

とおる、ワゴンの所持品を確認している。

とおる　「いや、保険証とか、親族の連絡先とか携帯とか…ないか」

堀井、ポケットから古い文庫本を発見、写真が一枚挟まっている。小さい男の子の写真。

堀井　「お孫さん…かしら」

田島　「考えたら僕ら、シゲさんのこと、なんにも知らないですね」

堀井　「シゲルのシゲなのか、重森のシゲなのか…」

とおる　「…あ、ノットアローン！」

とおる、前室へ行き、携帯を手に取り、

とおる　「炊き出しとか救援物資とか、並んでたから」

32　NPO法人『Not Alone』

あかねが電話片手にPC上の資料をスクロールし、

あかね　「あ、ありました！　本人の署名です、野島耕助《のじまこうすけ》さん、69歳、緊急連絡先も書いてあります、こちらから連絡しましょうか」

33　聖まごころ病院・処置室・前

とおる　「…シゲさんじゃなかった」

いつの間にか岡本がいて、

岡本　「そうだよ、長嶋茂雄と誕生日一緒だからシゲさんて呼んでって。2月20日、藤田ニコルも一緒、ん？　どうかした？」

白木、走って来て、

白木　「救命救急医療センター受け入れ了承、ECMO1台空きあり！」

堀井　「搬送しましょう！（中へ）」

白木　「ただし勝どきです」

一同　「勝どき!?」

とおる　「もつかな、勝どきまで」

白木　「とりあえず来てくれ、だそうです」

ヨウコ　「Come on! Let's go!（早く、行くよ！）」

ストレッチャーに移されたシゲさん、搬送口へ。

岡本　「シゲさん!?　え、なに、どうした？　シゲさん！」

34　同・救急外来入口

救急車に乗せられたシゲさん、ヨウコも乗り込み、

ヨウコ「誰か一緒に来て！」
とおる「自分行きます！（乗り込む）」
堀　井「お願いね、シゲさん、頑張ってね」
横山、田島、堀井、白木、シゲさんに言葉をかける。

35　同・院長室

TVがついていてニュースが流れている。

「今日の最高気温は埼玉県熊谷市で39・5℃。真夏日になりました」。

はずき、啓介の引き出しを開け、任意のファイルを開く（ヨウコの身分証とUSMLEの写し）。

はずき「……」

はずき、ファイルを机に広げ、スマホで写真を撮る。

ニュース「速報です、川島防衛副大臣が、演説中に不調を訴え、救急搬送された模様です」

36　救急車・車内

補助換気をするヨウコ。とおる、血圧計を見て、
とおる「血圧、下がってます、脈もだいぶ……」
ヨウコ「HEY、シゲじい、Fight it! I'll connect you to ECMO and you'll live!（ECMOつなげば必ず助かる！）」

37　勝どき橋を渡る救急車

38　勝どき医療センター・入口

救急車が入って来ると警備員が赤灯を横にして止める。
運転手「新宿、聖まごころ病院から搬送です、心筋炎の60代男性」
警備員、内部と無線でやりとりして、
警備員「すいません。ちょっと下がってください」

39　救急車・車内

とおる「え、なに？　なんで？」
すぐ脇を別の救急車が追い抜いて行く。
ヨウコ「Why！　ワシらが先じゃろ！」
とおる「SpO2：73％、橈骨《とうこつ》触れ弱いです」
ヨウコ「心臓マッサージの準備じゃ」
警備員に誘導され、ようやく動き出す救急車。

40　勝どき医療センター・廊下

救急隊員、看護師に押され運ばれるシゲさん。
手前のカテーテル室に、別の急患が運び込まれる。

41　同・処置室1

女性の医師、荒井がやって来る。
荒　井「新宿の、心筋炎の患者さんですね」
ヨウコ「SpO2：70％、脈も弱い、急いでください！」
ヨウコから診療情報提供書を受け取り目を通す荒井。

頭側の医師の合図「1、2、3」でベッド移乗。
モニター、人工呼吸器が繋がれる。
とおる「はい、ECMOの導入をお願いしたんですが…」
荒　井「すぐにカニュレーションしましょう。鼠径《そけい》の消毒！」
医師A「ECMOの準備できています、残り1台です！」
清潔手袋をしてシースの準備に取りかかる荒井。
「先生！」と呼ぶ声。手袋を外しながらマスクした医師が荒井に歩み寄り、耳打ちする。
「先生がVF（心停止）になりました」
荒　井「それ、ちょっと待って」
席を外す荒井。困惑する看護師たち。
ヨウコ「…⁇」
とおる「（看護師に）自分やりましょうか」
看護師A「でも…」
とおる「出来ます、シース挿入、教わったばっかりなんで」
と手袋をつける。

42　同・廊下

荒井に事情を説明する医師、職員。「院長の指示ですから」。

ヨウコ　「Ｈｅｙ、何しとん、早う処置せんと」

荒井、ヨウコの前まで来て、

荒　井　「結論から申し上げますが、ＥＣＭＯの導入はできません」

ヨウコ　「Ｗｈａｔ?」

荒　井　「残念ながら、こちらの患者さんより少し前に搬送された、心筋梗塞の患者さんがＶＦになったんです」

××××××××××

フラッシュ（回想S39）同・入口。

シゲさんを搬送する救急車を、別の救急車が追い抜いて行く。

ヨウコ　「Ｗｈｙ!　ワシらが先じゃろ！」

××××××××××

荒　井　「先ほど申しましたように、当院のＥＣＭＯは残り１台、患者さんの状態、緊急度から、そちらを優先させていただきます」

ヨウコ　「ＮＯ!　We got it first! It's urgent!（こっちが先に確保した！　こっちも緊急！）」

カテーテル室にいかにも政府要人風の集団が駆けつける。

とおるが処置室1から出て来て、

とおる　「触れない！」

医師A　「アドレナリン打って！」

とおる　「心停止しました。心臓マッサージを始めます！」

スタッフがカテーテル室にＥＣＭＯを運び込むのが見え、

ヨウコ　「ＮＯ!　こっちが先じゃ！」

荒　井　「Please calm down!（落ち着いてください！）」

ヨウコ　「……」

荒　井　「先生ならご理解いただけますよね、社会生産性も含めてどちらを選択すべきか」

ヨウコ　「分からん、はっきり言えぇ」

荒　井　「助かっても、社会復帰が見込めないケースでは、あえてチャレンジしないものなんです」

ヨウコ　「Ｃｈａｌｌｅｎｇｅしない？　見捨てるいうことか?」

荒　井　「もちろん、ベストは尽くします」

ヨウコ　「じゃったらＥＣＭＯをこっちへ回せぇ！」

医師B　「失礼ですが、そちら身元不明のホームレスだぞうですね」

ヨウコ　「All lives are equal!（人間の命は平等！）」

医師B　「Sorry, we have VIP here.（悪いが、こっちはVIPなんでね）」

ヨウコ　「……」

荒井を残してカテ室へ向かう職員。

荒　井　「自己心拍が再開しない場合は…一緒に看取りましょう」

憤怒の表情のまま踵《きびす》を返すヨウコ。

43　同・処置室1

入って来るヨウコ、心臓マッサージしているとおる。

とおる　「シゲさん！　頑張って！　シゲさん！　頑張って！」

タイマーが鳴り、

看護師A　「リズムチェックです」

心静止（エーシストール）状態であることを確認し、

医師A　「心静止です」

直ぐに心臓マッサージを再開するとおる。

ヨウコ　「代われぇ！」

とおるを押しのけ、心臓マッサージするヨウコ。

ヨウコ　「こんなことなら、まごころで診てやりゃあよかった…シゲじい！　Ｆｉｇｈｔ！　シゲじい！　Ｆｉｇｈｔ」

44　同・カテーテル室

川島副大臣の体にはＥＣＭＯが繋がれ、カテーテル治療が行われている。

45　同・処置室1

ヨウコ、額に汗を浮かべながら心臓マッサージ。

ヨウコ　「シゲじい！（徐々にハイになり）シゲじい！ハハハ！」

とおる　「ヨウコ先生…」

46　同・カテーテル室

ＥＣＭＯが稼働し心筋梗塞に対するステント治療が終了。

医師Ｂ　「ステント治療も終わり、自己心拍も回復してきてます」

安堵するお付きの者たち。

47　同・処置室1

荒井もリーダーとして蘇生に付き添っている。

ヨウコ、心臓マッサージしながらハイになり大笑い。

ヨウコ　「アッハッハッハ！　シゲじい！　アッハッハッハ！」

とおる　「ヨウコ先生！　ヨウコ先生！　笑い過ぎ、いくらなんでも」

ヨウコ　「免疫力！　脳を錯覚させるんじゃ、アハハハハ！」

とおる　「笑うって…そういうこと？」

ヨウコ　「ウチらが笑えば、つられてシゲじいも笑うじゃろ、そしたら、脳が、騙されるんじゃ」

処置台に跨《また》がって、さらに力を込めるヨウコ。

ヨウコ　「Just laugh!　アッハッハッハ」

とおる　「あはははは、あはははは」

ヨウコ　「アッハッハッハ！」

シゲさんの息子、裕貴（40）が入って来て、

裕　貴　「…何してるんです？」

ヨウコ　「…はぁ…はぁ…はぁ」

裕　貴　「…え、騎乗位？」

とおる　「心臓マッサージです」

遅れて来た南舞、岡本が入って来て、

岡　本　「安心して、この人お医者さんだから」

南　「こちらシゲ…野島さんの」

裕　貴　「息子です。さっき連絡もらって、驚いたな、父ちゃん歌舞伎町にいたなんて…私、タクシー運転手だから、あのへんしょっちゅう流してたんですよ…何やってんだよ、父ちゃん、何年ぶりだよ、馬鹿野郎、母ちゃんの葬式にも顔出さないで…」

ヨウコ　「Changes, I'm tired.」

とおる　「はい」

裕　貴　「あの、僕、代わってもいいですか？」

とおる　「（荒井を見る）」

荒　井　「（頷く）」

ヨウコに代わって、裕貴が跨がり、胸に手を当て押す。

ヨウコ「もっと強く押して！」

裕　貴「はい！」

ヨウコ「舞ちゃん、とおる、ポリ公（3人を処置台の周りに立たせ）笑え！」

南「あはははははは」

岡　本「あはははは」

最初は無理やり、やがて可笑しくなり、爆笑に。

一　同「わっはっはっはっはっは！」

タイマーが鳴り、

看護師A「リズムチェックです」

荒井が心臓マッサージを止め、頸動脈を触知、瞳孔を照らし、死亡確認をする。皆そのタイミングと理解した様子で見守る。

南「見て」

とおる「あ」

岡　本「ああ…」

ヨウコ「…笑っとる」

シゲさん、いつもの優しい笑顔のまま、事切れている。

荒　井「午後8時4分。死亡確認です」

裕　貴「…ありがとうございました」

立ち尽くす一同。粛々と機器を外し始める看護師A。

ヨウコ「…うっ…うっ…」

とおる「ヨウコ先生？」

ヨウコ「うわああ――――っ」

泣き崩れるヨウコ。とおる、驚いて声もかけられない。

南Na「…それは、ヨウコ先生が日本へ来て、初めて看取った命」

ヨウコ「うわああ――っ！　シゲじいぃ！」

南Na「ヨウコ先生なりの看取り方でした」

とおるに抱きついて、おいおい声を上げて泣くヨウコ。

とおる「……」

シゲさん「（最高の笑顔）」

南Na「シゲじいこと、野島耕助さん。1955年、茨城県出身。中学高校は野球部に所属し、卒業後、料理人を目指し…」

ヨウコ「Let's go」

とおる「え？」

急に真顔になり、出て行こうとするヨウコ。

とおる「え、帰るんですか？」

ヨウコ「まだ8時じゃ、こっから救急が増える時間」

岡　本「いやだけど、せっかく息子さん来たんだし、ねえ」

南「うん、もうちょっとシゲさんを偲んで…」

ヨウコ「それは医者の仕事じゃねえ、関係ねえ、お前らでやっとけ、とおる！（出て行く）」

とおる「は、はい！（続く）」

48　勝どき医療センター・表（夜）

歩くヨウコ、とおる。

49　公園（日替わり・数日後）

岡　本「やっとけって言われても、ねぇ」

南「…こんなのしか思いつかないよね」

シゲさんがいた場所。ベンチの形をそのまま活かし、アーチ形に生花をあしらった華やかな祭壇に様変わりしている。愛用のキャップ、衣服、所持品、好きだった酒、タバコ、菓子などのお供え物が置かれている。小さな写真立てには遺影（南舞と一緒に撮ったもの）。とおると南舞、岡本、花を供え、手を合わせ、歩き出す。

とおる「何だろう、あの人、サバサバしてるのか、熱いのか」

南「サバサバしてて熱いんだよ」

とおる「うん」

岡　本「本当に平等なんだろね、命が」

南「平等じゃないと許せないんだね」

とおる「あの感じだと多分、殺人犯が死んでも泣くね」

岡　本「泣く」

南「泣く。…今日、ヨウコ先生は？」

50　勝どき医療センター・VIP用病室

荒井がドアをノックする。

秘書がドアを開けると、ヨウコと荒井が病室に入る。

ベッドで寝ていた川島副大臣、

川島「…どうしました？」

ヨウコ「先生、今ちょっとヨロシイか？」

止めようとする秘書を荒井が制して、

荒井「すいません。こちら…外科の先生で、何という

か…」

ヨウコ「I'm your life savior.（あなたの命の恩人です）」

川島「…そうですか、それはそれは」

ヨウコ「Please be still. I'm happy you have recovered.

（そのままで結構、回復されて何よりです）」

川島「Ｔｈａｎｋ ｙｏｕ」

ヨウコ「I'm a Japanese-American, so excuse me for speaking in English. I served in the military as a military doctor for 13 years and am currently working in a secondary emergency department in Japan.Japan's medical insurance system is fantastic. Both the poor and the rich have equal access to the same medical services.Unlike in America, there's no preferential treatment given to upper-class citizens, basically.（日系アメリカ人なので、英語で失礼します。13年間、軍医として従軍し、今は日本の二次救急で働いています。日本の医療保険制度は素晴らしい。貧しい者も、富める者も、平等に、同等の医療サービスを受けられる。アメリカのように、上級国民が優遇されるようなことは、ない、基本的に）」

川島「…ええ」

ヨウコ「My Number Insurance Card is fine, but there's people who don't have it,（マイナ保険証も結構だが、対応できない者も）でーれえおる。（岡山弁が混じる）年寄り、貧乏人、foreigners,people who ran away from home or live on the streets,（外国人、家出人、路上生活者）そういった連中を、どうか排除せんでくれぇ、なんでもかんでもアメリカの真似せんでぇえんじゃ、日本人は日本人のやり方で、命を大事にしてくれぇ」

川島「……Well understood. Thank you. I will let the Labor and Health Minister know.（…よく分かりました。ありがとう。厚生労働大臣に伝えます）」

ヨウコ「…Ｗｈａｔ？」

荒井「川島先生は防衛副大臣なんです」
ヨウコ「…そうなん?」
川島「…だが、仰る通り、何でもかんでもアメリカに倣《なら》うことはない。肝に銘じます、どうもありがとう」
握手を求める川島、応えるヨウコ。

51 聖まごころ病院・詰所

南Na「ここは新宿歌舞伎町、誰でも安心して遊べる、東洋一の歓楽街」
とおる、帰って来ると雰囲気がおかしい。
とおる「…どうしました?」
啓三が振り向き、
啓三「とおる、てめえ、なんで今まで黙ってたんだ?」
とおる「親父…」
啓三「お前らも、兄貴に口止めされたか」
俯いている横山、田島、堀井。
啓三「調べてもらったんだよ、はずきちゃんに頼んで」
とおる「(はずきを見る)」
はずき「……」
啓三、ファイルから書類を出し、
啓三「退役証明書、アメリカの国家試験合格証明、アイツが持ってる資格、これだけ」

52 勝どき医療センター・廊下

去るヨウコ。その背中を見送る荒井医師。

53 聖まごころ病院・詰所

啓三「要するに、無免許じゃねえかよ」
とおる「……」

つづく

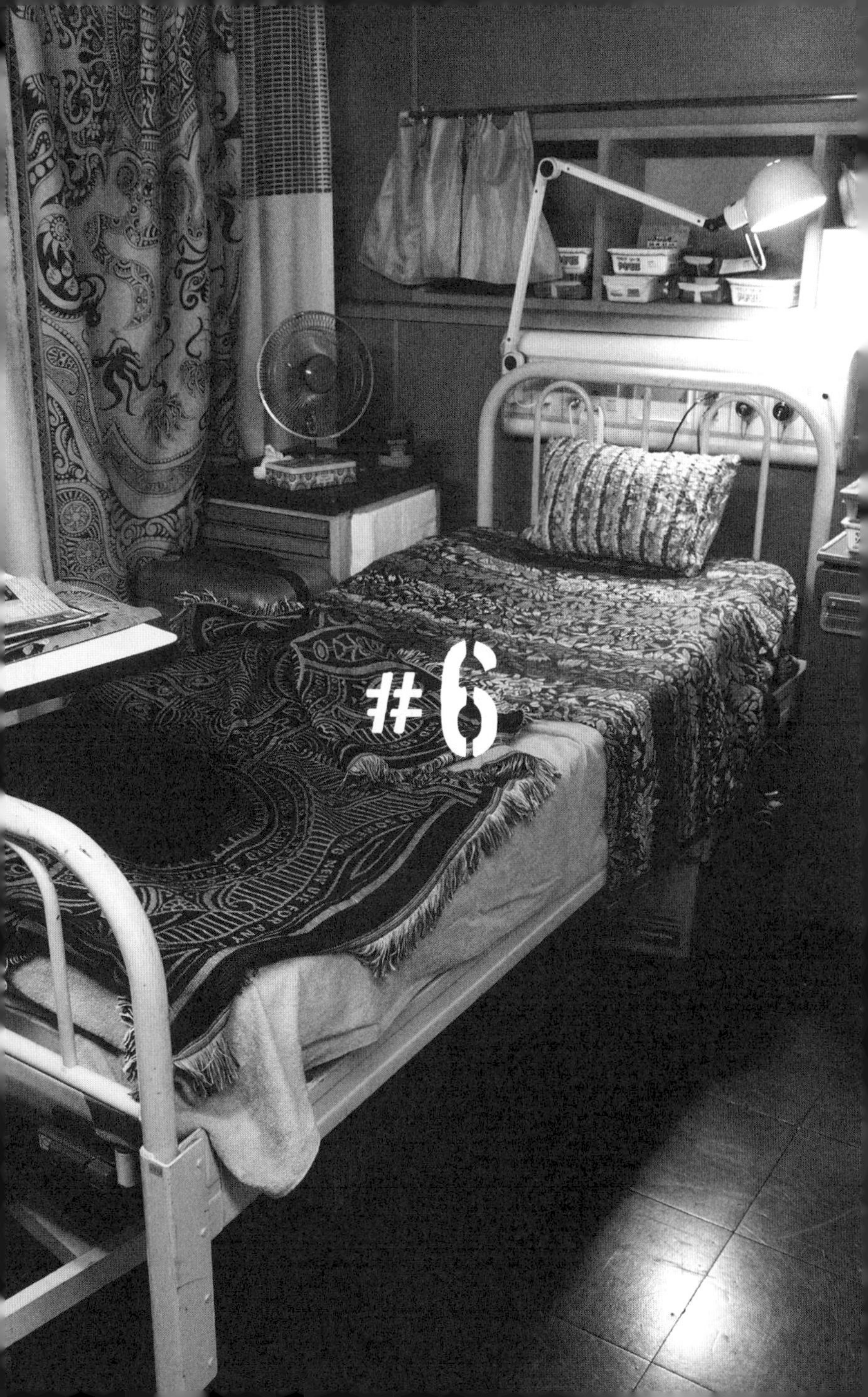
#6

1　聖まごころ病院・詰所

啓三が啓介をスマホで撮影している。

啓　介「…だから、お前の言う通りだよ」

啓　三「自分の口で言えよ」

啓　介「(うんざり)ニシヨウコは日本の医師免許を持ってません」

啓　三「カット、いただきました。へへへ…(チェックし)なんだこれ」

啓介、目が大きく、顎が尖っている。

啓　三「加工オンになってた、やり直し」

白　木「啓三さん、どうかお静かに…」

啓　三「知ってたんでしょ、白木さんも、これ、隠蔽だよ!」

啓　介「それがどうした」

啓　三「それがどうしたじゃねんだよ! 法に触れてんの、医師法第十七条違反で本人及び経営者は刑事責任を問われ免許剥奪!」

とおる「けど…人の命、救ってますから」

啓　三「…あ?」

××××××××××

フラッシュ(回想#1)ムハマドのオペ。

ヨウコ「Do some blood test and get ready for an emergency transfusion! And you! Intubation and anesthesia!(字幕・採血して緊急輸血の手配! あとアンタ、挿管と麻酔して!)」

とおる「…なんかすげえ怒られた(涙目)」

ヨウコ「If you're not gonna do it, then I will!(あんたがやらないなら私がやるわ!)」

とおる(OFF)「確かに雑で強引だけど、ヨウコ先生いなかったら、あの外国人、確実に亡くなってたし、加地さんも…」

穿頭血腫除去手術を行うヨウコ。

××××××××××

とおる「それとも…患者2人、見殺しにしてでも、やめさせるべきだったんスかね」

啓　三「一丁前に、俺に楯突くのか」

とおる「いえ…ただ(啓三の目を見て)金儲けのために働くのが虚しくなっただけです」

啓　三「犯罪者、まず経歴詐称による詐欺罪! 資格ねえのにメスで切りつけたりドリルぶっ刺したり、これ傷害罪だよねえ」

白　木「お話し中すいませーん、救急車着きました！」
救急外来入口へ向かう横山、田島、とおるも続くが、
啓　三「おまえは美容皮膚科だろうが！（肘を掴む）」
とおる「唇プルプルでも、お肌つるつるでも、死んだら元も子もねえから！（振り払う）」
啓　三「…痛ててて」
背中に鋭い痛みを感じ壁に手をつく啓三。
とおる「ごめん、え、大丈夫？」
啓　三「（痛みをこらえ）助ける価値もねえヤツしか運ばれて来ねえんだよ、こんな場末のボロ病院にはよ」
啓　介「それでも助けるんだよ、命に優劣はない」
啓　三「あるから死んだんだろ、公園のホームレスは」
とおる「でも助けようとしました、だから後悔はないです」
ストレッチャーと共に戻って来る横山、田島、堀井、村木。
啓　三「何なんだよ、さっきから、ビッチの姉ちゃんに洗脳されたか」
とおる「ていうか…好きです！」
はずき「!?」
一同、動きが止まる。
横山・田島「……」
とおる「好きなんです、交際を申し込もうと思ってます！」
堀　井「…男性です、特殊浴場で滑って転んだそうです」
啓　介「CT撮りましょう、準備して」
我に返ったように動き出す一同、横山、田島は処置室へ。
とおる「…すいません、こんな時に。でも、まごころを存続させる苦肉の策っていうか…だってもし、仮にもし、俺ともし、結婚したら、ヨウコさん、高峰家の嫁…ですよね」
啓　三「…お前、本気でそんなこと考えてんのか？」
とおる「はい」
啓　三「気持ち悪っ！　若いくせになんて保守的な、家父長制の権化《ごんげ》か」
とおる「え？　間違ってます？　ねえ伯父さん、僕の嫁なら、試験に受かれば、院長になれますよね、白木さん」
白　木「そんなことする必要はないんですよ、とおる坊っちゃん」

啓　介「ヨウコは、私の娘なんだ」
　処置室からストレッチャー押して出て来た横山、田島。
横山・田島「（思わずフリーズ）」
啓　介「43年前、リツコさんと関係を持ち、生まれた娘がヨウコさん」
とおる「……」
堀　井「…CT準備できました〜。村木さん、ロキソプロフェン用意しといて」
　ストレッチャー押してCT室へ向かう横山、田島。
とおる「リツコさんって…誰でしたっけ」
　リツコが手を挙げ、
リツコ「イ・オンナで〜す」
とおる「あ、そうだ…ええ────っ！」
田　島「（背中で）43年前ってことは」
横　山「はずきさんと同い年だね…」

2　同・入口

　帰って来たヨウコ。
ヨウコ「What's wrong? Emergency? （どした、救急?）」
村　木「ヨウコ先生！　今、入らない方が」

3　同・詰所

とおる「ヨウコ先生が娘？　院長の？　直で？　直の娘？　うえー何それぇ！　本人はそのこと…」
啓　介「ご存じないね、まだ、言ってないから」
とおる「じゃあ高峰？　高峰ヨウコなの!?」
白　木「ニシ・ヨウコ・フリーマンです」
とおる「あーそうか。え、じゃあ…」
はずき「ヨウコさんには辞めてもらいます！」
啓　介「…はずき」
はずき「反対だったんです、資格のない医師雇うなんて、ねえお父様、悪事、千里を走るですよ」
啓　三「もう遅えから！　今さらクビにしたって…痛て」
　背中を押さえてうずくまる啓三。
ヨウコ「Don't move!」
一　同「!!」
　ヨウコが駆け寄り、啓三の背中を触診する。
　背後で申し訳なさそうにする村木。

啓　介　「ヨウコさん…」
はずき　「……」
啓　三　「…筋違えただけだよ…白木さん、ボルタレンテープかなんか」
ヨウコ　「…ちゃんとした病院で、診てもらったほうがええ」
とおる　「ヨウコ先生、いつから…」
　ヨウコ立ち上がり、ゆっくりワイヤレスイヤホンを外し、
ヨウコ　「What?」
ロシア語Na　「（字幕）ここは新宿歌舞伎町。東洋一の歓楽街です」
ヨウコ　「Mom、すしざんまい行こうや」

4　歌舞伎町・繁華街（夜）

　放心状態で歩くとおる。
ロシア語Na　「キャバクラ、ホストクラブ、ガールズバー、その他合法的な風俗店が軒を連ねる、健全かつ衛生的な若者の街として生まれ変わりました」

5　SMホテル・前

　携帯で啓三のアドレスを呼び出し、発信ボタン押し、
とおる　「…って電話してどうすんだよ、バカ！」
啓三の声　「…なんだよ」
とおる　「…背中どう？…あ、いや…昼間の件、詳しく聞きたくて」
　背後から啓三の肉声がダブって聞こえる。
啓　三　「30分後にかけ直すからメシでも食いながら話そう…」
とおる　「（振り返り）……」
　SMホテルから出て来る啓三、携帯を切り、背中を伸ばす仕草。やや遅れて出て来る女、南舞。
ロシア語Na　「あらゆる人種が集い、あらゆる言語が飛び交う歌舞伎町」
とおる　「（愕然）」
ロシア語Na　「その片隅にある聖まごころ病院、またの名を…」

☆タイトル「新宿野戦病院」

6　中華料理店

とおる『オヤジ』からの着信を無視して酒をあおる。

岡　本「ええ!?　ＮＰＯの舞ちゃんが？　ＳＭ嬢？　マジか！」

とおる「もう一回」

岡　本「ええ!?　ＮＰＯの舞ちゃんが？　ＳＭ嬢？　マジか！」

とおる「もう一回」

岡　本「ええ!?　ＮＰＯの舞…ごめん、もう勘弁して」

とおる「いつから知っててなんで黙ってた？」

岡　本「2カ月前かな。なんで黙ってたのか…分かんなくなるくらい衝撃の事実が俺んとこで渋滞してて、だから今、全部出してスッキリしてる…（電話）出ないの？」

とおる「さっきの、もう1回見せて」

岡　本「はい（スマホ渡す）」

ＳＭクラブのＨＰ、Ｍａｙの画像。鋭い目つき。スライドするとＮＰＯのＨＰで柔らかく微笑む南舞。

とおる「（交互に見ながら）裏、表、裏、表、うーわー、なにこれ、ギャップ萌えどころの騒ぎじゃねーわ！　指名できんの？」

岡　本「それが、3年先まで予約埋まってんだって」

とおる「3年先なんて自分がＳなのかＭなのか分かんねーよ！」

岡　本「それ、俺が2カ月前に言ったやつ（笑）…ごめん」

とおる「なんで親父が…俺まだ手しか繋いでねえ…なんでだよくそ、親父でもぶたれたことあるのに」

岡　本「出た、ガンダムの名台詞がここで！（笑）…ごめん。まあ…ヨウコ先生の件も、なかなかにショックだけどね」

7　聖まごころ病院・廊下

ヨウコ『健康診断を受けましょう』のポスターを見て、

ヨウコ「Ａｈ…はんぺん、大根、昆布、ちくわぶ…」

白　木「しらたきじゃねえよ白木だよ！」

ヨウコ「これなんなん？」

白　木「あー健康診断、日本人は年に1回受けるの」

ヨウコ 「（読む）Blood test, x-ray, urinalysis, ECG（血液検査、X線、尿検査、心電図）…こんだけ調べてお幾らなん？　Ａｈ…はんぺん、玉子」

白 木 「わざとだろ」

はずき 「タダなのよ」

ヨウコ 「Ｗｈａｔ？」

はずき 「健康診断の費用は、会社が負担するんです、福利厚生」

買い物帰りのはずき、立っている。

ヨウコ 「ふぐり？」

白 木 「わざとです、お嬢さん、絶対わざと！」

はずき 「福利は幸福と利益、厚生は健康で豊かな生活」

ヨウコ 「In America, all tests self-pay.（アメリカ、検査は全て自己負担）でーれえ高えけん、so only the rich get it.（富裕層しか受けられない）もんげー格差社会、after all, Japanese healthcare system is fantastic.（やはり日本の医療制度素晴らしい）フクリコウセイ！　Ｂｒａｖｏ！」

はずき 「でも日本人、70%しかそのサービス利用しないの」

ヨウコ 「はあ!?　タダなのに？」

白 木 「がん検診は約50%ですね」

ヨウコ 「STUPID!　馬鹿なんか」

はずき 「ちょっと付き合って。白木さん、先生お借りしますね」

ヨウコ 「Rental?（借りる？）」

岡本（ＯＦＦ）「まさかあの二人が、母親ちがいの姉妹とはなぁ」

8　中華料理店

岡 本 「ヨウコ先生って、キャラ的に寅さんだもんね」

とおる 「は？　寅さん英語喋んないっしょ」

岡 本 「知らないの？　寅さんとさくらって、実は母親が違う兄妹なんだぜ。寅さんは、お妾さんの子で、そこもヨウコ先生っぽい…」

とおる 「ヨウコ？　…ヨウコ、あー…ヨウコねえ」

岡 本 「出たよ、根拠のない蛙化現象」

とおる 「あーもお、順位入れ替わり、今は舞だわ！　舞っ！」

走って出て行くとおる。

9 聖まごころ病院・屋上

ヨウコ 「オ嬢サン、なに借りるん？　金ねえよ」

はずき、缶チューハイを開栓し差し出す。

はずき 「お疲れ」

受け取り、ぐいっと飲むヨウコ、はずきも飲む。

はずき 「ここいいよね、一人になりたい時。大声で叫んでも、誰も気にしない」

「舞っ！　舞っ！」と叫びながら走るとおるの声。

ヨウコ 「ヘイ、ほんとNO MONEYで、アンタの父ちゃん、給料払わん、信じられん」

はずき 「アンタの父ちゃんは？」

ヨウコ 「うちの父ちゃん？　Ah…Doctor」

スマホでDr・フリーマンの写真を見せる。

ヨウコ 「But、ガンで死んだ。アメリカ、治療費もんげー高え。じゃけんガン検診受けるん毎年、検査、大事」

はずき 「本当の父ちゃんは？」

ヨウコ 「……」

はずき 「いるでしょ？　Dr・フリーマンじゃなくて、血の繋がった本当の父ちゃん」

10 NPO法人『Not Alone』

とおる 「はぁはぁはぁ」

あかね 「いるかいないか、確かめてから走ればいいのに」

走って来たとおるに水を渡すあかね。

とおる 「はぁ…はぁ…そうなんだけど…それじゃ普通じゃん、伝えてよ、ちゃんと、舞ちゃんに！　走って来たこと。高峰とおる、ポルシェ持ってんのに、わざわざ走って来たって、頼むよ！」

11 聖まごころ病院・屋上

はずき 「気にならない？　会いたくない？　本当の父ちゃん」

ヨウコ 「Not really.（…別に）」

はずき 「私だったら探すけどな必死で、どんな人か気になるじゃん」

ヨウコ、詰め寄られ、渋々スマホを触る。

はずき 「写真あるの？」

ヨウコ 「My mom told me that it's him.（この人だっ

て、ママは言う)」
と、ケーシー高峰の写真を見せる。
ヨウコ「…But he's not my Daddy, doesn't look like him anyway. He's not my mom's type.(こいつはダディーじゃないと思う、似てないし、ママのタイプじゃない)」
はずき「……(呟く)高峰ちがい」
ヨウコ「お嬢さん、わしのこと嫌いか？」
はずき「え…」
ヨウコ「構わんで、ここはアンタの場所じゃぁ。ムリにええ顔せんでええ。好きな人を大切にするために、嫌いなヤツは思いくそ嫌えぇ、Asshole!…Say it」
はずき「…そこまで嫌いじゃないけど」
ヨウコ「Asshole! You asshole!」
はずき「あ、あす、ほーる、you asshole!」
ヨウコ「YES! それでええ、ネエさん」
はずきを思い切り抱きしめるヨウコ。

12 同・詰所(日替わり)

横山がシフト表を見て、
横山「ええ？ 僕NGですよ、8月10日、神宮の花火大会」
田島「え、横山先生も？」
堀井「田島先生も!? やだ、どうしよ、当直、誰もない」
田島「させん、デリヘル嬢とアフターで」
岡本「患者とアフターする医者ってどうなんスか」
横山「合流しちゃダメ？ 家族連れだけど、途中でまくから」
白木「え、横山先生、既婚者!?」
横山「はい、ていうかこの会話、3回目ですけど」
白木「知らない、知らない、聞いてない。え、子供は？」
岡本「子だくさんなの、上2人は奥さんの連れ子、下2人は双子」
横山「で、5人目が秋に(笑)」
白木「なにそれ！ 頑張んなさいよもっと！」
横山「頑張ってます、ってこれも3回目」
とおるがスマホ見ながら来て、
堀井「とおる君、10日なんだけど…」
とおる「ヨウコ先生は？」

白木「ああ、人間ドックだって」

13　勝どき医療センター

荒井医師による精密検査を受けるヨウコ（MRI）。

14　聖まごころ病院・詰所

田島「うちもコロナ前はやってたんだけどなぁ」
堀井「院長こんなだし（手を震わせ）横山先生、内視鏡が苦手で」
岡本「え、どういうこと？」
横山「見てると、おえってなっちゃうの」
堀井「普通、患者さんがなるもんだけどね」
岡本「ダメだ、そんなヤツ、内科医向いてない」
白木「頑張んなさいよ！」
岡本「けど、ビックリしましたね、ヨウコ先生が院長の娘…」
白木「その話する？　だったら私は外します（奥へ）」
堀井「私は中立、あくまで中立の立場ですから（外へ）」

岡本「…みんな難しい立ち位置だもんね、俺だけ簡単な立ち位置、だから話したい、ざっくばらんに」
横山「本当にクビにすると思う？」
岡本「はずきさんが？　ヨウコ先生を？　どうかなー」
田島「もはや彼女抜きじゃ回らないし、この病院もいよいよ…」
横山「それ困るぅ、家族7人路頭に迷うぅ、助けてとおる君」
とおる「やあーべえ――――――！」
横山「とおる君…」
とおる「指名しちゃいました、May様180分コース」
岡本「…え、3年後？」
とおる「それ一見さん対応ね、親父の名前でログインしたら1時間後で予約取れちゃった！（予約完了画面を見せる）」
横山・田島「ええ!?」
とおる「（タップして）わー、振り込んじゃった！　どうしよ！（歩き回る）俺どうなっちゃうんだろう！」
岡本「……」

15　NPO法人『Not Alone』

南　「(時計見て) あ、行かなきゃ! ごめん、ちょっと出るね」
荷物を抱え出て行く南舞。

あかね　「…行ってらっしゃ〜い」

16　SMホテル・一室

正座し、目隠し姿で待つとおる。

17　同・廊下

歩くヒールの高い靴の足元、部屋の前で止まる。

18　同・一室

ノックの音。

とおる　「(声上ずり) …あ、開いてますぅー」
ドアを開け、入って来る高いヒール靴。

とおる　「……」
ストレートの鞭が顔に近づき、目隠しをハラリと落とす。

とおる　「……」
とおるの視線、足元からパンする。
ボンデージスーツを着て立っていたのはあかね。

とおる　「…写真とぜんぜん違うじゃねえかよ!」

あかね　「ですよね、すいませぇん」
と言いつつ鞭を思い切り叩きつけるあかね。

とおる　「痛ってえ!」

19　映画館・前

到着した南舞。パンフレット読んでいる岡本。

南　「お待たせ」

岡本　「待ってねえし」

南　「パンフ先買っちゃう人なんだ」

岡本　「は? ネタバレとか気にするんだ」

南　「は? しねえし、株主優待券 (と渡す)」

20　SMホテル・一室

とおる　「なんだこれ、なんで？　どういう展開？　舞ちゃんは？」

あかね　「May様は惜しまれつつ引退しました」

とおる　「引退？　女王様を？　そうなんだ」

あかね　「私は2代目です」

とおる　「世襲なんだ」

あかね　「……」

あかね、いきなり鞭で打ちつける。

とおる　「なんで!?」

あかね　「『2秒空いたら鞭』って、研修で厳しく教わったんで」

とおる　「…研修とか、あんま言わない方がいいよ、冷めるから」

あかね　「舞さんに憧れてボランティア始めたんですね私。けど、なんか、行き詰まりを感じて…私に足りないものって何かなって、ずっと悩んでたんですけどある日、見ちゃったんです」

××××××××

インサート（回想#4）ひと気のない夜の公園。

一心不乱に鞭を振る南舞の姿。

××××××××××

あかね　「これか！　って思って。天使の笑顔の裏で、舞さんは鬼を、心の中で鬼を飼い慣らしてたんだ、だから…」

興味なさそうなとおるを、鞭で打つあかね。

とおる　「聞いてた！　今、ちゃんと聞いてた！　2秒空いてねえし」

あかね　「信頼関係なんですSMって。奴隷に対する無償の愛？　奴隷が今何を求めてるか。これってボランティアにも通じるんです」

とおる　「分かんねえよ（鞭を構えるので）分かる！　俺には分かるよ、うん、にしおかすみこも今、親の介護してるしね。うん。でも、人には向き不向きって、あるよね」

あかね　「そうなんです。大きい声とか出したことないし、痛いのとかムリだし、でも、そういう子にいたぶられるのが、たまらない人もいるみたいで、忙しくさせていただいてます」

とおる　「…そうなんだ」

あかね　「どうします？　キャンセルも可能ですけど」

とおる　「……」

21　中華料理店

映画の感想で盛り上がる二人。卓上に載り切らないほどの中華料理。刈谷が若い衆と通りかかって、

刈谷「…あれ、舞さん」
南「あ、どうもー」
刈谷「あー驚きました、こんな汚ったねえ店でお目にかかるとは…（若い衆に）ちゃんと挨拶しろ、てめえら」

若い衆が南舞に最敬礼。顔色変えない南舞。刈谷、岡本を一瞥し「ごゆっくり」と頭を下げ、卓上の伝票を持ち去る。

岡本「……」

22　SMホテル・一室

とおる、ベッドに横になり、あかねにダメ出し。

とおる「なんで？　いつも大声出してんじゃん、炊き出しの時とか」
あかね「今日は豚汁でーす！」
とおる「そう、その感じで」
あかね「この…豚野郎ぅ」
とおる「…うーん、品格かなぁ、足りないのは」
あかね「若井ぃ〜〜あかねだよ！」
とおる「それ、にしおかすみこのフォーマットじゃん。あとさあ、痛そうで痛くないのがプロだと思うんだ、あ、鞭の強さね、君のは、痛くなさそうで、痛いんだよ、誰も得しない」
あかね「なるほど、明日研修なので講師の先生に相談します」
とおる「真面目か。あと、なんか耳の裏んとこサワサワしたね、触るか触んないかの感じで」
あかね「あ、習字の筆を使いました」
とおる「…あれ、良かった」

23　中華料理店

食事を終えたスーツ姿の男性たちが南舞に頭を下げて出ていく。

岡本「やっぱ気になる。なんで不動産王、うちらの払ったの？」

南　「刈谷、パパの舎弟だったから」

岡本　「呼び捨て」

南　『風俗王』『ミナミ』で検索してみ」

岡本　「ちょっと待って…え!?　ミナミ興業の社長の娘!?」

南　インサート。風俗店や無料案内所のある通り（実景）「手広くやってたみたい。オリンピック招致前、都知事が店舗型風俗店を一掃した『歌舞伎町浄化作戦』の時、パパが職失ったお姐さんの相談に乗って、中洲とかスキノとか地方のミナミ系列店に移籍させたりして『因みにこのへんの路地』ミナミアベニューって呼ばれてる」

岡本　「だからいっぱい持ってんだ、株主優待券」

南　「歌舞伎町でお金使ったことない」

岡本　「どう思った？　父親が…風俗王だって知った時」

南　「…特に何もかな。てかNPOやるまで歌舞伎町避けてたし。今も別に好きじゃない」

24　中華料理店・近くの道

店頭に立つ客引きたちが南舞に頭を下げる。

岡本　「…まただ」

南　「また？」

岡本　「また俺が先に聞いちゃった、あんたの秘密」

25　聖まごころ病院・詰所

とおるが帰って来ると、ヨウコと荒井医師が古いカルテを見ている。

とおる　「どうでした？　人間ドック」

ヨウコ　「It simply is the best!（控えめに言って最高！）一泊二日ジャグジー風呂つき、飯はサバ味噌orしょうが焼き御膳、選べて、デザート付きで、もんげー安い、福利厚生、最高！」

荒井　「先日はどうも、勝どき医療センターの荒井です」

ヨウコ　「Dr. Arai lived in New York until high school（Dr・アライは帰国子女で高校までNew Yorkにいた）初体験は21じゃ」

荒井　「You've never heard about it, I didn't even tell you … So why do you know?（聞いてないし、言ってないし、なんで知ってんだよ）」

とおる「…何してんスか？」
ヨウコ「ああ、お前の父ちゃんのカルテ探しとる」
荒　井「ヨウコ先生から伺いました、１度、検査を受けられることをお勧めします」

××××××××××

フラッシュ（回想Ｓ３）背中を痛がる啓三。

××××××××××

とおる「あーあれね、原因分かりました」
ヨウコ「Back pain can be a sign of visceral disease, don't take it lightly.（背中の痛みは内臓疾患の危険信号、甘く見るな）」
荒　井「狭心症、大動脈解離、胃潰瘍、それから…」
とおる「いやいや違うんです、マジで、お構いなく」
荒　井「進行性の癌の可能性も…」
とおる「ＳＭです！」
荒　井「……」
とおる「ＳＭ、親父の背中が痛いのは鞭でしばかれてるからでした、まあ、ある意味、病気っちゃあ病気ですけど、カルテは…」
ヨウコ「ＢＩＮＧＯ！」

啓三のカルテを発見するヨウコ。

ヨウコ「高峰啓三、最後の検診は…２０１３年の人間ドック」
荒　井「11年前ですね、何かありました？」
とおる「えー、11年前？　親父幾つだ？（考え、ふと思いつき）あ…なんだ」
ヨウコ「どしたん？」
とおる「おふくろが死んだ年です…」
ヨウコ「…ＯＨ」

ハグするヨウコ。とおる、少し嬉しい。

26　同・院長室（回想・11年前）

とおるの母、英里子が、嫌がる啓三の腕を掴んで、

英里子「お義兄さん、今年は連れて来ましたよ、ほら早く入って」
啓　介「いらっしゃい」
とおる（ＯＦＦ）「おふくろが親父を無理やり連れて来て、ここで定期検診受けてたみたいです」
啓　三「内視鏡パスな、尿検査とレントゲンだけ」
英里子「ダメ、３年空いちゃったんだから、ちゃんと調べましょ」

27　同・詰所（回想戻り）

とおる「まあ、おふくろなりの気遣いっていうか、嫌でも兄弟顔を合わせる口実ができるじゃないスか。けど…毎年だったのが2年おき、3年おきになって、ようやく受診したその年、おふくろの検査結果が…ちょっとアレで」
ヨウコ「BINGO！（カルテ見つけ）」
荒井「（覗き込み）高峰…英里子さん？」
英里子のカルテを開くと『要精密検査』の文字。

28　同・診察室B（回想・11年前）

暗い顔で英里子の検査結果を聞く啓三。

とおる（OFF）「本人に伝えなかったってことはわりと深刻だっ…たんだと思います…」

啓介「気を落とすな啓三、大きな病院で診てもらえば…」

啓三「出まかせ言うんじゃねえ！」

胸ぐらに掴みかかり啓介を立たせる啓三。


とおる（OFF）「それ以来、親父と院長、口も聞かないくらいの絶縁状態に突入しちゃって」

29　同・詰所（回想戻り）

とおる「親父としては…到底受け入れられなかったんじゃないかな」
ヨウコ「とにかく仲悪い兄弟なんじゃ」
荒井「そんなことで…可哀相に」
とおる「どうかな、おふくろは幸せそうでしたけどね」

30　斎場（回想・11年前）

旅行の写真が多数飾られている。

とおる（OFF）「親父は半年間、仕事休んで、夫婦水入らずで旅行とか行きまくって」

31　聖まごころ病院・詰所（回想戻り）

とおる「最後はハワイで緩和ケアに切り替えて…」
ヨウコ「OH（とハグ）」

荒　井「それが…11年前」

31A　**葬儀後の斎場**（回想・11年前）

祭壇を見つめる啓三。傍には英里子の遺影と骨壷。

啓　三「……」

とおる（OFF）「葬儀のあとの親父、声もかけられなかったんです。あれから親父の医者嫌いは加速しちゃって…」

ヨウコ「OH（とハグ）」

32　**聖まごころ病院・院長室**（回想戻り・日替わり）

大量のサプリを飲む啓三、入って来るヨウコ。

啓　三「なんだよ、アメリカのビッチの姉ちゃん」

ヨウコ「それ、なんなん？」

啓　三「最先端の民間療法だよ、刈谷先輩が海外から取り寄せてくれてる…」

ヨウコ「Fishy（怪しい）」

啓　三「セレブはみんな飲んでんだよ、ばーか」

ヨウコ「馬鹿はおめーじゃぁ、Bitchは『発展家の姉ちゃん』ゆう意味じゃけえ、ビッチに姉ちゃんは含まれるけえ、ビッチの姉ちゃんは、ポルシェの車、みたいなもんじゃが」

とおる、入って来て、

とおる「人間ドック受けて下さい、お父さん、お願いします」

啓　三「は？　うるせえ、余計なお世話だ」

横山がカルテを手に入って来て、

横　山「前回、内視鏡でピロリ菌抗体陽性出てます、そのまま11年も放置してますから、胃癌のリスクは…」

啓　三「誰だてめえは！」

横　山「誰って…内科の横山ですけど」

ヨウコ「背中の痛みを甘く見んほうがええ」

啓　三「なんで無免許のビッチの言うこと聞かなきゃなんねんだよ」

リツコが入って来る。

リツコ「HEY！ Unlicensed? Don't ruin her reputation.（無免許とは何よ、人聞きの悪い）」

啓　三「出たな、妖怪ジャズばばあ」

リツコ　「My daughter is a respected doctor in America!（アメリカじゃ娘は歴とした医者！）日本で医療行為ができんだけじゃ」

啓三　「それを無免許っていうんじゃ！　ここは日本じゃ！」

啓介入って来て、

啓介　「自分の年齢を考えろ、啓三」

啓三　「なんなんだよ、１人ずつ順番に！」

はずき入って来て、

はずき　「明日で予約しました、今夜8時以降は何も食べないで！」

啓三　「うぜえ！　西洋医学の奴隷が！　長生きだけが正義か、塩分控えて適度な運動？　あほくさ、だったら寝る直前にサムギョプサル食ってマッコリでうがいして１００まで生きてやるわ！」

33　同・廊下

悪態ついて去って行く啓三。

ヨウコ　「いけんか…」

横山　「誰の言うことなら聞くんだろうね」

とおる　「…一人、思いつくんですけどねぇ…でもなぁ」

34　同・院長室

リツコ　「啓介さん、帰国前に、お墓参りしたいんだけど」

啓介　「ん？　誰の」

リツコ　「決まってるでしょ、奥さんよ（はずきに）構わんよね？」

はずき　「……」

35　韓国料理屋

サムギョプサルを豪快に食う啓三。

啓三　「刈谷さん、さっきからサンチュしか食ってないじゃないスか」

刈谷、見るからに顔色悪く生気がない。

刈谷　「…うーん（か細い声）俺ぐらいになるともう…肉は食わない」

啓三　「またまたぁ、淋しいこと言わないでくださいよ」

刈谷　「ここんとこ背中痛くて、整体行ったらさ、お客さん、これ腎臓ですよって…先週、血尿出て、明日から検査入院…いたた」
這うようにトイレへ行く刈谷。

啓三「……」
スマホにMay（南舞）のアイコンが表示される。
LINEメッセージ『急ですが、今夜、ご予定は？』

36 NPO法人『Not Alone』

南「送った、既読ついたよ」
とおる「あそう、ありがとう」
南「……」
とおる「あ、俺、気にしてないから」
南「なにが？」
とおる「舞ちゃんが親父と…主従関係にあること、SMの世界で」
南「それって、とおる君が気にしてるかもしれないって私が気にしてるように見えたってこと？だったらごめん」
とおる「…うん、気にしてないんだけど」
南「ううん、それ以前にとおる君が気にしてるか気にしてないか私は全然気にしてなかったわけだから、とおる君が気にしてても気にしてなくても、私は全然気にしないから平気だよ」
とおる「……？？？？」
南「めちゃめちゃ浮かれた返信来た」
絵文字だらけの返信『うーわーMay様からの召集！　至福の悦びぃ！　いつものHOTELで待機します！　ワン！』
ハァハァ言ってる犬のスタンプ。
とおる「…1回死んだほうがいいのかなぁ」

37 SMホテル・一室（夜）

座っている啓三、後ろから目隠しする南舞。
南「じゃ、着替えて来ますね（と出て行く）」
啓三「（声上ずり）は、はいいぃっ！」
ボンデージに身を包んだ女王様が現れる。仮面で顔を隠し、ただならぬ妖気だが、三歩歩いたところで、
啓三「誰だてめえは！」
女王様（ヨウコ）思わずフリーズする。

啓　三「Ｍａｙ様じゃねえのは足音で分かるぜ、ヘルプか」
ヨウコ「……」
ヨウコの耳にワイヤレスイヤホン。
南の声「何とか誤魔化して」

38　同・隣室

ＦａｃｅＴｉｍｅでモニタリングしている南舞。
南「お金払ってる時点で冷静な判断力なんてない、ただの豚だと思って」
とおる「…一応、親なんだけど」
あかね「2秒空いたら鞭です、ヨウコさん、私からはそれだけです」

39　同・一室

啓　三「歌舞伎町の女王Ｍａｙ様が引退したと言う噂は、やはり本当だったのか。やい女、ヘルプなら本気でやってもらわないと困るぜ」
ヨウコ「やっちもねえ！」
バシン！　と鞭が放たれる。
ヨウコ「ヘルプじゃないよ、アンタの命を助ける大ヘルプ様じゃ（バシン！）」
スマホのカメラが啓三を捉えている。
固唾《かたず》を呑んで見守るとおる、南舞、あかね。（カットバック）
啓　三「……続けろ」
とおる「親父…」
南「いいみたい！　ヨウコさん、ただし岡山弁は極力ナシの方向で」
ヨウコ「…どうしたんだい、豚、汗かいてるねえ、暑いのかい？　呼吸も乱れて苦しそうだよ、豚野郎（バシン！）」
啓　三「…はぁ…はぁ」
ヨウコ「発汗、急な発熱、呼吸の乱れ、これらの不調はすべて癌のサインでもあるんだよ！」
バシン！　と鞭が放たれる。
啓　三「…うっ！（悶絶）」
ヨウコ「それだけじゃない！　眩暈《めまい》、倦怠感、腰や背中の痛み、（興奮して英語が混じる）get it

checked straight away if you lose ten kilos within three months!（3ヶ月以内で10キロの体重減少などの症状が出た場合、直ちに受診！）治療法に納得できない場合は、Ｓｅｃｏｎｄ Ｏｐｉｎｉｏｎを受けることをお勧めするよ、ＡＳＳＨＯＬＥ！」

バシン！　と鞭が放たれる。

とおる「ヨウコ先生！　英語は…」

啓　三「…ＹＥＳ（噛みしめる）」

南「いいみたい！」

とおる「…親父、なんで気づかないかな」

ヨウコ「アンタの考えはお見通しだよ（バシン！）この俺が（バシン！）この俺に限って癌になんか、なるわけがない（バシン！）」

目隠しが外れ、初めて目が合うヨウコと啓三。

南「あっ‼」

とおる「ヤバイ！」

ヨウコ「その油断が命取りなのよ（バシン！）」

啓　三「痛ってえな！　お前さんの鞭は痛くなさそうに見えて痛えんだよ！」

とおる「…あれ？」

啓　三「…縛れ（と顎でロープを示す）」

とおる「気づけよ親父！　ガッツリ目ぇ合ってるだろ」

南「できます？　亀甲《きっこう》縛り」

あかね「（マニュアル開き）こっちでサポートしましょうか」

ヨウコ「いやぁ？」

あかね「まず首に縄をかけて下さい」

ヨウコ「…アンタがそこまで検査を嫌がるんは、ひょっとして、大事な人を病で失ったからじゃねんか」

啓　三「なぜそれを…」

首にグイッと紐が食い込んで、

啓　三「うっ」

ヨウコ「Ｓｏｒｒｙ」

啓　三「…確かに、油断はあった。俺はともかく、人一倍健康に気を配ってた英里ちゃんが…癌だなんて」

40　聖まごころ病院・院長室

リツコ「あの啓三さんが、素直に忠告を聞くわけねぇもんなぁ」

啓　介　「…ところが、聞いたんだよ、俺の言うこと、珍しく」

リツコ　「そうなん？」

41　同・診察室B（回想・S－28の続き）

胸ぐらを掴んで啓介を立たせた啓三、いきなりその場に跪《ひざまず》き哀願する。

啓　三　「頼む、兄貴！　この通りだ、助けてくれ、英里子を、兄貴！」

啓　介　「分かった、もう分かったから顔を上げろ」

啓　三　「幾らかかってもいい、アイツのためなら何でもする！」

啓　介　「落ち着け、いいか、癌治療の進化は目覚ましい。日本中、世界中に名医がいる。（紹介状渡し）札幌の西川先生、電話入れとく…あと神戸にね…」

啓三（OFF）「名古屋、福岡、もちろん都内の病院も片っ端から…」

42　SMホテル・一室（回想戻り）

啓　三　「ニューヨークの病院が最先端の治療を実践してるって聞いて連れてったよ」

ヨウコ　「（縛りながら）もん…のすごい高いだろう、治療費」

啓　三　「持ちビル手放したよ、後悔したくなかったからね…ベルリン、ロンドン、ストックホルム…世界中の名医に診せたが、口を揃えて言うのは、もう少し発見が早ければ助けられたと」

とおる　「親父…観光じゃなかったのか」

43　葬儀後の斎場（回想・11年前）

啓三と英里子の、治療旅行の思い出の写真。

啓三の声　「セカンドオピニオンどころか、トゥエンティースオピニオンは聞いたが、判で押したように結果は同じ、発見が遅すぎた」

44　SMホテル・一室（回想戻り・隣室とカットバック）

啓　三　「最後はハワイで緩和ケア、息子と二人で見送ったよ」

とおる「親父…」

胸打たれるとおる、南舞。淡々と亀甲縛りを教えるあかね。

あかね「下の穴を通して背中に回して下さーい」

啓三「精も根も尽き果てたじゃねえけど、あの半年で、一生分の悪あがきしたからよ…俺はもう運命には逆らわねえ」

あかね「反対側も穴に通して…その繰り返しでーす」

啓三「だから検査も受けねえって決めたんだ。癌で死ぬなら、それも運命ってな」

ヨウコ「ウンメイ?」

南「Ｄｅｓｔｉｎｙ」

とおる「運ぶ命って書きます」

あかね「余ったロープは背中で束ねてください」

ヨウコ「余らんかったで」

啓三「は? 何が」

(服の上から)複雑怪奇に緊縛された啓三。

ヨウコ「(バシン!)やっちもねえ! Don't put on airs! What about Destiny!(カッコつけんな! なにが運命だ!)お前の命を運ぶのはお前しかおらんのんじゃや!」

思い切り鞭を振り過ぎて、柄が折れる。

啓三「俺のせいだ…ちゃんと毎年、検査を受けてれば早期発見できた。俺がつまらない意地張って、3年も空いたせいで、発見が遅れて英里ちゃんは…」

ヨウコ「毎年受けとったんよ」

啓三「え?」

とおる「え?」

45 聖まごころ病院・詰所(回想)

高峰英里子のカルテを見ているヨウコと荒井。

ヨウコ(OFF)「Even in the years that you didn't come, your wife came to do the test every year, without fail.(アンタが来なかった年も、奥さんは一人で検査を受けに来とった、毎年、欠かさず)」

46 同・院長室(回想戻り)

カルテを見る啓介とリツコ。

リツコ「2010年、異常なし、2011年、異常なし、2012年、異常なし」
死の前年（2012年）まで毎年『異常なし』の記載。
啓　介「あれは進行の早い癌でね、年1回の検査でも、見つかった時には既に手遅れってケースもある」

47 SMホテル・一室

ヨウコ「So, you all did your best. You and your brother. It's not anyone's fault… it's the cancer's fault.（つまりベストは尽くした、お前も、お前の兄貴も、誰のせいでもない悪いのは…癌だ）」
啓　三「…そうか、受けてたんだ、毎年」
ヨウコ「じゃけんお前も検査を…」
啓　三「うるせえな！　せかすんじゃねえよ、今、浸ってんだよ！」
鞭を振り上げるヨウコ、だが折れている。
ヨウコ「なんじゃこりゃ」
南「落ち着いて、ヨウコさん、バッグの中に大好物があるはず」
ヨウコ、バッグの中を確かめ、絵筆を発見。
ヨウコ「!?」
ウルウルした目でヨウコを見上げる啓三。

48 同・隣室

耳や首筋をサワサワされて悶絶する啓三。
啓　三「うひゃひゃひゃひゃ」
あかね「親子ですね」
とおる「親父…今日ほぼ『親父』しか言ってないよ」
南「でも、色んな『親父』が聞けたよ」
ヨウコの声「検査受けるん？　受けんのん？　やめようか？」
啓三の声「受けましゅ、けんしゃ受けましゅ」
とおる「…親父ぃ」

49 聖まごころ病院・詰所

白　木「（電話に出て）はいまごころ…60代男性、ラブホテルで？　緊縛プレイ中、縄が解けなくなって肩関節脱臼…」

田島「拒否で～」

50 同・救急外来入口

ストレッチャーで運ばれて来る啓三。

白木「拒否って言いましたよね、なんで来るの？」

啓三「こんな恰好で、他の病院行けるかよ！　痛てて」

田島「ここには来れるんだ」

堀井「ロープとシャツ、ハサミで切っちゃいましょう」

そのまま処置室へ。

啓三の声「やめろ！　馬鹿！　これ、イタリア製、40万！」

51 勝どき医療センター・処置室（日替わり）

麻酔から目を覚ます啓三。

荒井「高峰さん、起きました？」

啓三「え？　終わったんですか？」

荒井「はい」

内視鏡のシステムを片付けている医師ら。

啓三「……」

荒井「癌は無事、切除できましたよ（画像を顔の前に）」

映し出される内視鏡による除去手術。

啓三「（胃のあたりを触り）…もうないの？」

荒井「ビッチの姉ちゃんに感謝ですね」

啓三「……」

52 海辺の道（日替わり）

走る車。

53 走る車・車内

運転席にはずき、助手席に啓介、後部座席にヨウコ、リツコ。

リツコ「あそこかねえ」

はずき、啓介、答えない。車は墓地を通り過ぎる。

54 海辺の介護付高級老人ホーム『フォエバー葉山』・前

はずき、車の外に出て電話している。

ヨウコ「えっ？　どれが墓？」
はずき「（周囲を見渡し）どこ？　見えないよ…あ、いた！」
ヨウコ「（見て）Who is she？」
啓　介「My wife」
テニスコート、満面の笑顔で手を振る高峰みづき。
ヨウコ「生きとる」
リツコ「生きとるん!?」
はずき「死んだって言いました？」
啓　介「言ってない」
リツコ「言われとらんけど…生きとるとも言われてねーが！」
みづき「あははははは（走って来る）」
ヨウコ「走った！」
慌てて桶と柄杓などを隠す。

55　同・ラウンジ

みづき「この歳で生きてるって言わなきゃ、だいたい死んだことになるわそりゃ（爆笑）楽にして」
スタッフが冷えたシャンパンと前菜を運んで来る。
ヨウコ「なんじゃここ、家賃でーれー高えじゃろ、なんぼなん？」
広々とした応接間。ソファでくつろぐ面々。
はずき「熟年離婚して、その慰謝料をここの入居費に充てたのよね」
啓　介「よりによって、病院の経営が苦しい時に…」
リツコ「…まさか、お目にかかれると思ってのうて」
みづき「いいのいいの、なんとも思ってない、そちらが？」
リツコ「…はい、娘のヨウコです」
啓　介「外科医なんだよ」
みづき「まあ、可哀相」
ヨウコ「ん？　なにがカワイソ？」
みづき「一人娘を医者にしなかったことだけが、私の誇りだわ」
はずき「またそれ（笑）」
みづき「さ、乾杯しましょう」
ヨウコ「なんなん？　さっきから奥歯にイチモツ挟まったようじゃわ」

啓介　「（改まり）この話は、関係者が揃ったところでしたくてね」
はずき　「……」
リツコ　「……」
啓介　「実はね、ヨウコさん、いや…ヨウコ…」
みづき　「（遮り）克彦さーん」
突如現れる、若作りだが初老の男性、坂井克彦《さかいかつひこ》。
克彦　「初めまして」
みづき　「坂井克彦さん、現在のパートナー」
みづき　「別れた夫と娘、夫の浮気相手とその娘さん」
克彦　「ん〜〜どんな顔していいか分からない（笑）」
みづき　「いいのいいの、さあ、乾杯しましょ」
乾杯。シャンパンを飲み、気まずい沈黙。
克彦　「じゃあ僕は、散歩に、おいで、ドク！」
小型犬と散歩に出かける克彦。
みづき　「…さ、どうぞ続けて」
啓介　「……」
みづき　「大事な話があるんでしょ？　どうぞ」
啓介　「（みるみる不機嫌に）」
みづき　「…なによ、怖い顔して」
啓介　「俺が？　してないよ」
みづき　「してます、お得意の、殺し屋みたいな目つき」
啓介　「だって、男がいるなんて聞いてないから…」
はずき　「パートナー。男って、言い方、だっさ」
啓介　「男だろ、え？　いい歳して、あんな気取った男が好みか！」
みづき　「あんたみたいに、前日に、昔の女連れて行くよってメールするほど図々しくないから私は」
リツコ　「は？　そうなん？　啓介さん」
はずき　「だっさ」
啓介　「だって、初対面でしょ、二人、揉めたら困るから…」
リツコ　「うちが奥さんと？　揉める？　アンタんことで？　今さら⁉　なに言うとん40年以上も前の話！」
みづき　「カッコつけなさんな、ただのスケベじじいが。スリッパ出したのになんで履かないのよ」
啓介　「それはいいだろう、別に」
みづき　「まだ履いてんの、それ、5足千円の、五本指の靴下」
はずき　「だっさ」
啓介　「あーうるさいうるさい、言うから！　俺の口からちゃんと！…ヨウコさん、あんたは私の…」
ヨウコ　「娘じゃろ!?」
はずき　「え!?」
リツコ　「…なんじゃあ、知っとったん？」
ヨウコ　「当たり前じゃぁ、バカにすんな、薄々そうじゃろう思うとったわ」
啓　介　「い、いつから…」
ヨウコ　「最初っからじゃ、やらしい目で見たじゃろ舐め回すように」
みづき　「殺し屋みたいな目で？」
はずき　「だっさ」
みづき　「はい、この話、おしまいね？　じゃあスリッパ履いて来て、お願いだから、見たくないその靴下」
啓　介　「うるさいな！」
リツコ　「五本指、うちのアパートにもよう忘れていきようったわ」
みづき　「いちいち腹立つのよ、洗うとき、指一本一本、裏返すの」
はずき・リツコ　「そうそう！」
リツコ　「あとあれな、食後の爪楊枝、テーブルに置きっぱなし」
はずき・みづき　「そうそう！」
はずき　「髭剃った後、ちゃんと流さないから、洗面所に毛が」
リツコ・みづき　「そうそう！」
啓　介　「（立ち上がり）帰る！」
はずき　「もう飲んじゃったから無理ぃ」
啓　介　「電車で帰る！」
みづき　「トイレの便座、上げっぱなし」
ヨウコ・はずき・リツコ　「そうそう！」

56　聖まごころ病院・屋上（夜）

一人でヤケ酒を飲む啓介。背後に立つヨウコ。
ヨウコ　「Sorry, but I can't think of you as my Dad.（悪いけど、アンタを父親とは思えない）」
啓　介　「…うん」
ヨウコ　「うちのパパはＤｒ・フリーマンだけじゃ」
啓　介　「うん」
ヨウコ　「でも、あんたがタダのスケベじじいじゃなかったら、ウチは生まれんかったし、医者にもなっとらん、あんたがタダのスケベじじいで良かった、ありがとうスケベじじい」
神宮の花火が空に開き、ドンと音が鳴る。
ヨウコ「……ワオ（呆気に取られ）」
啓介「スケベじじいと呼ぶのか？」
ヨウコ「Yes、はずきのことは、姉さんと呼ぶ」
啓介「あいつは8月生まれ、君は12月生まれだもんね」
再び花火が開く。

57　花火大会の観覧席

横山が妊婦の嫁と4人の子と座っている。
横山「綿菓子はダメ！　飽きるから、さっき、かき氷買ったでしょ」
老婆と中年男性が近くに座り、
中年男「ったく、花火なんかどこで見たって同じだよ」
横山「ん？」
ノーメイクの堀井、発泡酒の栓を開ける。
老婆（母、房江《ふさえ》）が、漬物の入ったタッパーを出す。
堀井「いらねえよ、そんなの、誰が食うかよ」
横山「…嘘でしょ？」

つづく

#7

1　聖まごころ病院・ロビー

高齢者のサロンと化した平日昼のロビー。

白　木「三舟さーん、三舟太蔵《みふねたいぞう》さん、診察室お入りください」

ヒンディー語Na「（字幕）ここは新宿歌舞伎町。東洋一の歓楽街です」

クロスワードパズルに夢中で気づかない老人。

白　木「三舟さーん！　みーふーねーさん！　おーい！」

見かねた村木が「三舟さん」と声をかけると、

三　舟「はい（立ち上がる）」

村　木「診察室へどうぞー」

白　木「…じじいは、若い女の声にしか反応しないっ」

ヒンディー語Na「キャバクラ、ホストクラブ、ガールズバー、その他、合法的な風俗店が軒を連ねる、健全かつ衛生的な若者の街として生まれ変わりました」

ヨウコが老人に声をかける。

ヨウコ「よう、ちゃんと運動しとるか」

老　人「はい、今日も駅からＬＵＵＰで来ました」

ヨウコ「歩けぇやぁ、じいさん、近《ちけ》えんじゃから（詰所へ）」

2　同・詰所

田　島「今の人、お婆ちゃんですよ」

ヨウコ「Ｗｈａｔ!?」

ロビーを見るヨウコ、先程の老人が談笑している。

田　島「寅年生まれのトラさん、西口で宝くじ売ってます」

ヨウコ「ばあさん？　あれが、ばあさん!?」

とおる「見分けつかないっすよね、歳取ると、性別」

横　山「おい（堀井を気にする）」

離れた席で、堀井と、コンビニの制服姿のマユが、スイーツを挟んでガールズトーク。

堀　井「やばくなぁい？　萌え萌えハリネズミショコラホイップの可愛さ、まじビジュ、ヤバくなぁい!?」

マ　ユ「ヤバいよー、ダイエット中なのにぃ」

堀　井「べつばら、べつばら〜、アリ寄りのアリ！　ペヤングあとのアニマルクレープしか勝たん」

ヨウコ「まぎわらしぃ！　With Americans, old men

have thin hair, old ladies have big ass.（アメリカ人、じいさん頭うすい、ばあさんケツでかい）すぐ分かる。だいたいアイツらぁ、どこも悪くねぇのに、なんで病院来るん？」

とおる「生存確認でしょうね、最近見かけない人は、逆に心配」

3　マンション・ドアの前

真夏日。ドアの前に岡本と、大家がいて、

岡　本「（ノックし）田辺さーん！　警察です、田辺さーん!?　…換気扇回ってねえし…ヤな予感しかねえわ（とスペアキーを挿す）」

4　聖まごころ病院・詰所

電話鳴る、白木が出る。

白　木「はい、まごころ」

ヨウコ「マユ、おめえ学校ちゃんと行っとるんか？」

マ　ユ「夏休みだもん」

堀　井「彼氏できたのよねぇ」

マ　ユ「へへへ、バイトの先輩、今度連れてくるね（荷物まとめる）」

白　木「百人町マンション、80代独居男性、部屋で倒れており、心肺停止状態」

それを合図に処置の準備を始める医師、看護師。

ヒンディー語Na「あらゆる人種が集い、あらゆる言語が飛び交う歌舞伎町…その片隅にある聖まごころ病院、またの名を…」

☆タイトル「新宿野戦病院」

5　同・廊下〜処置室

救急隊員が心臓マッサージ、補助換気をしながら搬送してくる。

ベッド移乗「1、2、3！」

運び込まれた老人男性を見て、

横　山「これ…さすがに厳しいでしょ」

救急R「発見時、明らかな死亡兆候が認められず、ご家族も積極的治療を希望されていて」

ヨウコ「とおる、気管挿管！」

　とおるに指示をしながら鼠径部から採血をする。
　ヨウコ、すぐに吉野に採血を渡す。
　田島は心臓マッサージを継続する。

とおる「(補助換気しながら) 最終安否は?」

救急S「1週間前に娘さんが訪問したきりだそうで…」

吉野「モニターつきました!」

田島「…心静止です」

　ヨウコ、心臓マッサージを始める。

啓介「いいよもう」

ヨウコ「スケベじじい…まだ診察もろくにしとらんじゃろうがぁ!」

　吉野が啓介に血液ガス分析結果の紙を渡す。

啓介「pH《ペーハー》:6・8、K《カリウム》:7・2、もう諦めよう」

堀井「ヨウコ先生…」

ヨウコ「OH (激しく落胆) I couldn't do anything to help.(何も出来なかった。助けられなかった…)でーれえつれえ (堀井の肩で泣く)」

啓介「見てなさい、死亡確認も医者の大事な役目だ (とおる等に) みんなは戻って」

　ヨウコと堀井を残して、出て行く医師たち。

啓介「まず仏さんに手を合わせる。アメリカはどうか知らないけど、ウチではそうしてる。それからペンライトで…」

堀井「その前に聴診器」

啓介「はいはい、心拍および呼吸停止の確認」

　聴診器を患者の胸に当てる啓介。

啓介「で、外傷がないか調べて…」

堀井「違います、ペンライトです (啓介が逆に持つので) 逆です」

　啓介、ペンライトを点け瞳孔をチェック。

啓介「死亡時間の確認」

堀井「午後1時48分」

啓介「そして最後にもう一度、仏さんに一礼。覚えた?」

ヨウコ「Yah」

6　同・詰所

　とおる、田島、遅れて横山、戻って来る。岡本がいて、

岡本「どう? ダメだった?…やっぱりなぁ、熱中症? 元々、持病あったみたいなんだよね」

とおる「…毎度毎度、ずーんと来ますね、独居老人の孤

独死」
田島「年々増えてない？　高齢化なんだろうけど」
一同「……」
横山「あの、ちょっといい？……この空気に乗じて、俺、みなさんに謝らなきゃいけないことがあるの…堀井さんのことで」

7　同・処置室

ヨウコを優しく指導する堀井。
堀井「まず手を合わせる、それから？　ペンライトじゃなくてぇ？　そう聴診器、心拍・呼吸停止の確認、それから？　なんだっけ？　仏さんに一礼の前に？　そう、ペンライトです、逆です、のボケはいいから、そう瞳孔チェックして、そう、仏さんに一礼、そう」

8　同・詰所

とおる「え、どういうこと？」
横山「前にほら、話したじゃない、ちょうどこのメンツで」

××××××××××

フラッシュ（回想#1）
横山「女性だよ！」田島「（同時に）男でしょ」
岡本「…え、どっち？」
横山「女性ですよ、女性、失礼だよ君ら」
田島「いや、男性だと思いますけど」
横山「女性、絶対、ダメよ今、そういうのいちばんマズいんだから」

××××××××××

横山「あの時はごめん（頭を下げる）」
一同「……」
横山「堀井さん、男性でした、ごめん（頭下げる）」
岡本「いやいや、女だと思ってたの、横山さんだけだし」
田島「そうですよ、頭上げてください」
白木「なに、どうかした？」
横山「あー白木さんにも謝らなきゃ、この度はどうも（頭下げる）うちの堀井が」
白木「なんなのよ」
横山「一緒にお風呂入ったって言ってましたよね」
白木「堀井ちゃんと？　入った入った」

村木「私、パジャマパーティーしましたー」
横山「パジャマパーティー!? 堀井さんと? おいおい。…いや、実は、見ちゃったんです、神宮の花火大会の日」

9 花火大会の観覧席（回想・#6）

横山が妊婦の嫁と4人の子と座っている。
横山「綿菓子はダメ！ 飽きるから、さっき、かき氷買ったでしょ」
老婆と中年男性が近くに座り、
堀井の声「ったく、花火なんかどこで見たって同じだよ」
横山「ん?」
ノーメイクの堀井、発泡酒の栓を開ける。
老婆（母、房江）が、漬物の入ったタッパーを出す。
堀井「いらねえよ、そんなの、誰が食うかよ」

10 聖まごころ病院・詰所（回想戻り）

横山「いらねえよ、クソばばあ！ カーッ、ペッ！ 誰が食うかよ！ ふんっ（手鼻）…堀井しのぶ、生粋の中年男性でした、本当、申し訳ない」
とおる「なんで横山先生が謝るの？」
横山「…分かんない。ていうか、そんなもん？ リアクション。おっさんだったんだよ!? マザコンの、サンダル履きで、がに股で、缶チューハイ飲みながら無精髭生やして」
村木「色んな人がいますからね」
とおる「自分も最近、ファンデ塗ってます（笑）」
田島「うそ、どこのどこの？」
とおる「これ、いいですよベタつかなくて」
横山「……ダイバーシティか？」
白木「横山先生、あなた結婚してんの？」
横山「…それ、4回目ですけど」
白木「知らない、知らない、聞いてない、え、子供は？」
岡本「子だくさん、上2人は奥さんの連れ子、下2人は双子」
横山「で、5人目が秋に」
白木「なにそれ！ 頑張んなさいよもっと！」
岡本「…え、これデジャブ?」
横山「違う、単なるおばさんの物忘れ」
白木「どうされました？」

廊下に田辺の遺族（娘とその夫）が立っている。

娘「…搬送された田辺の、娘です」

白木「あ、どうぞ（と案内する）」

ロビーにいた老人たちがぞろぞろ処置室のほうへ。

とおる「あれ？　ちょっとちょっと」

11　同・処置室

遺体と向き合う田辺の娘、夫、沈痛な面持ち。

啓介「死亡診断書、CTでくも膜下出血を認めました」

娘「…孤独死なんて、情けない」

堀井「連絡は取り合ってたんですか？」

夫「彼女が生存確認のLINE送ってたんですが既読つかなくて」

トラがいつの間にか傍にいて、

トラ「既読つくと、何か返さなきゃなんないでしょ」

ヨウコ「じいさん！　勝手に入ってくるんじゃねえ」

堀井「ばあさんです」

トラ「そういう時は画面を長押しすれば、既読つかずに読めるってナベちゃん教えてくれた（振り返り）やっぱりナベちゃん」

三舟を先頭に老人たちがぞろぞろ入って来て処置台を囲み「ナベちゃん」「田辺さん」と声をかけ、手を合わせる。

三舟「ナベちゃん、まあー、一昨日まで元気だったのにぃ」

娘「そうなんですか？」

三舟「歌ってたよスナックで、ジュリー、ほら」

ホステスに囲まれご機嫌な田辺の写真を見せる。

トラ「先週だってホラ、一緒に高尾山登ったんだから」

老人たち、みかんや饅頭を処置台に置くので、

とおる「こらこら、お供え物は」

三舟「どうせ葬儀は親族だけだろ」

トラ「よかった、お別れができた」

啓介「手間が省けたね」

ヨウコ「よかったなぁ、コドクじゃのうて」

娘「……」

12　同・入口（夕方）

帰り支度して出て行く堀井。

堀　井「じゃ、お先に、お疲れさまでした〜」

13　同・詰所

ヨウコ、とおる、はずき、横山、田島。

はずき「堀井さん、まだ、お母さんには言えてないのかしら」
ヨウコ「About what?（なにを？）」
横　山「母子家庭なんですよね」
はずき「同居はしてないの、ここから歩ける距離に実家があって、泊まることはあるみたいだけど…複雑みたい、一人息子だからね」
ヨウコ「What?（なにが？）」

14　コーヒーショップ・内

堀井、レジで精算を済ませ、そのまま男女兼用トイレへ。

15　同・トイレ

男性の服に着替えメイクを落とし、黒髪のカツラを被る。

16　同・内

男性の姿になった堀井、出て来て、
店　員「カフェインレスラテMサイズのお客さま」
堀　井「はい」
と、受け取り出て行く堀井。

17　住宅街

ラテ片手に帰宅する堀井。小さな戸建て住宅。

はずき（OFF）「お母さん、元小学校の先生なんだけど、世代的に理解しづらいのかもね…」
ヨウコ（OFF）「What?（なにを？）」

18　堀井の家・内

入って来る堀井、部屋の灯りを点け、無愛想に、
堀　井「ただいま」

居間でテレビ点けたまま、うたた寝していた母、房江。

房江「あら、お帰り、ご飯は?」

堀井「ペヤング食うからいらねえ。窓開けろよ、こもってるよ、空気が(荷物置いて窓開ける)」

房江「ナスの浅漬けあるよ」

堀井「いらねえよ、誰が食うかよ(冷蔵庫を開け)」

房江「(立ち上がり)イカのバター焼き作ろうか」

堀井「いらねって!(発泡酒出し)またそれ見てんのかよ、沢口靖子のヤツ(風呂場へ)」

房江「野菜も食べてよぉ(とネギを出す)」

堀井「洗濯機回せよ、だらしねえ、いつから溜めてんだこれ」

房江「壊れてんのよ」

堀井「電気屋呼べよ、じゃあ。放っといても洗濯機は直んねえだろ」

房江「コインランドリー行くからいいの」

堀井「自転車乗るなよ膝悪いんだから、なんでネギ切ってんだよ」

房江「…あれ?」

堀井「あれ? じゃねえよ、切るなネギ、嫌いなんだよその切り方」

房江「何作ろうとしてたんだっけ、やだ、ボケちゃったのかな?」

堀井「…母ちゃんが? ボケてくれたらなんぼか楽だわ、バカ言ってねえでホラ、ゼリー買って来たから食うぞ」

房江「…ありがと」

××××××××××

夜。台所にペヤングとゼリーの残骸。

堀井「おやすみ」と部屋の電気を消し、自分はソファで横になる。

19 コーヒーショップ・トイレ(日替わり)

堀井、出勤用の服に着替え、メイクし、髪の毛を整える。

20 同・内

店員「カフェインレスラテMサイズのお客さま」

堀井「はい」

受け取り出て行く堀井。

21　聖まごころ病院・詰所

堀　井「さっ、今日も一日、笑顔で頑張りましょうね！」
堀井、出て行く。横山、見送り、

横　山「…なんか泣けて来るね」
ヨウコ「Why？（なにが？）」
横　山「だって、お母さんが生きてる限り、堀井さん、完全に、女性として生きられないわけでしょ？」
ヨウコ「それがつれぇかどうか、ウチらには知るヨシもねえ」
田　島「…堀井さんの人生ですもんね」
横　山「…悲劇か喜劇かは堀井さんが決めることで、我々が決めつけるなんて…傲慢か、そうだね」
田　島「ところでヨウコ先生、見ました？　お母さんのインスタ」
イ・オンナ（リツコ）のインスタグラム『Returned to America（#帰国しました）』日本で撮った写真が多数上げられている。
ヨウコ「わし、姉さん、みづき、とおる、みんな写っとんのに」
横　山「院長の写真が一枚もない」
ヨウコ「それな（笑）…!?」
啓介が至近距離の窓から覗いていた。
ヨウコ「どしたん？　スケベじじい」
啓　介「仕事中は院長と呼びなさい、はずきは？」

22　NPO法人『Not Alone』

『Not Alone×聖まごころ病院　見回り医療サービス概要』の資料を見て、
あかね「…せっかくですが、うちは慈善事業なので、民間の医療機関と組むことは出来ないんです」
はずき「ですよね、それはそうなんですけど…」
とおる「うちも利益を得ようとは思ってなくて、そもそもホームレス金持ってねえし。みなさん誤解してますよね、保険証持ってないから医者にかかれないって」
はずき「実際は診療も受けられるし、私達ソーシャルワーカーが行政と連携して、生活保護申請をしたり、家族に連絡したり、ねえ、まだまだ出来ることあるのに…」

南　「そういう社会との関わりを、あえて断ち切った人がホームレスになるんです」

とおる　「じゃあ南さんは、第二、第三のシゲさんが出ても仕方ないって仰るんですか」

××××××××××

フラッシュ（回想#5）

心臓マッサージを受けるシゲさん、最期の笑顔。

××××××××××

南　「……」

とおる　「もう、あんな思い、したくないじゃないスか」

23　人通りの少ない地下道

ダンボールやブルーシートで作ったホームレスのハウスが壁際に点在する地下道で、物資を配る南舞、あかね。

南・あかね　「こんにちは〜」

ホームレス・タケ　「おー、舞ちゃん、あかねちゃん」

あかね　「飲み物と着替え、タケさん元気だった？」

タケ　「元気元気ぃ、俺は元気だけど、ノリちゃんが」

ホームレス・ノリ　「（関西弁）酔っ払って西武新宿駅で階段落ちや」

南　「今日はお医者さんも一緒なんだよ」

ノリ　「あ？（瞬時に不機嫌に）」

とおる『医師の診断を受けましょう』と書かれたうちわを渡しながら、

とおる　「こんばんはー歌舞伎町の赤ひげこと…」

ノリ　「（叩き落とし）どこも悪いとこあらへん、帰れ！」

とおる　「…そんなこと言わないで、ちゃんと診てもらわないと、折れてたらどうするんです？（と手を伸ばす）」

ノリ　「触んな！　医者は銭儲けばっかや」

タケ　「コロナで発熱外来行ったら救急車でさんざんたらい回しにされて、解熱剤5日分で1万なんぼ取られたわ」

とおる　「それは…大きい病院の話でしょ？　うちは聖…」

ノリ　「まごころ？　まごころ行く位なら死んだほうがマシや！」

タケ　「（叫ぶ）コイツ、まごころの回し者だぞ！」

南　「だから言ったでしょ」

とおる　『聖』しか言ってないのに、道のり険しいな…!?」
　サングラスかけた啓三が立っている。
とおる　「親父…」
啓　三　「やはり噂は本当だったんですね。歌舞伎町の女王May様が、ボランティアに転身するなんて…」
とおる　「逆、逆、ボランティアの舞さんが一時的にSM…で合ってますよね?」
南　「お身体、その後いかがですか?」
啓　三　「おかげさまで、ヘルプの女王様のオピニオンで九死に一生を得ました。これ、少ないけど…活動資金に充ててください」
　封筒に入った分厚い札束を出す。
南　「…遠慮なく」
とおる　「マジか…」
啓　三　「おい!　新宿の路上生活者どもぉ!　このお方の施しがどれだけ尊いか、お前ら分かってんのか!」
　地下道にこだまする怒号、ビビるホームレスたち。

24　聖まごころ病院・院長室（日替わり）

　朝食。箸を止め、ヨウコの顔を凝視している啓三。
啓　三　「……」
　ヨウコ、干物の背骨をキレイに剝がしながら、
ヨウコ　「…ジロジロ見るな」
啓　三　「…とおる、お前、外科医になれ」
とおる　「……」
啓　三　「兄貴、コイツ、外科医になれっかな」
とおる　「は?」
啓　介　「臨床だけなら可能だね、何年かかるか知らんけど」
とおる　「ちょっとちょっと、なに勝手に決めちゃってんの…」
啓　三　「黙れ。兄貴、俺、癌になった、そして甦った、死の淵から」
とおる　「大袈裟、早期胃癌を内視鏡でとってもらっただけ」
はずき　「組織検査の結果も問題なかったんでしょ?」
啓　三　「身を以て医療の有り難みを実感したよ、そして人生を見つめ直し、生き方を180度変えることにした。この聖まごころ病院を存続させるた

めに、まず、とおるを外科医に」

とおる　「いちいち極端なんだよ」

啓　三　「お前も言ってたじゃねえか、お肌ツルツルにしても人の命は救えないって」

とおる　「外科はヨウコさんがいるから」

啓　三　「うるせえ、黙れ、俺は変わったんだ！」

とおる　「変わってねえよ」

啓　三　「黙れ！　黙らねえなら出てけ！　今すぐ！」

とおる　「…訳分かんねえ（立ち上がる）」

ヨウコ　「I think plastic surgeons are closer to dermatology.（形成外科の方が皮膚科に近いんじゃないのか？）」

とおる　「え？」

啓　介　「You're right, it's more plastic surgery than cosmetic surgery.（確かに、整形よりは形成かもね）」

啓　三　「じじい、ビッチの姉ちゃん、日本食食ってる時は日本語喋れ」

ヨウコ　「火傷や外傷など、体の表面をRecoveryするのがケイセイ（形成）、骨や神経など、体の内部をRecoveryするのがセイケイ（整形）じゃ、医者の息子ならそれくらい知っとけぇ、姉さん、おかわり」

はずき　「（茶碗受け取り）…あなたの姉さんじゃないわよ」

25　同・詰所

横　山　「転科しろってこと？」

とおる、横山、田島、岡本。

とおる　「しないけど、するとしたら…また専門研修プログラムから？　面倒くせえ」

岡　本　「確かに、素人目に見ても、最近のとおる、美容皮膚科の範疇超えてるよね」

××××××××

フラッシュ（回想#1～6）とおるの処置の数々。
臓器を手渡され（#1）頭蓋骨に穴を開け（#1）テンポラリーバスキュラーシャント（#2）心嚢開窓術（#4）シース挿入（#5）亀甲縛り（#6）など。

××××××××

とおる　「うん…自分でも何科の医者か分かんなくなって

る」

田　島「ビューティークリニックも最初は調子良かったけど…」

ロビーは相変わらず老人たちに占拠されている。

田　島「うちの顧客、美の範疇超えちゃってるもんね」

とおる「形成外科なあ…え、お二人は？　転科とか考えたこと」

横　山「ないない、そんな余裕、家族7人食ってくのでやっとだもん」

田　島「僕もないですね、天職だと思ってますから」

横　山「なんでまた泌尿器科に？」

とおる「きっかけとか、あるんスか？」

田　島「あるけど…聞いてどうするの」

横　山「堀井さんの件で反省したのよ、うちらお互いのこと、あまりに知らなすぎるって」

とおる「そうですよ、聞きたい、田島先生を深掘りしましょう」

「じゃあ」と田島が身を乗り出した瞬間、岡本のスマホに着信。『南舞』。

田　島「小3の夏休みに、おちんちんが腫れたの、明太子みたいに…」

横　山「え、なにそれヤバいじゃん！」

岡　本「（出て）もしもし」

26　ミニシアター・前

電話しながら出て来た南舞、興奮気味に、

南　「オカモトって、ヨルゴス・ランティモス好きだよねえ」

27　聖まごころ病院・詰所（随時カットバック）

岡　本「哀れなるものたち？　好きだよ」

田　島「ほら、ミミズにおしっこかけると腫れるって言うでしょ…」

南　「だったら絶対観て欲しい映画があって、オカモト絶対どハマりする系の監督なんだよね、超おすすめ、オカモト空いてたらもう一回観ようかなって…あ、平気？　今話してて」

岡　本「うん、とおると一緒」

とおる「……」

南　「あっそ、じゃあかけ直すわ」

岡　本　「はいはーい（切る）ごめんごめん、で？　おちんちん、おちんちんが？」
田　島　「おちんちん腫れて、で、怖くなって駆け込んだ近所の泌尿器科の先生がさぁ…」
とおる　「だれ？」
岡　本　「うん、ちょっと」
とおる　「大事な用件じゃなかったの？」
岡　本　「うん、かけ直すって」
とおる　「だれ？」
岡　本　「いいじゃん誰でも、とおるは知らない人」
田　島　「…その先生が、ミミズとおちんちんの因果関係を」
とおる　「いや、おかしい。とおるを知らない人に、とおると一緒って言う？　で、その人も、とおると一緒ならかけ直すってなる？　おかしいおかしい」
岡　本　「とおる全般が苦手なんじゃない？」
とおる　「とおるぜんぱん？」
岡　本　「だから…仲村トオルとか村西とおるとか」
とおる　「あー、野間口徹とかね？　いねえわ、そんなヤツ」
岡　本　「舞ちゃんだよ」
とおる　「……」
田　島　「で、ミミズとおちんちんの因果関係…」
とおる　「哀れなるものたちって、映画だよね。へえ、好きなんだ」
岡　本　「好きだよ、俺も舞ちゃんも、それだけ」
とおる　「……」
田　島　「ミミズとおちんちんの因果関係をね…」
とおる　「ごめんなさい、どーでもいい、今、ミミズとおちんちん、どーでもいいわ、田島さん」
横　山　「ごめん、訊いといてナンだけど、俺も（頭に）入って来ない」
とおる　「あれかな…舞と岡本には共通の趣味があって、本とか映画とか、好きなカルチャーが一緒で、代官山蔦屋とかオシャレな空間で語り合って、気がついたら終電で、だけど舞は話し足りなくて、電話したけど、とおると一緒ならかけ直すって⁉︎　はあ⁉︎　なんだそれ！　オシャレくそポリスが！　ミミズとおちんちんの間にカルチャーねじ込んで来やがって！」
岡　本　「堀井さんは？」
とおる　「話そらすな！　お二人はいつからそういう…カルチャーを愛でる、カルチャーな間柄なんスか？」

横　山「落ち着いて、とおる君、ロビーが凍りついてる」
とおる「何なんだよ舞ちゃん！　親父とＳＭ、岡本とカルチャー、俺とは？　たまにボランティア？　平等じゃねえよ！（ロビーの患者に）なに見てんだよ！」
横　山「すいません、彼ちょっと情緒が…」
とおる「サロンじゃねえから！　どこも悪くない方はお引き取りください！」

28　堀井の家・前

自転車のカゴに訪問介護サービスのチラシが入ってる。
堀　井「……」

29　同・内

台所で房江がネギを切っている。
堀　井「またネギ切ってるよ」
房　江「イカとネギのバター焼き、好きでしょ」
堀　井「誰が食うんだよ」
房　江「え？（カレンダー見て）そうだ今日、夜勤だ！」
堀　井「しっかりしろよ」
房　江「ごめぇん、お弁当にするから持ってって」
堀　井「いいよペヤング食うから、ったく、また自転車乗ってるし」
房　江「乗ってないよ」
堀　井「じゃあコレなんだよ、籠に入ってたコレ」
房　江「…知らない」
堀　井「だったら捨てるよ（と、ゴミ箱に捨てソファーに座り）でたよ、沢口靖子、よく飽きねえなぁ」

30　聖まごころ病院・詰所

神経質にお金を数える白木の前にヨウコが立ち、
ヨウコ「やる気…元気…ゼレンスキー…ごめん白木、今日はおもろいボケ思いつかん」
白　木「毎日ボケろって言ってない」
ヨウコ「力不足、否めない」
白　木「何なのよ」
ヨウコ「堀井のネエサンまだ？　マユが彼氏連れて来たんじゃけど、話が噛み合わんのんじゃ」

マユと同じ、コンビニの制服着たインド人の青年が笑顔で立っている。

白木「彼氏？　この方が、まあ髭が濃い、お名前は？」

インド人「Ｓｉｌａｋｉ」

ヨウコ「Ｗｈａｔ!?」

胸のネームプレートに『シラキ』。

白木「嘘でしょ？」

マユ「私もビックリしたんだけど、ほんとにそうなの、ね〜シラキ」

白木「え、どういう字書くの？　白い木でシラキ？」

マユ「なわけないじゃん、インド人だよ」

31　堀井の家・台所（夕方）

イカとネギのバター焼きを弁当に詰める房江。

房江「できたよお」

振り返るとソファに堀井の姿なく、

房江「…あれ？（見回し）…お父さん？」

32　道

荷物を抱え、男装で出勤する堀井。

33　堀井の家・前

房江、自転車の籠にお弁当を載せ、走り出す。

34　コーヒーショップ・内

堀井、レジで精算を済ませ、そのまま男女兼用トイレへ。

店の外を走って行く房江の自転車。

35　路地

角を曲がる房江。ルート配送のトラックが駐まっていて、その陰から小学生の男児が飛び出す。

房江「!?」

ブレーキの軋む音。振り返るルート配送のドライバー。

ドライバー「…大丈夫ですか？」

36　コーヒーショップ・トイレ

着替えた堀井、化粧も終える頃に携帯に着信。
『母』の文字。堀井、スピーカーにして、

堀井「(面倒くさそうに) なに、どうした?」

ドライバーの声「すいません、携帯ロックかかってなかったので、履歴にかけてます、交通事故に遭われたみたいで、失礼ですが、そちら、この方の…」

堀井「(鏡を見て) …娘です」

37　聖まごころ病院・詰所

電話が鳴る。白木が出て、メモ取りながら、

白木「まごころ、自転車と歩行者の接触事故、高齢女性と小学生ですね、どっちが自転車?」
詰所にいたヨウコと啓介、立ち上がる。

38　同・救急外来入口～廊下

救急車のバックドア開くと堀井が男児に付き添っている。

ヨウコ「ネエサン…Why?」

堀井「ごめんなさい…轢いたのは、私の母なんです」
男児、意識がぼんやりしている。

啓介「容態は?」

堀井「乗る時は意識ハッキリしてて名前言えたんですけど、順太くん、搬送中に少し吐いてしまって…」

啓介「(来て) 頭蓋内に損傷があるかもしれない、CT撮りましょう」

堀井「(狼狽え) どうしよ…どうしよう」
ストレッチャーで運ばれる順太。

ヨウコ「母ちゃんは?」

堀井「今、もう一台で向かってます」

ヨウコ「Then, we won't have enough pair of hands. (そうなると手が足りない) 白木!」

シラキ「ハイ!」

ヨウコ「おめーじゃねぇ! ヘルプ呼んでぇ!」

39　ミニシアター・場内

とおる、真ん中の席に座り、

とおる「ここ俺ね、はい、どうぞ両サイドに」
南舞、岡本、とおるを挟んで座る。
とおる「ポップコーン、デカいの買うから、両サイドからこう（手を伸ばし）食えばいいし、塩とキャラメル、買って来るし」
と、出て行くとおるを見送り、
南「…なんでついて来たの？」
岡本「知らないよもう、面倒くせえ」

40 同・ロビー

とおる、ポップコーンの代金を電子決済しようと出したスマホに着信『まごころ』。
とおる「もお～、なんなんだよ！」

41 聖まごころ病院・廊下～処置室A（夜）

デカいポップコーンを抱えて来るとおる。
とおる「なんなんすかぁ！」
白木「いいから早く！（ポップコーンを奪い白衣を渡す）」

ちょうど房江を乗せたストレッチャーが処置室Aへ運ばれる。堀井が止血しながら、
堀井「うちの母です」
とおる「え!?」

42 同・処置室A

ヨウコ「There might also be a posterior dislocation of the hip joint or a fracture of the vertebrae. This is serious.（股関節の後方脱臼、脊椎の骨折もあるかもしれん。重症じゃ）」
意識はあるが苦しそうな房江。処置台へのせる。
とおる「なんで？　誰にやられたの？」
堀井「被害者じゃなくて加害者なんです」
とおる「はあ!?」
ヨウコ「説明はあと、画像検査して整復じゃ！」
と言い残し、カーテンを開けて処置室Bへ。

43 同・処置室B

啓介、CTの結果を見ている。

啓　介　「頭蓋骨骨折なし、頭蓋内に出血もなし」
堀　井　「(安堵)」
啓　介　「吐いたのは、脳震盪《のうしんとう》だろうね」
ヨウコ　「他に怪我は？」
啓　介　「上腕骨顆上骨折《じょうわんこつかじょうこっせつ》、だが転位はひどくない、シーネ固定して、明日改めて来てもらうか、整形外科を紹介するか」
　　　　ヨウコ、肘の様子を見て違和感を覚え、
ヨウコ　「…いや、ここじゃぁ無理じゃぁ、三次救急へ搬送しよう」
啓　介　「え？　なんでよ」
とおる　「うちで診ましょうよ、そのために戻って来たんだから」
啓　介　「どう見ても手術の必要はないだろ？」
　　　　啓介、ヨウコに促され順太の肘を見て、
啓　介　「…パッカーサインか、気づかなかった」
とおる　「え？　なんすか？」
ヨウコ　「The broken bone gets caught in the subcutaneous tissue, causing the elbow to cave in. There's a possibility of nerve paralysis.（折れた骨が皮下組織に引っかかって、肘が凹む。神経麻痺が起こっている可能性がある）」
啓　介　「神経損傷を疑ってるの？」
ヨウコ　「Hey Boy、親指を立ててみぃ、Thumbs up」
順　太　「…（うまくできない）」
ヨウコ　「グー、パー、Thumbs up（やってみせる）」
順　太　「……できない」
とおる　「それ、放っといたらどうなるんスか？」
啓　介　「橈骨《とうこつ》神経麻痺が後遺症として残る可能性がある」
ヨウコ　「まだ子供じゃ、最悪のケースを想定せにゃぁ。If something happens, it would be the Mom's fault.（もし万が一のことがあったら、お母さんの罪になってしまう）」
堀　井　「私からも、お願いします」
啓　介　「白木さん」
シラキ　「ハイ！」
ヨウコ　「おめーじゃねーって！」
白　木　「三次ですね（と走る）」
マ　ユ　「行こう、こっちのシラキは帰りまぁす」
啓　介　「北新宿救命救急センターの広重先生がいいだろ

う、受け入れが決まったら、この子の親御さんにも連絡して」

救急T「どなたかご同行を」

啓　介「私が行きましょう」

堀　井「院長、よろしくお願いします」

44　同・処置室A

ヨウコ、処置室Aへ。

とおる「ていうか、堀井さん…いいんですか？」

ヨウコ「（ハッとして）そうじゃ、着替えてメイク落として来ねぇ」

堀　井「（首振り）もう遅い」

房江、激しく狼狽えた目で堀井の動きを追っている。

堀　井「母は今、怪我よりも、私が女性として働いていることに驚いてます。でも、受け入れなきゃね、お互いに」

ヨウコ「お互いに？」

堀　井「…認知症を発症しているんです」

房　江「……」

堀　井「そのことを、私も受け入れなきゃいけない。けど、どうしても認めたくなかった。頭が良くて、ハキハキして、自慢の母だったから…だから自転車には乗るなって言ったのに、バカ」

45　堀井の家・内（回想・32年前）

堀井（OFF）「幼い頃から感じていた違和感を、初めて両親に告白したのは、高校を卒業して看護学校に入学する直前でした」

両親の前に正座する堀井（18歳）スカートをはいている。

父、英輝《ひでき》が突然激昂し、新聞紙を投げつける。

英　輝「何を言ってるんだ、お前は！」

堀井（OFF）「昔気質で頭の堅い父は、聞く耳を持たなかった」

英　輝「男の体が嫌だって？　意味が分からん！」

房　江「やめて、お父さん、大きい声出さないで」

堀井（OFF）「着たい服を着たいだけ、お化粧して、それのどこがいけないの？　そう言い返すと、父は…」

英　輝「男の子だろうしのぶは、男なんだよお前は！

これ以上がっかりさせるなっ！」

出て行く英輝。

堀井（OFF）「母は私のために泣いてくれました」

泣き崩れる堀井の肩を抱いて、共に泣く房江。

房　江「…しのぶ、ごめんね、気づいてあげられなくて。辛かったね。よく話してくれたね、いつだって母さんアンタの味方だから」

46　聖まごころ病院・処置室A（回想戻り）

房江の膝を鋼線牽引《こうせんけんいん》するヨウコ、とおる。
ヨウコ「よし、続けぇ」
堀　井「そうは言っても、母も本当は悲しかったはず。そうだよね？　男の子産んだはずなのに。少年野球とかわんぱく相撲とか、自分の子育ては間違ってたのかって…」
とおる「それで…お母さんの前では、男として振る舞って」
堀　井「ん～、ちょっと違う…いいんですか？　こんな喋りながら」
ヨウコ「Keep going, I'm curious.（続けろ、気になる）」
堀　井「父は亭主関白で…」
ヨウコ「待て、確認させぇ」
ヨウコ、膝についた器具を引っ張る。
房　江「（小さく）痛っ」
ヨウコ「よし（手袋外しながら）Continue.（続けろ）」
堀　井「亭主関白な父のことが、どういうわけか母は大好きでした」

47　堀井の家・内（回想・30数年前）

リビングで仕事（テストの採点とか）している房江。
帰って来るなり英輝が房江に小言を言う。
英　輝「電気点けろよ、目に悪いから」
房　江「あ、おかえり」
英　輝「窓開けろよ、こもってるよ、空気が（窓開ける）」
房　江「ごめん、すぐご飯にするから」
英　輝「いらねえ、食ってきた」
房　江「イカとネギのバター焼き作ろうか（立つ）」
英　輝「いらねって！（缶ビール出し、テレビ見て）またそれ見てんのかよ、萬田久子のヤツ」

房　江「あら、ゼリー買って来てくれたのね（とネギを切り始める）」

英　輝「別にお前のためじゃねえよ、俺が食いたくて買って来たんだよ、またネギそうやって切って、嫌いなんだよ、その切り方」

房　江「（笑）はいはい」

堀井（ＯＦＦ）「そんな両親を見るのが嫌で、20代で家を出てから、ほぼ絶縁状態だったんですけど」

48　聖まごころ病院・屋上（回想戻り）

処置を終えたヨウコ、とおる、堀井。

堀　井「15年前に父が亡くなって。母も退職して、独居老人になっちゃうし、さすがに心配だから、実家から近い病院で働きたくて。でも…私、こんなだから、面接で落とされるんですよね」

49　同・院長室（回想・15年前）

堀　井「…いいんですか？」

啓　介「女性とか男性とか、どっちでもいい。うちが欲しいのは優秀な看護師だから…よろしくね」

と、差し出したネームプレートに『婦長』とあり、

啓　介「あ『婦長』はダメだね『看護師長』だ、ごめんごめん」

堀井（ＯＦＦ）「で、久しぶりに実家に顔出したら…」

50　堀井の家・内（回想）

堀　井「……」

散らかり放題の部屋を見て立ち尽くす堀井。

堀井（ＯＦＦ）「驚きました。綺麗好きで家事が得意だった母が、何もしない、できない人になってたんです」

51　聖まごころ病院・屋上（回想戻り）

堀　井「それでも、最初は一時的なもので、元に戻ると思ってたんです。けど、逆で…時々私のことも分からなくなって、そのうち…父と混同するようになっちゃったんです」

52　堀井の家・内（回想）

房江、フタの硬い瓶を持って来て、

房　江「ねえ、お父さん、これ開けてくれる？」

堀　井「お父さんじゃないからね、しのぶ、しっかりして」

房　江「あらやだ、しのぶだわ（笑）ごめんごめん」

堀井（ＯＦＦ）「最初はいちいち訂正してたんだけど」

房　江「（フタが開いて）さすがお父さん」

堀　井「だから！　しのぶですから！」

53　聖まごころ病院・屋上（回想戻り）

堀　井「こっちも歳取って来たし、なんか面倒くさくなっちゃって、あと何年一緒にいれるか分かんないのに、ギスギスしてもしょうがないし…だから、そういう時は付き合ってあげて」

54　堀井の家・内（回想）

ゼリーを食べながら団らんする堀井と房江。

房　江「ねえお父さん、温泉にでも行きたいね」

堀　井「温泉？　いいけど、お前、風邪引いちゃうからなぁ」

房　江「じゃあ動物園行こうよ」

堀　井「なんでだよ（笑）」

房　江「ここでクイズ、私が嫌いな動物はなんでしょう」

堀　井「カピバラだろ」

房　江「正解（笑）」

55　聖まごころ病院・屋上（回想戻り）

堀　井「…けど、今回のことで、私も母の現実を受け入れなくちゃいけないって痛感しました、ちゃんと介護認定の申請して、ヘルパーさんにお願いして」

啓介が現れ、

啓　介「そうだね、まあ、人身事故だからね」

堀　井「院長…」

ヨウコ「How was he? That boy?（どうだった？　あの男の子）」

啓介「君の見立て通りだったよ」

56 北新宿救命救急センター・手術室・前（回想）

手術を終えた広重が出て来て、順太の両親に、

広重「手術は無事に終わりました。やはり骨折部に神経が挟まっていましたが、大事に至らずにすみました」

啓介「そりゃよかった」

広重「最悪、鉛筆すら持てなくなることありますから。こちら、まごころの高峰先生」

順太の母「適切な対応、ありがとうございました（おじぎ）」

57 聖まごころ病院・屋上（回想戻り）

啓介「大事を取って、3日ほど入院させて様子を見るってさ」

堀井「よかった、相手が子供だったこと、気に病んでたから」

とおる「元教師ですもんね」

啓介「（堀井に）お母さんのほうは？　説明したの？」

堀井「…いえ、まだ」

58 同・ヨウコの病室

処置を終えて、ベッドに横になっている房江。
ヨウコ、はずき、白木、啓介が病状を説明する。

ヨウコ「骨がくっつくのは1カ月くらいかかるけぇ、当分、ベッドで寝たきり生活じゃ」

房江「…そうですか」

啓介「でね、これは相談なんだけど、リハビリがてら、しばらく入院しませんか」

房江「こちらに…ですか？」

はずき「昔は入院患者の病棟だったんです、ここ、ちゃんと片付けますんで」

ヨウコ「何かあったら、ワシそこに寝とるけぇ（指差す）」

啓介「お金はね、いただかないから」

白木「なに!?　白木それ聞いてない、聞いてないな」

はずき「どうです？　治安は良くないけど、近くに公園もあるし」

房江「…でもぉ」

堀井の声「そうさせてもらえよ」
ノーメイクで男装で立っている堀井。
房江「…お父さん、ごめんなさい、もう自転車は…」
堀井「バカ、乗りたくても乗れねえだろ」
房江「はい」
堀井「お騒がせしてすいません」
房江「でもここ（小声）テレビないのよ」
堀井「馬鹿、ぜいたく言うんじゃねえよ」
ヨウコ「そうじゃ、住めば都はるみじゃ」
啓介「（笑）じゃ、そういうことで」
白木「入院費はいただきますよ、タダじゃないですから」
去って行くはずき、白木、啓介。
房江「お父さん、ここ、しのぶが勤めてる病院なのよ」
堀井「…ああ、知ってるよ」
房江「すごく頼もしかったんだから、もっと早く来ればれたのに」
堀井と房江を残し、一同出て行く。
振り返るヨウコ、房江の手を握る堀井と目が合い、
ヨウコ「（笑）」

59 同・廊下

はずき、白木、啓介、階段を歩きながら、
白木「わざとじゃないかしら」
はずき「わざと？」
白木「ボケたフリよ、お母さん全部分かってて、騙されたフリして付き合ってるの、堀井ちゃんに」
啓介「そういうこと言うんじゃありません」
南Na「堀井さんのお母さんは、後に認知症と診断され、本格的な介護生活がスタートします」

60 公園（日替わり）

とおるとあかねが、路上生活者や家出少女らに「医師の診断を受けましょう」のうちわを配布。
とおる・あかね「医師の診断を受けましょう〜」
南Na「高峰とおる先生は、性懲りもなくボランティア活動…」
とおる「歌舞伎町の医療機関の連絡先が書いてますので…今日、舞ちゃんは？」
あかね「（無視して）医師の診断を受けましょう〜」

南Na　「そしてついに…」

61　聖まごころ病院・入口〜ロビー

足を引きずって入って来るホームレスのノリ、タケ。

とおる　「わ、ノリさん！　来てくれたんスか！」

ノ　リ　「…（足さすり）痛くて眠れんから診たって、金ないで」

タ　ケ　「生活保護の申請も頼むわ」

はずき　「そんな簡単にできるものじゃないんですよ、まずは診察を受けて、診断書作成して、それから申請です」

とおる　「順番に伺いますので、こちらでお待ちください」

ビビって席を空ける老人たち。

62　同・院長室

おかゆと梅干しなどの病院食。

啓　三　「ふざけんなよ、なんで俺達までおかゆなんだよ！」

はずき　「しょうがないでしょ、患者ファーストなんです」

啓　介　「俺は二日酔いだから有り難いよ」

63　同・ヨウコの病室

病院食を運んで来る堀井。

堀　井　「堀井房江さ〜ん、お食事でぇす」

房　江　「ありがとう」

ヨウコ　「（覗いて）堀井の母ちゃん、面会じゃ」

ヨウコに続いて入って来る順太。

堀　井　「…順太くん」

順太の右腕、大仰なギプスで覆われている。

房　江　「…ごめんなさいね、坊や、どう？　その後…」

順　太　「……」

順太、答える代わりに、力いっぱい親指を立てる。

房　江　「（ホッとして笑顔に）」

ヨウコ　「……（サムズアップで応える）」

つづく

#8

1　聖まごころ病院・詰所

ヨウコ、医師国家試験の勉強。
とおる、横山、田島、岡本。

田　島「いつでしたっけ、医師国家試験」
ヨウコ「……（鋭い眼光）」
とおる「（代わりに）来年2月です」
横　山「アメリカで1回受かってんだから、楽勝でしょう」
ヨウコ「……（鋭い眼光）」
岡　本「考えてみれば、みなさん合格者なんだもんね」
とおる「当たり前じゃない、だからここに居るんです」
ヨウコ「……ZZZZZ…ぶああっ！…寝とった」
とおる「ガッツリ目ぇ開いてたけど」
ヨウコ「…はぁ…はぁ…もう、でーれえ難しい、分からんのんじゃ」
田　島「どれ、どんな問題？『逆流性食道炎の誘因として、ふさわしくないのはどれか』」
ヨウコ「〝ふさわしくない〟が分からんのんじゃ」
岡　本「そこかぁ」
とおる「ふさわしいの反対、要するに間違い探しですよね」
田　島「A肥満、B高齢、C猫背、D萎縮性胃炎」
横　山「簡単簡単、逆流性食道炎の原因でしょう？」
とおる「ですよねえ、四択ですもんねえ」
田　島「じゃあ、ここは内科の横山先生に花を持たせて」
横　山「どれどれ、この中に、一コ間違いがあるわけだ」
とおる「間違い探しだからね」
横　山「……」
岡　本「…え？　もしかして分かんないの？」
横　山「……」
岡　本「内科の先生ですよね」
横　山「…そっちは何の勉強？」
マユは看護学校の試験勉強。
堀　井「看護学校受けるんだって」
ヨウコ「Ｒｅａｌｌｙ、ほんまにか！」
マ　ユ「大学ムリだし、病院で働くとしたらそれしかないじゃん」
ヨウコ「Ｏｈマユ！（ハグする）もう合格じゃ！」
マ　ユ「…その前に卒業ヤバいんだけど」
ヨウコ「トリキはなんの勉強？」
シラキ「トリキじゃないよシラキだよ、日本語の勉強」
ヨウコ「おめぇも合格じゃ」

白木が鬼の形相で立ち上がり、

白　木「岡本！　こっち来い！」

岡　本「は、はい？」

白　木「はっぷにんぐばーって、何するとこ!?」

とおる「え、なになに？」

白　木「(PCを開いて見せ) スマホ失くしちゃってさ。『スマホを探す』って機能あるでしょ？　あれで探したわけ」

田　島「位置情報サービスですね」

白　木「そしたら、ここにあるって言うのよ！」

PC画面上の地図に◎が点滅している。

白　木「で、地図アプリで調べたらさ」

スマホ画面に『ハプニングバー・カリギュラ』の表示。

白　木「なんで！　なんで白木のスマホが、はっぷにんぐバーにあるの！　行ってない、はっぷにんぐバーなんか！」

岡　本「え、今持ってるそれは、誰のスマホ？」

白　木「これ？　白木の……あらやだ、白木、スマホ失くしてない！」

一　同「あはははははは」

白　木「短気は損気の白木でしたぁ（笑）」

とおる「え、じゃあ、そのハプニングバーにあるスマホは誰の？」

白木、PCの◎をクリックして、再び鬼の形相に。

アイコン『シラキマコト』。

白　木「…旦那のスマホだ」

任侠映画風Na「ここは新宿歌舞伎町、東洋一の歓楽街」

2　同・前

ハプニングバーに殴り込みをかける白木。

任侠映画風Na「キャバクラ、ホストクラブ、ガールズバー、その他、合法的な風俗店が軒を連ねる、健全かつ衛生的な若者の街として生まれ変わった」

3　同・詰所

怒り狂って荒っぽく電卓を叩く白木。

啓　介「どうした、なんか取り憑いた？」

堀　井「いえ…旦那さんがハプニングバーに」

とおる「怖ぇよ、スマホを落としただけなのに…」
白木「あんの野郎ぉ！　コソコソ隠れて浅ましい！
だいたい、何よハップニングって」
岡本「行って確かめたらどうです？」
白木「連れて行きなさいよ、誰か！　早く！」
横山「ほら田島先生！」
田島「いやいや、形だけでもジャンケンしません？」

4　雑居ビル前の道

角を曲がる白木。付き添う田島もつられて険しい顔つき。

任侠映画風Na「あらゆる人種が集い、あらゆる言語が飛び交う歌舞伎町…その片隅にある聖まごころ病院、またの名を…」
田島「近っ」
ハプニングバーの入った雑居ビル（1階がラーメン屋）の前に立つ田島、白木。
白木「…覚悟しいや」

☆タイトル「新宿野戦病院」

5　ハプニングバー『カリギュラ』

鋭い目つきで練り歩き、夫を探す白木。

白木「……」
バーカウンター、ソファ席、プレイルーム。
居合わせた客（サングラスで顔を隠している）、白木の只ならぬ威圧感に萎縮して何もできない。
堪らずボーイが、
ボーイ「お客さま、ちょっと目つきが…」
白木「なによ、ハプニング起こらないじゃない！」
田島「白木さんが怖いからです」
白木「白木誠ぉ！　いるのは分かってるんだぞ！　大人しく出てこい！」

6　聖まごころ病院・詰所

横山「結局、スマホも旦那も見つからず」
田島「つまみ出されました、白木さん帰りました」
とおる「災難でしたね（笑）ノーハプニングバー」
横山「そもそも、白木さんの旦那さんて…」

啓　介「医者だよ、呼吸器内科」
白木誠のFacebookに夫婦と大型犬の写真。

とおる「…これ、旦那さんだけ奥に立ってます?」
啓　介「すごく背が低いの」
とおる「ですよね、犬と身長かわんないですもんね」
啓　介「恐妻家でね、小遣い月2万なんですーって、ぼやいてたよ」
田　島「今どき高校生だってもっと貰ってますよ」
とおる「月2万の小遣い切り詰めて切り詰めて、念願のハプニングバーでハプニング起こらず…泣ける(笑)」
横　山「なんか…堀井さんのエピソードは〝あー見えて実は〟だったけど、白木さんのは」
とおる「〝そー見えてそう〟ですね」

7　同・ヨウコの病室(夜)

房江を車椅子からベッドに移すヨウコと堀井。

堀　井「じゃあね、着替えと湯飲みは明日持って来るから、おやすみ」
ヨウコ「おつかれちゃん」
去って行く堀井。

房　江「先生、あの子、どうなんです?」
ヨウコ「中性脂肪が気になるな、ペヤングばっか食っとるからじゃ」
房　江「…それもですけど、皆さんに迷惑かけてないかしら」
ヨウコ「メイワク?　なにがメイワク?」
房　江「だってあの子…ヘンでしょ?」
ヨウコ「ヘンなメイワクしか来ねえ、ここ。昨日も急患で、ウンコ詰めたから縫ってくれぇ言うんじゃ」
房　江「……」
ヨウコ「コレじゃ(と小指立てる)」
房　江「…ウンコじゃなくて、エンコですね」
ヨウコ「それな(爆笑)ウンコつめる(爆笑)お腹よじれる(悶絶)」
房　江「あの子のこと、頭では理解してるんです。けど、その頭が近ごろポンコツで…私が死んだら、しのぶ、独りぼっちでしょ。心配で。どうなっちゃうのかしら、お爺ちゃんになるの?　お婆ちゃんになるの?　誰があの子の面倒見るの?」

ヨウコ「死んだら心配できんのんじゃけん、死なん心配せえ」
房　江「…そうね」
ヨウコ「Male or female, there's no doubt that your daughter is a top-notch nurse.（男だろうが女だろうが、娘さんが超一流の看護師だってことに変わりはない）」
房　江「…え？　なんて言った？」
ヨウコ「なんでもねぇ（立ち）エンコじゃ…いや、ウンコじゃ」
笑いながら去るヨウコ。
房　江「…（呟く）どーたー（daughter）」

8　コーヒーショップ・トイレ

メイクを落とし着替えようとした堀井、ハッとして、
堀　井「…だから…もう着替えなくていいんだって。ドヂ」
ホッとしたような、淋しいような笑い顔。

9　同・内

店　員「カフェインレスラテMサイズのお客さま」
受け取り、店を出て行く堀井。

10　トー横界隈の通り（日替わり）

サラとリナが歩いていると、後ろから少女が追いつき、
少　女「（大声で）あーん久しぶりぃ元気だったあ？」
サ　ラ「は？」
少　女「（小声）ごめん友達のフリして、つけられてる」
リ　ナ「（察し）元気元気ぃ、サラとリナ、カラオケ行こうってぇ」
話を合わせながらさり気なく周囲を見るサラ、リナ。
少　女「うそー、かえでも行っていい？」
サ　ラ「かえでもおいでよー、行こ行こ」
その様子を物陰から見ている、黒ずくめの不審な男。

11　NPO法人『Not Alone』

少女かえでの相談を受ける南舞。サラとリナもいる。

岡本が外の様子を見て戻って来て、

岡　本　「大丈夫、誰もいなかった」

南　「いつから？」

かえで　「……」

サ　ラ　「コンカフェでバイトしてるんだよね〜」

かえで　「来月で辞めるけど」

岡　本　「てことは、そこの客？」

かえで　「（頷き）指名伸ばすためにライブ配信してたんですね、それをたまたま見た芸能関係の人がDMくれて」

リ　ナ　「スカウトじゃん、すげえ」

かえで　「で、モデル事務所に所属するからお店辞めますってポストしたら…（スマホ見せる）」

アカウント名『愛♡歌舞伎町』からのDM。

岡　本　「（読む）え、聞いてないんだけど、俺と別れるってこと？」

サ　ラ　「やばぁい、付き合ってることになってる〜」

岡　本　「ありえねえ、死んでやる、その前にチェキとかLINEとか晒すからな」

リ　ナ　「病みすぎー」

かえで　「店の前で待ち伏せされたり、最寄り駅までついてきたり」

言ったそばからスマホに通知。

あかね　「え、ブロックしてないの、しなさいよ！」

かえで　「したけど無駄、アカウント変えて送って来るから」

あかね　「（読む）さっきのバカっぽい女2人、だれ？」

サ　ラ　「怖い怖いバカなのバレてるし〜」

リ　ナ　「病む病む病むぅ〜」

南　「オカモト、これってストーカー規制法に」

岡　本　「バリバリ触れるけど、逮捕できるかどうかは、コイツ次第」

12　聖まごころ病院・詰所

岡　本　「というわけで今夜、かえでちゃんのコンカフェ行くんですが、どなたかご同行願えませんか？」

とおる　「拒否で。チェキ撮って1枚千円とか、ダルいわ、お子ちゃまじゃあるまいし」
岡本「田島さんは?」
田島「ん~コンセプトによりますよねえ」
横山「だよねえ、ちゃんと現実を忘れさせてくれないと」
とおる「言っとくけど、ウチの横山、5児の父だぜ」
横山「手強いぜぇ」
岡本「コンセプトは、アイドルとその彼氏です」
田島「え、俺たちが? 彼氏なの?」
横山「テイ、そういうテイでしょ?」
岡本「そう、だから指名した女の子とは喋っちゃいけないの」
とおる「そっか、恋愛禁止だもんね、アイドルは」
岡本「そう、だから自分の彼女が、見知らぬ男にモテてるのを横目にジリジリしながら、自分は他の女の子と楽しく喋るんだけど、当然その子にも彼氏がいて、その嫉妬に狂った視線を感じつつ、本命の彼女にもヤキモチ焼かれつつ」
横山「…そのコンセプト、最高!」
白木「最低っ!」
横山「…てい」
白木「気色悪い、生産性がない、くだらない!」
岡本「…じゃ、1人で行くことにします」
田島「…形だけでもジャンケンしません?」
横山「そうだね…」
白木「ていうか横山先生、あなた結婚してんの?」
横山「…マジかよ」
白木「知らない、知らない、聞いてない…」

13 コンカフェに向かう道

とおる、横山、田島、岡本が歩いている。
横山「結局、全員来ちゃったね」
岡本「いいんですか? 救急来たらどうするんです?」
とおる「大丈夫、来るなって念じてれば案外来ないから、ヨウコ先生も院長もいるしね」
岡本「ここです」
とおる「近っ」
田島「あれ?」
見覚えのあるビルで一瞬、立ち止まる田島だが。
田島「…あ、何でもないです」
岡本「受付で女の子の写真選んで」
とおる「選んだ子とは喋っちゃダメなんだよね」

14　コンカフェ『恋愛禁止』

狭い店内に先客は3人。カウンター内にアイドル風女子。

店頭で選んだ、加工済みの写真と実物を見比べ、

横山「…どれが自分の彼女か分かる？」

とおる「分かんない、写真と全然違えし、知ってるヤツいるし」

サラ・リナ「新人でぇす」

とおる「パネルマジック、日本死ね！」

かえで「いらっしゃいませぇ（岡本にテーブル席を見るよう促す）」

奥の席で、スマホを操作している黒ずくめの男、後藤。

岡本「……」

15　聖まごころ病院・詰所

啓介「出前とるけど、食べてかない？」

白木「旦那に作らせますんで、お先に」

はずき「そろそろ許してあげなさいよ」

白木が帰って行き、ヨウコ、はずき、啓介が残る。

啓介「昼も蕎麦だったしな、中華、カレー？…はずきどうする？」

はずき「結構です」

啓介「…ヨウコは？」

はずき「……」

啓介「（英語で誤魔化す）Doctor ヨウコ Delivery Service OK？」

ヨウコ「ネエサンのペヤング貰うけぇ、ええわ。白い姉さん」

はずき「（呆れ）私のこと？」

ヨウコ「（上を指差し）ばあさんの、カイゴニンテイまだ？」

はずき「申請から1カ月はかかるから、その後どう、房江さん？」

ヨウコ「怪我の方は回復傾向じゃ、けど筋肉が落ちとる」

はずき「歳も歳だしね、入院中にいいヘルパーさん見つけないと…なんです？」

二人の打ち解けた会話を聞いていた啓介。

啓介「（ニヤニヤ）なんでもないよ」

はずき「（小声で）…お父さんの介護、よろしくね」
ヨウコ「やじゃあ、スケベじじい」

16　コンカフェ『恋愛禁止』

何だかんだ言って楽しそうなカウンターの男たち。
岡本、テーブル席に移動し、後藤の前に座り、

岡　本「すいませんね騒がしくて、よく来るんですか？」
後　藤「……」
後藤の手首に、かえでの衣裳と同じ色のミサンガ。
岡　本「かえでちゃん推しなんだ。可愛いもんね、乗り替えちゃおうかな、後藤さんには申し訳ないけど」
後　藤「（かすかに反応、だが顔上げない）」
岡　本「だからつきまとったり、コメント欄荒らしたり、しないで」
後　藤「……」
岡　本「はい、警告しましたー。あとで書面も出すからね。見て、後藤さん、テーブルの下、後藤和真さん、お願い見て～」
根負けしてチラっと見る後藤。テーブルの下で警察手帳を開いて見せる岡本。
岡　本「警告を無視して同じことを繰り返すなら、公安委員会から禁止命令が出ます。違反したら逮捕、2年以下の懲役、又は200万円以下の罰金…ん？　なに？　聞こえない」
後　藤「…つ、付き合ってるから」
岡　本「それはテイ、この店のコンセプトでしょう」
後　藤「……」
かえで、バックヤードに引っ込む。
反射的に立ち上がる後藤だが、屈強な男性従業員に圧をかけられ、
後　藤「…（怯む）」
岡　本「一杯おごるよ、後藤さん」
一方、カウンター席ではゲームに負けたとおるが、
とおる「分かった分かった、一番安いシャンパン入れてやるよ」
サ　ラ「わーい、さすが金持ちぃ」
リ　ナ「たかみね、ほとけー」
恨めしそうに見ている隣の小柄な男性客に、
横　山「乾杯します？」

誠　「(食い気味で) いいんですか？　じゃ、お言葉に甘えて」
横山　「あれ？」
誠　「かえでちゃんと何話してたんですか？」
横山　「いや、ていうか (田島の肩叩き) え？」
田島　「なんすか… (見て) あ」
とおる　「なになに (見て) あ、月2万」
誠　「…なんで知ってるんですか？」
横山　「ですよね、白木さんの、あはは、僕ら同僚」
とおる　「まごころの医者です」
白木誠、青ざめて逃げようとするが、
一同　「まーまーまーまー」

17　聖まごころ病院・詰所 (日替わり)

ソファに身を沈め憔悴している白木誠。白木が見下ろし、
白木　「…訳を聞こうか」
田島　「だから、同じビルだったんです。地下のハプニングバーじゃなくて、2階のコンカフェに入り浸ってたの、ご主人」
堀井　「それで位置情報が、なぁんだ、取り越し苦労、鳥越俊太郎、さっ、今日もがんばろ…」
白木　「もう離婚だな！」
誠　「…どうもすいません」
横山　「…なんでバレたのよ、僕ら黙ってたよ」
誠　「チェキです」
横山・田島　「あ〜〜〜」

××××××××

フラッシュ (回想) コンカフェ『恋愛禁止』
気が大きくなったとおる、白木誠にチェキをおごりまくる。
誠 (OFF) 「自分の小遣いでは買えない一枚5千円のチェキを…」
とおる　「いーから！　いーから！　奥さんにお世話になってるから！　いえーい！　しーらーきーー！」

××××××××

白木　「それを嬉しそうに、発泡酒飲みながら眺めてたんです…あーおぞましい」
横山　「でもね白木さん、総合病院の医師が小遣い2万じゃ、やってけないよ」
白木　「なんで2万になったか言ってないだろ」

誠　「…ネット詐欺に遭ったんです」
白木　「海外のアダルトサイトでワンクリック詐欺に引っかかって、40万ですよ、ね？　懲罰なんです！」
ヨウコ　「What about sex?」
一同　「……」
ヨウコ　「どうなんじゃ、あっちのほうは、ご主人、チェキ」
白木　「チェキじゃない白木だよ」
ヨウコ　「Have you had sex?　あーはん？　Sexless?」
「やだもう」と頬を赤らめ、去る堀井。
白木　「ないわよ、あるわけないでしょ」
はずき　「やめてよ下ネタ」
ヨウコ　「スィーモぅーネぃーターー？　Why?　白い姉さん、夫婦にとってSEXもんげー大事、Why do Japanese people avoid sex talk? They should talk about it.（なぜ日本人、SEXの話避ける？　話した方がいい）ヘイ、ヘイ、SEXの話しようやぁ」
田島　「（いたたまれず）とおる君は？」
はずき　「そんなオープンに話さないんです、アメリカ人と違って」
横山　「だからギスギスするんだけどね」
村木　「女性用風俗、利用したらどうです？」
はずき　「…え？　村木ちゃん、行ったことあるの？」
村木　「はい、女風《じょふう》、侮《あなど》れねっす」

18　NPO法人『Not Alone』

激しく言い合う南舞、岡本。とおるは仲裁しようとする。
南　「警告だけ？　法改正されたんでしょ、捕まえてよ」
岡本　「手続きもあるし、俺だけじゃ逮捕は出来ないんだよ」
とおる　「大人しかったもんねー、彼、いつの間にか帰ってたし」
南　「やるよすぐ、拘束しないと同じこと繰り返すよ」
とおる　「どうかな…」
南　「ごめん、とおるくん黙ってて。勇気出してウチら頼って来た彼女の行動が、裏目に出たらどうすんの？　責任とれんの？」

岡本　「拘束したって一緒だよ、反省しないんだから、自分は間違ってない、伝わらないのは相手のせいだってエスカレートすんの、想像力が足りないの、他者に対する…」
南　「だから遠ざけてって言ってるの！」
岡本　「そもそも、ガキは寄りつけない街だったんだよ」
南　「だから…それは、怖い大人が幅利かせてたからでしょ」
岡本　「…そうだよ。反社とか半グレとか、物騒な連中いたからだよ。けど、それに代わる何かは必要じゃやない？　って思うよ、最近。ＮＰＯでも自警団でもいいけど。ないもん秩序。キラキラしてんのは表側だけでさ。めちゃくちゃだよ。寄り添うとか、手を差しのべるじゃ、どうにもならない」
南　「だからって、力でねじ伏せるのは違う！」
とおる　「…これじゃ、こないだのコンカフェと一緒だな」
南　「え？」
とおる　「自分の彼女と喋れねえから」
あかね　「（思わず）おっ」
南　「……」

とおる　「あ、すいません。けど、失言ついでに言うと、中途半端に手ぇ差しのべるなら、最初から関わらないほうがよくないスか？」
岡本　「とおる、それは（言い過ぎ）」
とおる　「ごめん、警察はそうはいかねえか。けど、ボランティアって善意でしょ。善意は裏目に出るもんだし、その責任を負えないなら、最初から何もしないのが1番の善意っていうか、関わらないのが究極のボランティアじゃねえの？　って、思っちゃうんだけど」
南　「…何にも分かってない」
あかね　「お話し中すいませぇん、もうすぐ始まります、かえでちゃんのライブ配信〜」
いたたまれない空気を変えようとＰＣを開くが『しばらくお待ちくださ〜い』の静止画面。
あかね　「…まだでしたぁ」
とおる　「……」

19　聖まごころ病院・詰所

一転、ヨウコ、はずき、村木、白木が、女性用風俗のホームページを見て盛り上がっている。

白　木「え、このレベル!?　このレベルが来るの!?」

はずき「やーだあ、首から下が超イケメン！」

ヨウコ「ワオ！　ジャパニーズ、ライアン・ゴズリング！　え、村木、どれ指名したん？」

村　木「これかな（指差す）」

はずき「ガチムチじゃん！」

白　木「何はともあれ、お尻がキレイ！」

引いて見ている横山、田島、白木誠。

堀　井「どう？　今の気分は」

横　山「…決してよくはないです」

堀　井「でしょ？　アナタたち普段、こういうことしてるのよ」

横山・田島・誠「あ――」

はずき「どうせ写真と違うのよ、チビデブが来るのよ」

ヨウコ「それな（笑）」

白　木「お尻がキレイなら、白木、顔は妥協できます」

堀　井「肝に銘じなさい」

20　かえでのライブ配信

かえで「…知らない間に、私のスマホの位置情報が登録されててぇ、ヤバくないですかぁ？　一時期メンタルやばくてぇ、その気にさせてしまった私にも、責任はあるんですけどぉ」

21　NPO法人『Not Alone』

ライブ配信見ているとおる、南舞、岡本。

視聴者からの応援コメントを読むあかね。

南「コメントは好意的だね」

岡　本「何だっけ、ストーカーのアカウント」

あかね「アイラブ歌舞伎町、今のところないですね」

かえで（画面）「その方はぁ、お店も出禁にしてもらったんですけど…変装して来たりとかされててぇ（涙）」

とおる「…大丈夫かな、ここまで喋って」

南「……」

22　ネットカフェの個室

ライブ配信を見ている後藤。

かえで（画面）「応援ありがとねぇ～、かえで、最後の出勤は9月14日でぇす、湿っぽいのはイヤなんで、派手に盛り上がりましょう、みんな来てねぇ」

後　藤「……」

23　字幕『9月14日』

24　コンカフェ『恋愛禁止』・前（夕方）

主に男性客が集まり、従業員が整理券を配っている。

離れた場所から見守る、黒ずくめの男、後藤。

後　藤「……」

25　聖まごころ病院・ロビー

いつもと変わらぬ光景。診察待ちの患者（老人）数名。

白　木「みーふーねーさーん！　三舟太蔵さーん！」

26　同・屋上

房江が歩行器歩行の練習、付き添う堀井。

ベンチでそれぞれ勉強しているヨウコ、マユ。

ヨウコ「『医師の職業倫理に反するのは以下のどれか、A国外で取得した資格で医療行為をおこなう』…じゃけぇ今、猛勉強しとる」

堀　井「お母さん、明日お昼、うなぎの出前取ろうか」

房　江「あら、いいわね」

堀　井「いいですよね？　先生、リハビリ頑張ってるし…」

その時、ごく近くで巨大な爆発音。

ヨウコ「!!」

27　同・詰所

続いて震動。田島、岡本が驚いて立ち上がる。

岡　本「…え、なに？」

『PM5：05』

とおるが慌てて駆け込んで、

とおる「（青ざめ）…なんすか今の」

ヨウコ「Ｂｏｍｂｉｎｇ？（爆撃？）」
房江を支える堀井。マユ、柵の外を見て、
マユ「……（唖然）」

29　同・詰所

ヨウコ駆け込んで、続いてマユが。

ヨウコ「Turn on the TV.（TV点けて！）」

マユ「火事！　超近い、すごい火事」

とおる「マジで？」

消防車のサイレンが聞こえる。

TV点ける田島。情報バラエティらしい。

MC（音声）「詳しい情報が入り次第お伝えします…

えー、新宿歌舞伎町の雑居ビルで火災が発生し、
怪我人が出ている模様です…」

救急の電話が鳴る。

ヨウコ「Here we go!（来たァ！）」

白木「（電話出て）はい、まごころ！」

TV、緊急ニュースに切り替わる。

アナウンサー「番組の途中ですが、報道部よりニュース
です」

白木「はい？　ウチで？　多数傷病者…トリアージで
すか？」

とおる「無理それ、絶対断って！」

マユ「とりあーじ？」

堀井「戦場なんかでやるヤツ。重症度や緊急度に応じ
て、治療する順番を決めるの、1人でも多く助
けるためにね」

マユ「それを、ここで？」

白木「現場がすぐ近くだから、トリアージを手伝って
くれって…（電話に）人数は？…50人!?」

岡本「そりゃ無理だわ」

マユ「1人、肩ぶん回してますけど」

ヨウコ、廊下でウォーミングアップ。

ヨウコ「ＯＫ！　現場のトリアージは消防に任せた！

Transport all critical patients directly to the
emergency center, we'll accept the rest for now!

（重症患者は直接救命センターへ搬送して、それ
以外は一旦受け入れよう！）久しぶりじゃ！」

白木「（電話に）聞こえました？　受け入れるそうです」

とおる「あり得ないって、聞いたことねえよ、そんなの！」
堀　井「とおる君、あり得ないことが起こってるんだから、あり得ない処置も…あり得るの」
田　島「岡本くん見て、野次馬がSNSに上げた動画…」
岡本、スマホで動画を見せられ、
岡　本「（戦慄し）…ちょっと見て来る！」
飛び出して行く岡本。
とおる「なに、どしたの」
田　島「現場、こないだのコンカフェ」
とおる「……」
アナウンサー（音声）「現場となったビルは1階がラーメン店、2階はコンセプトカフェが入っており…」

30　同・救急外来入口〜廊下

『PM5：40』
コンカフェの（アイドル風）制服を着た負傷者。
ヨウコ、呼吸の有無を確かめ、
ヨウコ「Emergency!（緊急！）」
とおる、患者の手首のタグを確認し、
とおる「黄色ですけど」
ヨウコ「赤じゃ！　Tachypnea from airway burns, tracheal intubation!（気道熱傷で頻呼吸、気管挿管！）」
とおる「はい、気管挿管お願いします！」
堀　井「赤は緊急、黄色は準緊急、緑は軽症です！」
マユ、邪魔にならない場所でメモする。
ヨウコ、男性客の診断をして、
ヨウコ「Delayed!（待機！）Wound care only!（創部処置だけ！）」
堀　井「廊下の黄色エリアに運んで下さい！」
ヨウコ「（堀井に）ヘイ！　母ちゃんどしたん？」
はずき「御心配なく、院長室に一時避難します、行きましょ」
はずきが房江の車椅子を押して行く。
堀　井「…お願いします」

31　同・入口

『PM5：55』
事情も知らされず出勤してきた横山。
横　山「ええ!?　なんですかコレ…」

ロビーや廊下は負傷者でごった返している。

村木「ニュース見てないんですか？」

横山「見てない、下の子とプール行ってた」

吉野「処置室へお願いします！」

サラ「どいて！」

サラ、救急隊員に肩を借りて入って来る。

マユ「サラ！　だいじょぶ？」

サラ「2階の窓から飛び降りた、リナと連絡つかないの」

ロビーの奥でリナが立ち上がり、

リナ「サラぁ！」

サラ「よかったぁ！　リナ生きてたぁ（抱き合う）」

32　同・廊下

救急U「広範囲熱傷の男性です、近隣の受け入れ先がもうなくて」

とおる、ストレッチャーに横たわる負傷者に声をかける。

とおる「声、出せますか？……聞こえたら手を挙げて」

弱々しく手を挙げる。手首のタグを見ようとして、

とおる「……（思わず固まる）」

見覚えのあるミサンガ。後藤か？　とおる、信じたくないという気持ちで顔を覗き込む。

リナ「ねえ、かえでは？」

サラ「見てない、逃げるので精一杯で」

とおる「（顔見て）……」

33　北新宿警察署・会議室

『PM6：12』

急ごしらえの捜査本部、情報が行き交う。

刑事A「地下のハプニングバーは開店前で無人でした」

刑事B「2階へ上がる階段の燃え方が激しいので、やはりコンカフェを狙った犯行かと思われます」

柳井「容疑者に関するタレ込みや、SNSの書き込みをまとめました（配布しながら）氏名、後藤和真、31歳、無職です」

岡本「…マジか」

柳井「コンカフェ店員を対象としたストーカー行為で先月30日に警告を受けています、その後も犯行

南　　予告とみられる投稿を繰り返しており…」

××××××××

フラッシュ（回想）『Not Alone』。

「やるよすぐ、拘束しないと同じこと繰り返すよ」

××××××××

アカウント名『I♡歌舞伎町』による書き込みを見て。

岡本　「…マジかよ、懲りてねえのか、くそ」

刑事A　「柳井さん、後藤和真の安否、すぐ確認して下さい」

34　聖まごころ病院・処置室AとB

『PM6：13』

黙々と患者の処置を行うヨウコ、横山、田島、啓介。

ニュース音声　「火は消し止められましたが、逃げ遅れ、煙を吸った方がまだ建物の中に残っており、安否が問われています、搬送先で亡くなられた方も含め、被害者の数は…」

後藤を処置室入口まで連れてくるとおる。

とおる　「ヨウコ先生…ちょっと、診ていただきたい患者さんが」

ヨウコ　「（手を止めず）順番があるんじゃ」

啓介　「なに、急を要するの？」

とおる　「というか…犯人なんです」

一同　「（思わず）え？」

とおる　「どうしましょう」

後藤に駆け寄るヨウコ、急いで熱傷部位を確認し、

ヨウコ　「熱傷面積40％、うち半分がⅢ度じゃ」

点滴で急速輸液を実施するヨウコ。

とおる　「ヨウコさん、警察に連絡しましょうか」

ヨウコ　「その前に搬送じゃ、三次救急は？」

声　「そんなヤツ助けなくていいよ」

コンカフェの男性従業員が入口に立っている。

啓介　「おい、部外者は立入禁止」

男性従業員　「見ろよ、これ」

スマホ画面。既に後藤の写真がSNSにアップされている『犯人晒す』『コイツがストーカー野郎』など。

とおる　「……」

男性従業員　「死刑だろ、どう考えても。そいつ助けるくらいなら彼女たち早く診てやってよ」

35　同・廊下

ロビーで肩を寄せ合っている軽症の女性２人。

ヨウコ　「(出て来て) 白木！　救命センター」

男性従業員　「おい、無視すんなよ姉ちゃん」

白　木　「…すいません、片っ端から当たってますけど、救命センターはどこも満床なんです」

ヨウコ　「Don't underestimate burns, if you leave them like this, you'll soon suffer from multiple organ failure.（火傷をナメるな、このままじゃ直に多臓器不全になる）死んでもええんか！」

白　木　「そんなこと言われたって…」

男性従業員　「自業自得だろ、そんなヤツ」

ヨウコ　「白木！」

白　木　「…私だって、旦那と連絡取れないんです！」

ヨウコ　「……」

気が抜けたように、ベンチに座り込む白木。

とおる　「いやいや…え？　またコンカフェに？　いやいやいや！」

白　木　「…ごめんなさい、うちのバカが。でも…あんなしょうもない男だけど、生きててくれなきゃ、白木、イヤなんです」

荒井医師が入って来て、

荒　井　「御心配なく、うちが受け入れますから」

とおる　「荒井先生…」

荒　井　「ＤＭＡＴ（災害派遣医療チーム）で現場に来ました、本部の指示で、まごころの重症患者は全て勝どきで受け入れることにしたから」

ヨウコ、感謝を込めてハグ。

荒　井　「私が連れて行く」

ストレッチャーを押して救急外来入口へ向かう荒井医師と救急隊員。

男性従業員　「おい！　人殺し助けんのか…」

ヨウコ　「(振り返り) I'm a doctor!　被害者じゃろうが加害者じゃろうが、人殺しじゃろうが、絶対殺さん！」

ヨウコ、処置室へ戻る。

マ　ユ　「…かっけえ」

とおる　「それな」

堀井が、詰所から顔を出し、

堀　井　「まだいたの？　そろそろ帰りなさい」

マユ「…なんか手伝いたい」

堀井「しょうがないな、だったら…」

と、一旦引っ込み、ナースウェアを持って来て。

堀井「これに着替えて」

マユ「いいの!?」

堀井「そんなカッコじゃヘンでしょ」

マユ「…ありがと」

詰所へ入って行くマユ。

とおる、携帯電話で岡本の番号を呼び出し、かける。

36 北新宿警察署・署内

電話しながら歩く岡本。

岡本「勝どき!?　どおりで幾ら探しても見つからないわ…いや、ありがと、とおる、助かった（切って）柳井さん！　後藤の搬送先、分かりました！」

柳井「なに？　どこだ！」

岡本「行きましょう！（先導する）」

柳井「お、おう…教えてくれたら、一人で行けるけど（続く）」

37 勝どき医療センター・外観

38 同・処置室・前

『PM7：20』

後藤の病床、看護師、医師が懸命の治療をしている。

窓越しに見守る岡本、柳井。

柳井「頼むよマジで…お前に死なれちゃかなわん」

岡本「ですよね、あんな事件起こして…」

岡本の携帯に着信『南舞』。

岡本「…ちょっと、外します」

39 北新宿救命救急センター・廊下

電話している南舞。

南「電話もらった？」

岡本「ああ、さっき。謝ろうと思って、あんたの言う通りだった」

南「違う違う」

岡本「違わない、あの時、俺が強引に逮捕してれば、こんなことには…ちきしょう、完全に裏目に出た」
南「違うってオカモト、今、かえでちゃんとこ居るの」

40　**勝どき医療センター・廊下**（カットバックあり）

岡本「……」
南「病院から連絡もらって、今、ICU」
岡本「生きてるの？」
南「うん」
岡本「よかったあぁぁ！（座り込む）」
南「オカモト」
岡本「…いや、よくないけど、こんなの…最悪だけど、でも（大きく息を吐き）…よかったぁ」
南「ほんと」
岡本「…違うって、なにが？」
南「後藤さんは犯人じゃないって言うの、かえでちゃんが」
岡本「…喋れるの？」
南「筆談」
岡本「……」
南「読むね（メモを手に）」
柳井の声「岡本っちゃん！」
荒井医師と柳井が走って来るのが見え、
岡本「ちょっと待って！」
柳井「後藤が、お前と話したいって」
岡本「え？　喋れるんですか？」
荒井「途切れ途切れだけど、これから緊急手術だけど少しだけなら、早く来て」
走る岡本。かえでの手紙を代読する南舞の声が重なる。
南の声「『今日、後藤さんが店に来ました』

41　**コンカフェ『恋愛禁止』**（回想）

カウンターにやって来る後藤、思い詰めた表情。
南の声「『怖かったけど、最後だし、ヘンに避けるのも、それはそれで怖いから』
かえで、警戒する男性従業員を制して、精一杯の笑顔で。
かえで「後藤さん、今までありがとうねぇ」
南の声「『そしたら彼、今まで撮ったチェキをカウンターに置いて』」
後藤「これ、処分してください」
かえで「…え？」
後藤「『LINEもXもインスタもぜんぶ削除します」
南の声「『って、目の前でスマホのデータを完全に消去したんです』」
後藤「ごめんなさい、あなたの気持ち、想像できてなかった」
かえで「…私のほうこそ、配信でひどいこと言って」
後藤「これで僕とあなたは他人だから、もう何も怖くないから、新しい世界で、堂々と頑張ってください」
南の声「『とてもまっすぐな目で、嘘じゃないと思ったから』」
かえで「(去ろうとする後藤に)…ねえ、最後に1枚撮ろうよ」
後藤「……」
南の声「『あの時、引き留めなければ、後藤さんは助かったかも』」

42 勝どき医療センター・処置室（回想戻り）

手術室に運ばれようとしている後藤。
後藤の手に握られた最後のチェキ。かえでの笑顔。後藤もぎこちなく笑っている。
岡本「…そうか、謝りに行ったんだ」
後藤「…（頷き）お巡りさんに…言われて…急になんか…自分が…恥ずかしく…」
岡本「いい、いいよ、もう喋るな（ため息）やっぱ俺、余計なことしちゃったんだ、ごめんな」
荒井「行きましょう」

43 聖まごころ病院・ロビー

『PM8：15』
患者の数が減り、少し落ち着きを取り戻したロビー。
田島が傷の手当て、マユがそのサポートをしている。
マユ「明日また傷を診せに来てください」
岡本と柳井が入って来る。
岡本「（マユを見て）似合うじゃん、とおるは？」

田　島「呼んで来ようか」

44　同・処置室A〜B

患者A…広範囲熱傷だが呼吸はできる。
患者B…気管挿管済みだが、熱傷は少ない。
（一見、Bの方が重傷に見える）
ヨウコ、とおるが患者A、横山、啓介がBを担当。
とおる、気丈に振る舞うが、重症熱傷部位を直視できず。

啓　介「形成外科医を目指すなら、こういうの慣れとかないと」
とおる「ですよねえ」
横　山「代わろうか」
とおる「すいません」
横山、とおると交代。
横　山「（Aを見て）熱傷面積約40％の広範囲熱傷…これ、三次行ったら、どういう治療ですかね」
啓　介「大腿のIII度のとこは、自己再生は無理だろうね」
ヨウコ「何べんも切除して、植皮する、でーれえ長うかかるじゃろ」

田　島、入って来て、
田　島「とおる君、警察の人が呼んでる」
とおる「警察？」
田　島「って言っても、岡本っちゃんだけど」

45　同・ロビー

とおる「よかった、2人とも助かったか…」
岡　本「本当、少しだけ軽くなったよ」
とおる「でも、後藤じゃないってことは、犯人、他にいるってこと？」
柳　井「これ、防犯カメラの映像です。一番街、ドンキ店内、西武新宿駅近く…」
柳井が画像をプリントアウトしたものを次々に見せる。
黄色いTシャツの男が赤いリュックを前に抱いて、ポリタンクを提げ、歩いている姿。
柳　井「で、これ、現場に落ちてた、リュックの破片」
ビニール袋に入ったリュックの破片。
岡　本「この（リュックの）中に、爆発物を隠し持ってた可能性が」

とおる「（思いあたり）…あれ？」

××××××××××

フラッシュ（回想）つい数分前の処置室。

横　山「代わろうか」

とおる「すいません」

視界に入った患者B、黄色いTシャツを着ている。

××××××××××

とおる「……」

岡　本「でもって、これ、後藤くんが持ってたチェキ」

かえでと後藤の2ショット、背後に黄色いTシャツの男。

胸にデカデカと『I♡歌舞伎町』の文字。

とおる「あいらぶ…かぶきちょう」

岡　本「そう。で、よくよく見たら、後藤くんのアイコンはアイがローマ字じゃなくて漢字の『愛』だったの」

柳　井「今日一日、運ばれて来た患者さんの中に…」

話の途中で処置室へ取って返すとおる。

46　同・処置室

啓　介「…なんだね」

とおる「……」

黄色いTシャツの前面に『I♡歌舞伎町』の文字。

白　木「勝どき医療センター、受け入れ準備OKとのことです！」

ヨウコ「Got it! Transport this person!（よしっ！　搬送！）」

患者Aを搬送しようとする。

柳　井「待って！」

啓　介「関係者以外、立入禁止って何度言ったら…」

柳　井「（警察手帳出し）北新宿署の柳井です（Bを指し）こちらを先に搬送してください」

ヨウコ「Ｗｈｙ？」

岡　本「犯人なんです」

ヨウコ「…Ｓｏ ｗｈａｔ？（だから何？）」

岡　本「そーほぁっとって…」

柳　井「死なれちゃ困るんです、真相解明のために…」

ヨウコ「誰が死なす言うたんじゃ！」

柳　井「…しかし」

ヨウコ「（激怒）なんならぁ、さっきから！　犯人なんか助けるなぁ言うたり、犯人じゃから死なすなぁ言うたり！　何様じゃ！　人の命をなんじゃあ思うとんなら！」
柳　井「（Bを指し）こっちの方が重傷ですよね、口に管入ってるし」
ヨウコ「（Aを指し）こっちは全身火傷しとんじゃ！」
啓　介「散々待たされたんだよ、こっちは、その間、容態が急変しないように、ずっと交替で診てたんだ、ド素人はすっこんでろ！」
とおる「…ダメだわ、刑事さん、歌舞伎町の赤ひげ親子怒らせちゃった」
ヨウコ「We're gonna treat him here, we won't let him die, so let us transport this critical patient!（こいつはここで処置する、絶対に死なせない、だから、重傷患者を搬送させろ！）」
柳　井「…はい」
啓　介「どけっ！」
患者Aを搬送する医師たち。残された患者Bの背中。
南　Na「犯行動機は、目眩がするほど稚拙《ちせつ》で短絡的でした。『むしゃくしゃした』『誰でもよかった』『死刑になりたかった』今さら聞きたくもない、借り物の言葉ばかり」

47　同・屋上

放心状態のヨウコ、とおる。
とおる「…全くもって理不尽っすよねぇ」
ヨウコ「……」
とおる「世の中、理不尽で不平等だから、せめて命は平等じゃないと、やってらんねぇわ」

48　同・詰所

『PM10：05』
誠　「ごめんくださぁい」
白木誠が恐る恐る入って来る。手にはアニメ映画のパンフレット。
白　木「……（鬼の形相）」
誠　「…ごめん、映画観てて、ラブライブ、着信気づかなかった…」
白　木「まこっちゃん！」
と、熱い抱擁。白木誠、狼狽える。

誠　「あ、あはは、愛ちゃん」
白木　「マンガ見てたの？　もお、だったらそう言ってよぉ！」
誠　「うん〝マンガ〟じゃなくて〝アニメ〟だけどね」
白木　「（医師たちに）マンガ、ウチの人、マンガ見てたんです」
誠　「アニメです、彼女、アニメのこと〝マンガ〟って言うんです」
横山、田島、堀井、放心状態で反応できない。

49　同・屋上

とおる　「舞ちゃんに聞かれたんスよ、高峰さんにとって、この社会は平等ですか？　って」
ヨウコ　「……」
とおる　「その答えは…社会は平等じゃねえけど、命が平等だから虚しくねえ…だな」
ヨウコ　「……ZZZZZ…ぶあぁっ！」
とおる　「寝てたんスか！」
二人の背後に、燃え残ったコンカフェのビルが見える。

南Na　「ここは新宿歌舞伎町。東洋一の歓楽街…誰でも安心して遊べる、健全かつ衛生的な若者の街…」

つづく

Jazz Cafe
BUG
BUG
#9

1　ラブホテル室内（土曜・明け方）

半裸の岡本、ベッドで寝ている。

仏語Na　「（字幕）ここは新宿歌舞伎町、東洋一の歓楽街」

岡　本　「ZZZZZZ…」

仏語Na　「キャバクラ、ホストクラブ、ガールズバー、その他、合法的な風俗店が軒を連ねる、健全かつ衛生的な若者の街として…」

隣の部屋から成人男性の叫び声。

声　「ぎゃあああああああああ！」

岡　本　「（飛び起き）なに!?　なに、どした!?」

我に返る岡本、ホテルで、半裸であることを認識。

岡　本　「え、なんで？　あれ？　なんで!?」

立ち上がり、警戒しながら、誰もいないことを確かめる。

岡　本　「!?」

椅子の背に『Not Alone』エプロンベストが掛かっている。

岡　本　「……」

二度見、三度見するが、間違いなくそこにある。

2　聖まごころ病院・入口

岡本、エプロンベストを掴んで飛び込んで来て、

岡　本　「間違えた！」

とおる　「なにが？」

岡　本　「…うん、いや、だいじょぶだいじょぶ（出て行く）」

3　歌舞伎町の街

走る岡本。パニック状態で、もはや半泣き。

岡　本　「そんなわけない…そんなわけない…（と言葉にならない叫び）」

4　NPO法人『Not Alone』・中〜外

飛び込んで来る岡本。南舞を発見。

岡　本　「……あ、これ」

南舞、恥ずかしそうにエプロンベストを奪い、

南　「…もお（苦笑）」

ササッとベストを装着して奥へ行く南舞。

南　「お待たせしましたぁ」

海外の撮影クルーが待機している。

あかね　「アメリカのケーブルテレビの取材なんです」

岡本　「あー、へー」

あかね　「舞さんのYouTube、バズってて、舞さん目当てで日本に来る観光客も最近、多いんです」

ディレクターのトム、カメラマン、音声の3人体制。

トム　「Alright, let's make a start. First, introduce your organization.（字幕・じゃあ始めよう、まず団体のプロフィールを）」

南　「The aim of the NPO "Not Alone" is to improve the image of Kabukicho, support foreign workers, and provide opportunities for women to thrive…（NPO法人『Not Alone』は、歌舞伎町のイメージアップと…外国人就労者の支援、女性に活躍の場を提供し…）」

（岡本に）もういいよ、帰って」

岡本　「…はい」

仏語Na　「歌舞伎町の片隅にある聖まごころ病院、またの名を…」

岡本　「（外へ出て）…ええ!?」

☆タイトル「新宿野戦病院」

5　聖まごころ病院・ヨウコの病室

シャッとカーテン開く。ヨウコが今まさにペヤングを食べようとしている。

じっと見ている無愛想な男性、甲斐。背後から堀井が、

ヨウコ　「……」

堀井　「あ、そっちじゃなくて向かいのベッドです」

ヨウコ　「なんなん!?　おっさん、All of a sudden いきなり!　わし、ペヤング食うとったけぇよかったけど、素っ裸んなっとることも、なきもにしあらずでぇ!」

はずき　「房江さーん?　ホームヘルパーの方がお見えですよ」

ヨウコ　「ヘルパー?　おっさんが?」

堀井がカーテン開け、房江と甲斐を対面させる。

甲斐　「（ぶっきらぼうに）甲斐っす、よろしくどうぞ」

堀　井「私の勤務中は甲斐さんがお世話してくれるから」
甲　斐「自分で出来ることは基本、やってもらいますけどね、メイドじゃないんでウチら」
房　江「まあ…そうですか、それはどうも」
はずき「これで安心して退院できるね、良かった」
甲　斐「ほら立って、お母さん、リハビリするよ」
はずき「え、もう？」

6　同・屋上

甲　斐「そんなもんじゃないだろ！　もっと来いよ！」
檄を飛ばす甲斐。房江、懸命に杖をついて歩く。
とおる「いやいや、厳し過ぎ、ド根性ヘルパー、つーか退院、まだ早くないスか？」
はずき「あんまり長引くと、出来てたことも出来なくなるからね」
堀　井「出来なかったことが出来るようには、ならないし」
はずき「認知症は、そこが難しいのよ」
甲　斐「甘ったれんなよ、自分の力で歩くんだろ！」
房　江「はいっ！」
とおる「…でもなんかお母さん、嬉しそう…」
堀　井「死んだ父に、似てるんです」

7　同・ヨウコの病室（夜）

ヨウコ「…そうなん？」
房　江「（頷く）体格、喋り方、口は悪いけど、本当は優しい人」
ヨウコ「ひゅ～ひゅ～」
房　江「そういう人を、選んでくれたのかしら、しのぶが。なんかね、抱えられると、ドキドキしちゃうの」
ヨウコ「お盛んじゃ、お盛りのついた、おばはんじゃ」
房　江「…日本語、上達しないねえ、先生」
ヨウコ「…そうなんよ。国家試験に向けて、なるべく英語喋らんようにしとるんじゃけど、自分がどんどん馬鹿んなっとると思うことも…なき…にしもあらず…まむざほるもん（落ち込む）」
房　江「頭、いいのにねえ」
ヨウコ「そうなんよ」

房江「…Don't worry 日本語も英語も通じない人だって、先生がSpecial doctorってことは、すぐ分かるから」
ヨウコ「…まねー（笑）」
房江「（笑）マネーは、お金。まあね」
ヨウコ「まねー」

8 同・ロビー（日替わり・日曜）

退院の日、はずきと啓介から花束を受け取る房江。

房江「皆さんのおかげで、生きる希望が湧きました」
白木「はいはい何でもいいけど、入院費は請求しますからね」
啓介「なんかあったら呼んで、近いんだし、医者も各種取りそろえてますから」
別れを惜しんでいると甲斐が顔を覗かせ、
甲斐「お母さんさあ！　ダラダラ喋ってんだったらパーキング入れるけどぉ！　どうすんの！」
堀井「行きます、ほら、行きましょ」
とおる「荷物持ちます（と付き添う）」
房江「これからも…娘を、どうぞよろしくお願いします」
堀井「……」

9 同・前

堀井「じゃあね、甲斐さん、よろしくお願いします」
介護車両を送り出すとおる、堀井。岡本が立っている。
とおる「なに、どした？」
岡本「舞ちゃんから…なんか聞いてない？」
とおる「舞から？　なにを？」
岡本「なにを？」
とおる「なにを？　の返しぐらい、用意しとけよ」
岡本「だよね、ごめん、んーとお、しいて言うなら俺のことかな？」
とおる「舞が？　俺に？　オシャレくそポリスってオシャレだよね〜って？　おいおい自意識ハンパねえな」
岡本「…ごめん、忘れて」
とおる「忙しいんじゃね、あいつ、LINEなかなか既読付かないし、さっき『メシ食った?』って送ったら(スマホ画面見せる)」

『既飯』の文字。

岡本 「きめし?」

とおる 「忙しいんじゃね?」

10 中華料理店

南舞、ガツガツ食いながら。

南 「だーって面白くないもーん、とおるとご飯行ってもー、自慢話ばっかでさあ」

岡本 「させてやれよ、自慢ぐらい…あれ?」

南 「なに?」

岡本 「前もあったね、こんなくだり」

11 ラブホテル室内(回想)

ベッドの上で、コンビニで買い込んだ酒やお菓子を食い散らかしながら、

南 「だーって面白くないもーん、自慢話ばっかでさあ」

岡本 「させてやれよ、自慢ぐらい」

南 「サービス精神がないよね。お金で買うもんだから、彼にとってサービスは。だから奢ってもらう代わりに『すごーい』とか『やばーい』とか、こっちは合いの手入れてるだけ、そういう関係しか築けないいんだよ、人と。悪いヤツじゃないんだけど」

岡本 「…あれ? 前もあったね、こんなくだり」

12 タイ料理店(さらに回想)

南 「だーって面白くないもーん、自慢話ばっかでさあ」

岡本 「させてやれよ、自慢ぐらい」

13 中華料理店(回想戻り)

南 「本当だ。ウチらご飯食べる時、とおるの話ばっかしてる(笑)」

岡本 「いやいや、じゃなくて、その…ホテルの件よ」

南 「覚えてないの?」

岡本「…アメリカのコメディとかだとさ、あるじゃん、酔っ払ってて覚えてないパターン。現実にはそんなこと、絶対にないね」
南「ないね」

14 ラブホテル室内（回想・金曜・夜）

並んでベッドに横たわり、映画の話で盛り上がる二人。

南「じゃあアレは？　バッファロー66？」
岡本「ヴィンセント・ギャロ、最高！」
南「好きだと思った絶対、モーテルのシーンでしょ」
岡本「言うな言うな」
南「パンツ穿いたままお風呂入りそうだもんねオカモト」
岡本「やーめーろ、クリスティーナ・リッチがさぁ」
南「淋しいから、入ってもいい？　って…」
岡本「言うなって！　ギャロがぁ、俺のバスタイムを邪魔すんなって怒鳴るんだけど、リッチがぁ」
南「入って来ちゃうの」
岡本「入って来ちゃうんだよ、あんなの、最高！」
南「いないけどね、あんな女、男の自意識が生んだ妄想」
岡本「お前が入って来ても俺、パンツ穿かねえけどな」
南「はあ？　いかねーし、そっちこそ入ってくんなよ」
岡本「いかねーし」

笑い、しばし沈黙。むっくり起き上がる南舞。

岡本「どこ行くんだよ」

エプロンベストを脱いで椅子の背に掛けながら、

南「入って来んなよ」
岡本「行かねーし」
南「いやマジだから、来いってフリじゃないから」

バスルームに消える南舞。ドア閉まる。岡本、取り残され挙動が不審に。シャワーの音。葛藤の末、ドアの前で。

岡本「…あのぉ、舞さん？」

15 中華料理店（回想戻り）

一転、深刻な南舞、岡本。

南「……」

岡本「……」

南「……もう分かったよ！　ハッキリ言えばいいんでしょ」

岡本「なにを」

南「好きじゃないって、付き合うつもりもないって」

岡本「いやいや、付き合ってるつもりになってるから、とおるは」

南「じゃあ別れる！　付き合ってないけど」

岡本「いつ」

南「今日、誕生日だから。考えてるでしょ、とおるのことだから何かしら、サプライズ的なの」

岡本「ダメダメ、そんなタイミング」

南「じゃあ明日、取材あるから、アメリカのケーブルテレビ、まごころにもカメラ入るから、どうせ会うから言うよ」

岡本「……やばいやばい、全米に流れちゃう、ハリスもトランプも観ちゃう」

南「てか、アンタとも付き合うつもりないけど」

岡本「……」

南「……え、ないよ？　ないない、当たり前じゃん、あんなの事故だよ」

岡本「…分かってるよ、おお、事故、もらい事故」

南「は？　こっちがもらい事故だし」

岡本「は？　10・0でそっちでしょ」

南「（伝票見て）ここ割り勘でいいよね、お先」

千円札2、3枚置いて先に出る南舞。

岡本「……」

中国人店員がバースデースイーツを厨房から出し、

中国人「オカモト、コレいつ出せばいい？　オカモト、オカモト」

岡本「…うるせえ!!」

16　聖まごころ病院・診察室（日替わり・月曜）

刈谷に検査結果を伝える啓介。同席する啓三。

啓介「んー…よろしくないねえ、ここに何かあるのは間違いない」

エコーとCTに映った影を指す。

刈谷「…癌、ですか？」

啓介「腎血管筋脂肪腫《じんけっかんきんしぼうしゅ》かな…良性がほとんどだけど、血尿が出てるし、ちゃんと調べた方がいい、紹介状書いたから」

啓三「刈谷さん…なんで病院行かなかったんスか、背中の痛みは危険信号なんですから」

刈谷「ネットの評判見たら、担当医がヤブ医者って書かれててさ」

啓三「そんなの、他の医者が書いてるに決まってるじゃないスか」

白木が中を覗いて、

白木「院長、はずきお嬢さんがお待ちです」

啓介「すぐ行く…私もヤブだけど、この先生は大丈夫だから」

紹介状を渡して出て行く啓介。

17 同・院長室

テレビ、情報系の番組が流れている。（音声のみ）

音声「…今週も、厳しい残暑が続きそうです、コロナもまた流行ってるみたいですし、お出かけには充分ご注意…」

はずき「お父さん？　ねえ、お父さんてば」

反応がないのでTVを消すはずき。

啓介「…あ、ごめん」

はずき「この人なんだけど」

タブレットで結婚相談所のプロフィール写真見せる。

啓介「いんじゃない？」

はずき「ちゃんと見て、ふるさと納税の返礼品じゃないんだから」

ヨウコ「おっ、フィアンセか」

はずき「向こうは乗り気、私も2回デートして…いいかなって思ってます」

ヨウコ「ひゅーひゅー、白い姉さん、お盛んじゃ」

啓介「外科医は諦めたんだな」

はずき「だって、ヨウコさんがいるでしょ」

ヨウコ「ワシがおる」

はずき「医療メーカーの営業職です、46歳。消耗品のゴム手袋とかマスクとかキャップとか、東海地区のエリア主任ですって」

啓介「仕事どうすんだ」

はずき「え？」

啓介「三重県の会社じゃ通えないだろ、転職すんのか？」

はずき「なに言ってんの？　婿養子じゃなくて嫁ぐの、私が」
啓　介「なに!?　お前も出て行くのか、私の世話は誰が…」
はずき「ヨウコさんがいるでしょ」
ヨウコ「ワシがおる」
はずき「もういいじゃん、43年一緒に暮らしたんだから、そろそろ親離れさせてよ」
村木がドアをそっと開け、
村　木「院長先生、準備できました」
はずき「すぐ行きます～」
ヨウコが車椅子を雑に押して。
啓　介「やだ、考え直してくれ、はずき。ヨウコは雑なんだよ色々…」
ヨウコ「(車椅子ぶつけ)Ｏｏｐｓ，Ｓｏｒｒｙ」

18　同・詰所

クルーがカメラを構え、救急外来の電話が鳴るのをじっと待っている。
白　木「…鳴りませんね、今日に限って」
堀　井「いつもはこの時間でも、一組か二組、運ばれて来るのに…」
とおる、横山、田島、啓介、努めて平静を装う。
ヨウコは音声スタッフと英語で談笑。
とおる「…なに話してんスか、楽しそうに」
ヨウコ「コイツの兄貴が、Ｎｅｗ　Ｏｒｌｅａｎｓでウチの地元の先輩にでーれえボコられた話じゃＨＡＨＨＡＨＡ！」
ディレクター、トムの言葉を南舞が訳して伝える。
南「皆さんが、真剣に命と向き合っている姿を撮りたいそうです」
啓　三「んなこと言われても、患者が来ねえんじゃなあ」
とおる「親父…」
啓　三「ボランティア活動、ご苦労様です、お困りでしたら何なりと」
啓　介「たまにはカンファレンスでもやるか？」
南「なんです？」
田　島「情報共有です、当直の医師が、運ばれて来た患者さんの症状や治療方法なんかを報告して、意見交換し合う」

啓三「何だよ、やってんじゃん医者っぽいこと！」
南「まだいたの？　用がないなら帰って」
南舞に睨まれ、身震いしながら帰る啓三。
啓介「本当は毎日やるべきなんだけど、面倒臭くてね、先週木曜日の当直、誰だっけ」
横山「はい、じゃあ私から…（カルテを開き）『23時21分、6歳男児が腹痛を訴え救急搬送』…なんですが…母親が…明らかに様子がおかしくて」

19　同・救急外来入口～廊下（回想）

バックドア開くと患者の母、星崎《ほしざき》菜々《なな》が自撮り撮影。
星崎「タクジほら、タクジ、救急車、ピースしてピース」
運ばれるタクジ（6）。星崎、泥酔してフラつく足元で、ストレッチャーに掴まって歩く。
横山「お母さん、後でお話し伺いますから、ロビーでお待ちください」

20　同・処置室A（回想）

村木、吉野がタクジを処置台に移す。
吉野がズボン下ろそうとするのを見つけて、
星崎「おい、なんで脱がすんだよ」
吉野「え…っと、先生が触診するので」
星崎「服の上からでも分かるだろ！」
横山「正確に診なくちゃいけませんから」
星崎「だったらひと言、断れよ！（スマホ構え）あげんぞ！」
横山「ですから今、確認させていただいてます、ズボン下ろさせていただいてよろしいですか？」

21　同・詰所（回想戻り）

とおる「あれだ、カスハラ」
ヨウコ「What?」
南「There's no customer harassment in America?（カスタマーハラスメントってアメリカにはない？）」
ヨウコ「Customers and staff are always equal, so are doctors and patients. That's America.（客と店員の立場は常に対等、医師と患者も同じ、そ

れがアメリカ)」

横山「しかも元看護師らしくてさあ、吉野くん村木ちゃんにも当たり強かったよね」

22 同・処置室A(回想)

星崎「お姉さん、なにその髪型、チャラいわー、服脱がす前にバイタル測るだろ普通、その駆血帯《くけったい》ちゃんと消毒した?」

採血しようとしてタクジの腕をまくった吉野。

吉野「横山先生…」

タクジの腕に打撲痕を見つける。

××××××××

横山「虐待を疑いますよね、当然。でも、悟られちゃマズいので、それとなく家庭の状況を聞き出そうと…」

××××××××

横山「腹膜刺激症状あるから先にCT撮ろうか(村木に小声で)ついでに打撲痕、確かめて。お母さん、ちょっといいですか? 昨日とか一昨日とか、お子さん、変わったもの食べてないです?」

星崎「は?」

横山「ウイルス性の腸炎の潜伏期間は2日ほどなんでね…」

その隙にタクジをストレッチャーごとCT室に移動させようとする村木、吉野。

星崎「おい、どこ連れて行くんだよ」

横山「お母さん、念のためにCT撮りましょう。失礼ですけど今日、旦那さんは?」

星崎「は? なんで答えなきゃなんないのよ」

横山「万が一、盲腸の場合、入院治療が必要なので…保育園ですか? 幼稚園?」

23 同・受付(回想)

星崎、タクジの腕を無理やり引っ張って来る。

横山「お母さん、落ち着いて、ちゃんと診察…」

星崎「整腸剤、ラクトミン、あとアセトアミノフェン5日分出して、おばはん、早く準備して」

白木「……(無視)」

星崎「アンタだよ、おばはん、気分悪いわ、マジで、幾ら?」

白木「本日はお預かり金で1万円」
星崎「(舌打ち)PayPayで」
白木「現金のみです」
星崎「(舌打ち)高くない!? 未就学児ですけどぉ!」
白木「ええ、保険証も医療証もお忘れですので」
1万円札を叩きつけ、タクジを抱え上げ去る星崎。
吉野「お薬は?」
星崎「要らない!」

24 同・詰所(回想戻り)

堀井「(カルテ読む)腹膜刺激症状、虫垂炎疑い、虐待疑い、母親が診察継続拒否」
南「あったんですか? 他に、打撲痕」
村木「抵抗されて見れませんでした」
とおる「怪しいなぁ」
横山「私の対応がよくなかったんでしょうか」
啓介「いや、間違ってないよ。うん、しいて言うなら、顔?」
横山「顔ですか?」
啓介「なんかね、逆撫でる顔してるよね」
ヨウコ「それな」
横山「逆撫でる? え、なにを逆撫でる?」
ヨウコ「自分で考ええ、ヨコヤマ」
とおる「心当たりないですか?」
横山「あるっちゃ、ある。実は前いた病院クビになったんです。小児科の医師、何人か居たんですけど、僕だけ子供がぜんぜん懐かなくて、クレームばんばん来るし。え、何? 原因は何? ってずっと悩んでたけど…顔ですかあ、そう言えば嫁にも言われた、寝顔を見てると殺意が湧くって」
とおる「めちゃめちゃ言われてんじゃん」
横山「あーやっと腑に落ちた、逆撫でるんだ」
堀井「改名したらどうです? 逆撫でクンに(笑)」
白木「横山先生、アンタ結婚してんの!?」
啓介「冗談はさておき、虐待の件は児童相談所に報告しといたほうがいいかもね」
横山「…冗談なんですか?」
はずき「あとで詳しく教えてください」
南「うちも共有したいです。How's this?(こんな感じでどう?)」

トム「That's fascinating, continue.（興味深い。続けてください）」

岡本がコンビニ袋を提げて入って来て、

岡本「ん？　なに？　なにやってんの？」

南「静かにして」

啓介「次、金曜日は？」

田島「あ、はい（カルテ読む）『午前5時46分、21歳男性』」

ヨウコ「…ＯＨ」

とおる、堀井も心当たりがあるようで、うな垂れる。

田島「…陰茎切断による出血にて救急搬送」

岡本「えええっ!?」

堀井「あ、ここ、そんなに驚くとこじゃない」

南「…そうなんですか？」

啓介「うん、土地柄かなぁ、4年に1回くらい診てるね」

白木「痴情のもつれですねぇ」

田島「ただ、自分で切断した例は過去に日本で39例しかないそうです」

南・岡本「自分で!?」

堀井「そう、ここで驚いて欲しかった」

25　同・廊下（回想）

ストレッチャーで運ばれる青年、股間に血で染まったシーツが掛けられている。

とおる「えええええ!?」

田島、堀井、付き添う女、みなパニック状態。

田島「（患部見て）繋がってる！　ギリ繋がってるけど！　どうする？」

女「縫って！　縫って！」

男「切って！　切って！」

とおる「どっち!?　どっち!?」

26　同・詰所（回想戻り）

撮影クルーに身振りと英語で説明するヨウコ。

ヨウコ「セルフじゃ」

トム「Ｏｈ ｍｙ Ｇｏｄ…」

とおる「おーまいごっども出ますわ、俺ちょっと、しばらくホルモン系とか無理」

岡本「あー俺も無理だ、想像しちゃった」
啓介「なんでまた、その二人は…そんなことになったわけ？」
田島「まず、男性と女性に面識はありませんでした」
堀井「男性には恋人がいて、二人の関係は良好でした、しかし性交渉において恋人を満足させられていないという負い目があり」

27 ラブホテル室内（回想）

堀井（OFF）「…女性用風俗店のセラピストになりました」
女がドアを開けると、男が立っている。
男「…ご指名、ありがとうございます」
女「どうぞ」
××××××××××
とおる「女性はその顧客でした」
白木「あらま」
田島「彼女もまた、夫との性生活で悩みを抱えていて、勉強のために利用したそうです」
はずき「真面目なんだか不真面目なんだか」

××××××××××
うつ伏せの女をマッサージする男。
とおる（OFF）「愛する人に悦んでもらいたい、そのために始めたセラピスト、サービスに徹しなくては…しかし、体は正直です」
突然、ベッドから降りて謝罪する男。
男「…ごめんなさい！」
女「え、なに？」
男「いや、ごめんなさい！」
女「（察して）え、ぜんぜんいいよ、むしろ嬉しい」
男「いや…駄目なんです、僕、なにやってんだよ、馬鹿！」
とおる（OFF）「どうしても反応してしまう、自分の肉体に嫌気がさし…」
男「こんなもの…こんなものがあるからっ！」
男、鞄からカッターナイフを取り出す
女「やめて！」
××××××××××
岡本「ちょっと待って！…金曜日の、何時だっけ」
田島「明けて土曜だね、朝5時46分」
岡本「……」

××××××××××

フラッシュ（回想・冒頭のシーン）隣の部屋。

男の声「ぎゃあああああああああ！」

隣室からの断末魔に、半裸で飛び起きる岡本。

岡　本「なに!?　なに、どした!?」

時計が5時46分を指している。

28　聖まごころ病院・入口～廊下～処置室（回想・S-2、25と同じ）

岡本、エプロンベストを掴んで飛び込んで来て、

岡　本「間違えた！」

とおる「なにが？」

岡　本「…うん、いや、だいじょぶだいじょぶ（出て行く）」

とおる「（振り返り）えええええええ!?」

ストレッチャーで運ばれる、股間が血に染まった青年。

田　島「繋がってる！　ギリ繋がってるけど！　どうする？」

女「縫って！　縫って！」

男「切って！　切って！」

とおる「どっち!?　どっち!?」

処置室のカーテンを開けヨウコが、

ヨウコ「ＳＨＵＴ　ＵＰ！」

一　同「……」

29　同・処置室（回想）

ヨウコによる的確かつ迅速な施術。

ヨウコ（ＯＦＦ）「Speed is the key to tunica albuginea suturing.（白膜縫合術はスピードが命）」

30　同・詰所（回想戻り）

タブレットで写真や図解を見せながら力説するヨウコ。

ヨウコ「見てみぃ！　たとえ完全に切断されたとしても、繊維質を縫い合わせることが出来りゃぁ元通り、修復は可能なんじゃ、人体の神秘じゃぁ、男性、ちゃんと見ねぇ！　ナイキじゃなくて…」

白　木「白木！　あらー、あららー」

男たちは直視出来ず目をそらす。

31　同・処置室（または病室）（回想）

手術が終わり、痛みも治まった男に堀井が、

堀井「心と体の性別が違って、生きづらい思いをしてる人間がいることは、知ってる？」

男「はい」

堀井「そういう人間からしたらね、心と体の性が一致しているなんてミラクル、奇跡なんです。それを…こんな馬鹿げた理由で、無駄にしないで下さい、分かった？」

男「…はい、ごめんなさい」

32　同・詰所（回想戻り）

堀井「その後、転院して、経過は良好だそうです」

岡本「いやー歌舞伎町の明け方、何が起こるか分からないね」

岡本が買って来たビールや酎ハイを配る。

南「ちょっとちょっと、何してんの、お酒飲むんですか!?」

啓介「6時過ぎたら飲み会に移行します」

とおる「なんで、そろそろカメラ止めてもらっていっすか」

白木「そもそも月曜は、休診日なんです」

南「…あー、お休みなのに集まって（呆れ）仲良いんですね」

横山「居酒屋どこも観光客だらけだから」

ヨウコ「わしゃ、休肝日じゃやけぇ」

エナジードリンクを飲むヨウコ。

堀井「私も当直なのでノンアルで」

とおる「救急外来のみ対応してまーす、お先っす！」

啓介「続けようか、日曜日」

とおる「あー、俺とはずきさん、マユちゃんもいた」

はずき「（カルテ読む）『23時32分　19歳女性、縊頸《いっけい》自殺未遂』」

啓介「Hangingね、縊頸じゃ分かんないよ」

堀井「渡辺いっけい、余計なことを言いました」

33　同・廊下（回想）

ストレッチャーで運ばれて来る女性、涼香。充電コードが首に巻きついている。
付き添うとおる、はずき、吉野。

とおる（ＯＦＦ）「救急隊接触時ＪＣＳ３桁でしたが、来院時２桁まで回復、頭部ＣＴでも異常なく、酸素投与のみで経過をみました」

34　同・処置室Ａ（回想）

処置を終え、はずき、所持品のお薬手帳を見て、

はずき「片山涼香《かたやますずか》、メンタルクリニックの通院歴あり」
吉　野「（腕をまくり）リスカの痕多数です」
とおる「携帯の充電コード、トイレのフックに引っかけて…令和って感じすね…お、どした？」

意識を取り戻した涼香、起き上がろうとしてフラつく。

涼　香「大丈夫なんで…帰ります…」
とおる「だいじょばない、全然だいじょばないね」
マ　ユ「ＯＤもたぶんしてる」
はずき「今日はもう泊まってもらいます」
涼　香「お金ないんでムリ」
はずき「ムリかどうかは、こっちが決めること。片山さん？　あなたを帰す訳にはいかないの、ムリ」
とおる「僕、見てますんで、救急来たらＢに突っ込んで下さい」

はずき、吉野去る。マユは何となく残る。涼香、何か訴えかけるので、

とおる「…喋りたい？　酸素外そうか、よしよし、この際、言いたいこと全部吐き出せ、聞くから」

とおる、酸素のチューブを外してやる。

××××××××

啓　介「目ぇ離すと、また死のうとするからね」
とおる「マユちゃんがいたので話し易かったのか、自分の生い立ち、親子関係、将来への不安なんかを喋ってくれて」

××××××××

処置台に座る涼香、とおるも椅子に座り、

とおる「みんな不安と闘って生きてるんだよ、おじさんだって不安だよ、親のコネでさ、親戚の病院だから雇ってもらえたけど、他で通用するスキル持ってねえの、自分で分かるし」
涼　香「やりたいことないのか？って言われるけど…何

が出来るか分かんないし」

とおる「そうなんだよ、美容皮膚科になれとか、やっぱ形成外科医になれとか、言うな！　先に、自分で決めさせろや」

涼香「SNSとか、人間関係で疲れちゃう」

とおる「疲れちゃうぅ、ポルシェの写真あげたら炎上って、はあ？　買えばいいじゃん、お前らもポルシェ、買えるもんなら」

マユ「待って待って…聞いてるようで聞いてない」

とおる「え、俺？　聞いてるけどな」

マユ「涼香ちゃんの不幸を越えようとしてる、しかもヤな感じで」

とおる「そっかそっか吐き出してるの俺か（笑）ごめん。誰かいないの？　友達とか彼氏とか」

涼香「それが…最近、失恋したばっかで」

とおる「俺もお！」

マユ「だから…」

とおる「ないわけ、今まで1回も、失恋とか、全部思い通りにして来たから、金とポルシェで、それが通用しないともうムリ」

涼香「どんな人ですか？」

マユ「聞いちゃう？」

とおる「聞いちゃう？　赤いエプロンが似合う、歌舞伎町の…ジャンヌダルク？　けど手応えがないわけ、暖簾《のれん》に腕押しって分かる？　暖簾すらないわけ。で、今日だよ、彼女の誕生日、なのに…別れようって言われてさ…あー（天を仰ぎ）やばい涙腺（堪え）まだ涙出んのか。別れようって…なんでって聞いたらさ、その子、なんて答えたと思う？」

涼香「……」

とおる「…好きなお巡りさんが出来たって」

マユ「…あー」

35　NPO法人『Not Alone』（回想・数時間前）

とおる、後ろ手に花束を持っている。

南「ごめん、好きなお巡りさんが出来たの」

とおる「…それは…俺も知ってる、お巡りさん？」

南「（頷く）」

とおる、崩れ落ちる。あかね、ニヤニヤ見ている。

36　聖まごころ病院・詰所（回想戻り）

南　「…ハッキリ言えって言うから」

一同、振り返り岡本を見ている。

岡本　「……いやいや（笑）」

37　同・処置室A（回想）

とおる、堰《せき》を切ったように泣きながら、

とおる　「職業いる!?　『好きな人ができた』でいいじゃん！　恋愛ドラマのセオリーとしては。傷つけまいとして言うヤツじゃん！『好きなお巡りさん』はさあ、傷つけようとしてるよね。アレかなあ、やっぱSMの人だからツボ心得てんのかな、あー！　オシャレくそポリス岡本ぉ！」

はずき　「（来て）なに、どうかした？」

とおる、携帯の充電コードを自ら首に巻きつけ引っ張る。

はずき　「駄目！　駄目！」

マユ　「だめだめだめ！」

とおる　「ダッセえわ、ポルシェ、パトカーに負けましたわ」

涼香　「ダサくないと思います」

マユ　「…え？」

涼香　「挫折を味わうのは、お医者さんとして、大切なことなんじゃないですか？」

とおる　「……」

涼香　「私が患者なら、人の痛みを知っているお医者さんに診てもらいたいし、傷ついて、乗り越えた経験は、絶対に無駄じゃないって思います、だから、ダサくない。先生…頑張ろう？　私も頑張るからさ」

とおる　「（何度も頷き）…ありがとう」

はずき　「…もう帰れるね」

涼香　「…はい、もう大丈夫です」

38　同・詰所（回想戻り）

とおる　「…というわけで、挫折を乗り越え、人の痛みを知り、医者として、一回り大きくなった…ような気がする、高峰とおるを今後ともよろしくお願いします！」

一同、拍手。ヨウコ、とおるを無言で抱きしめる。

横山「飲みましょう、今日は、とことん…」
声「ごめんくださ〜い」
横山「(見て) うぅわ、やっべえ (隠れる)」
星崎、息子タクジの手を握り立っている。
星崎「救急で診てもらった星崎ですけど…横山先生います?」
村木「…あ、えーと本日、横山は」
星崎「酒飲んでんの?」
啓介「あの、私、へへへへ、当院の院長…」
星崎「飲んでんな、信じられない、上げま〜す」
と、スマホで動画を撮ろうとする星崎。
隠れていた横山、観念して立ち上がり、
横山「星崎さん、ここじゃ何ですから、診察室へ」

39 同・診察室

ヨウコ、横山、堀井、村木。
星崎、総合病院の医師による診断書を出す。
星崎「盲腸だったんですよ、この子」
横山「……」
星崎「腹膜炎起こしかけてたって、あと1日遅かったら、敗血症で命が危なかったって言われたんですよ、どう責任取るんです?」
ヨウコ「間に合ったんじゃから、ええじゃろ」
星崎「は? 誰あんた」
堀井「外科医のニシ・ヨウコ先生です」
星崎「医者? あんたが? (失笑) 見えない、証拠は?」

40 同・廊下

外で聞いているとおる、はずき、啓介ら。
とおる「…ヤバい」
星崎の声「免許見せなよ、医師免許」
はずき「白木!」
白木「はいっ!」
白木からファイルを受け取り診察室へ入るはずき。

41 同・診察室

はずき「ソーシャルワーカーの高峰です。彼女は、院長

　　先生の娘で、元軍医なんです」
　　と、アメリカ医師免許を素早く見せ素早く隠す。
はずき「そもそも今日は休診日で、当直はニシ先生だけですから、後日、予約を取っていただいて…」
星崎「(遮り) ウイルス性腸炎って言ったよねえ！」
横山「…はい？」
星崎「誤診じゃん、明らかに医療ミスじゃん、責任取んなよ、謝罪しなよ、まず、あと金返せ」

42　同・廊下

とおる「白木さん！」
白木「はいっ！」
　　とおるにカルテを手渡す、とおる診察室へ。

43　同・診察室

村木「…いや、言いました、横山先生、盲腸だったらって…」
星崎「聞いてない聞いてない」
横山「いや、確かに、言いました…」
星崎「言ったかどうか知らないけど、患者が覚えてないんだから、それは言ってないも同然でしょ」
とおる「(入って) お話し中すいません。美容皮膚科の高峰です、カルテに書いてありますね (見せ) ここ、腹膜刺激症状、虫垂炎疑いって…」
星崎「虐待疑い…」
とおる「!? (しまった)」
星崎「(カルテ奪い) 母親が診察継続拒否、なにこれ、虐待疑いって、私が拒否したのが悪いって？　アンタらがタクジの体見ようとしたからだろ執拗に！ (タクジに) …脱ぎな」
堀井「やめて下さい、お母さん」
　　星崎、タクジの腕をまくり打撲痕を見せ、
星崎「ほら、見てもらいな！　これは自転車の練習してて転んだ時の怪我。ほら、その診断書も取ってきました、他に痣あるかどうか調べなさいよ！」

44　同・廊下〜詰所

啓介「白木さん！」

白木「は、はい」
　白木、咄嗟に何か手渡し、啓介、診察室へ。
南「これ（カメラ）回していいと思う？」
岡本「いや、どうかな…（詰所見て）田島先生」
　ＰＣに齧《かじ》りついている田島。
田島「やっぱりだ…見てこれ」
　ネットニュースの見出し。
　『大学病院で点滴に異物混入か？　看護師は容疑を否認…』
　『医療ミス、アナフィラキシーショックで重症』
岡本「点滴に異物…看護師は容疑を否認…」
田島「先輩が、この病院に勤めてて、当時、結構話題になってさ」
　写真『護送される星崎菜々容疑者（29）』
岡本「あの人？」
南「医療ミス…」

45　同・診察室

星崎「この会話、録音してますんで、訴訟起こしますからね！」
　啓介、入って来る。
啓介「院長の高峰です！」
星崎「何なの、次から次に高峰、狭い、酒臭い！」
　名乗ったはいいが、何も思いつかず、手に持ったワインボトルを勧める。
ヨウコ「Anchoring（アンカリング）」
星崎「は？　なに？」
　解説するヨウコ、堀井が訳す。
堀井「医師は目で見た情報、患者の状態から、最悪のケースを想定します」
ヨウコ「このバヤイ、虫垂炎とＤｏｍｅｓｔｉｃ　ｖｉｏｌｅｎｃｅじゃ。ヨコヤマ、最初に腕の痣見た、ヨコヤマの頭ん中、ＤＶでいっぱい、ヨコヤマ、ＤＶ女からガキ救わんと、ヨコヤマ、その考えに囚われる、アンカー（錨）で船の動かないがごとし。Anchoring」
横山「申し訳ございませんでした」
ヨウコ「ＮＯ！　Don't apologize! If you apologize after being sued, you will lose the case in America!（謝るな！　訴訟起こされて謝ったら、アメリカでは敗訴！）ここ、日本じゃけどな」

啓介「だが、虫垂炎という診断は間違ってなかったよ」
ヨウコ「Ｔｈａｔ'ｓ ｒｉｇｈｔ、こんな顔じゃけど、ヨコヤマ、正しかったたん」
とおる「こんな顔だけどね」
ヨウコ「正しく治療を受けとりゃぁ助かったんじゃ、それをおめぇが拒否した、最初っからヨコヤマを疑っとったからじゃ、これもAnchoring」
星崎「……」
啓介「間違いは認める、だが、正しい時は、胸を張って主張する、全ては患者の命を救うため、それが…」
三人、息を揃えて、
ヨウコ「Ｄｏｃｔｏｒ」　啓介「聖まごころ病院」　横山「よこやま」
とおる「揃わないと思った」
星崎「（ため息つき）……帰るよ」
星崎、我に返り、タクジに服を着せながら、
星崎「…こんな病院だったら、辞めずに済んだかもな」

46　東央大学付属病院（回想）

病室。看護師として忙しく働く星崎、認知症患者の点滴を確認して。

星崎「…え？（薬品名を確認して）これ違う！（慌てて止め）これ、隣の病室の松本さんに処方するヤツ！（患者に）松本さん！　松本さん！　大丈夫ですか？」

アナフィラキシーショックを起こす患者。

47　聖まごころ病院・詰所（回想戻り）

田島「で、調べたら、処方を指示した研修医のミスだったんだけど、それが…医局長の甥っ子だったんだって」
南「それって…」
岡本「とおるじゃん」
田島「『病院は事実調査の結果を無視して、あくまで看護師のミスとして謝罪、示談交渉に入る』」
岡本「揉み消そうとしたんだ」

48　記者会見場（回想）

立ち上がり謝罪する病院幹部。

岡本（OFF）『しかし患者と家族は示談に応じず、警察が介入』」

××××××××××

衆人環視の中、病院から連行される星崎。

49　聖まごころ病院・詰所（回想戻り）

岡本「『逮捕された看護師は、自分はミスに気づいただけと無罪を主張。結果、嫌疑不十分で…不起訴となった』」

南「病院が庇ってくれなかったんだ」

岡本「そりゃ辞めるわ」

田島「後味悪かったから、なんか覚えてたんだよね…」

岡本「しっ！」

出て来る星崎。撮影クルーを一瞥しつつ、

星崎「おじゃましました〜」

とおる「…だけ？　謝んねんだ」

去り際、タクジが振り返り、

タクジ「ありがとうございました！」

その声に少し安堵する一同。横山、ホッとして座り込む。

とおる「本格的に飲みましょうかあ！」

ヨウコ、缶チューハイを横山に差し出す。

横山「…助かった。訴えられたら終わりだったよ、もうすぐ5人目生まれるのに、ありがとうね、ヨウコ先生」

ヨウコ「ヨコヤマ」

あくまで握手で応えるヨウコ。

南Na「思えば私達が、こんな風に密に関わり合ったのは、この日が最後だったかもしれません」

50　字幕『2025』

51　聖まごころ病院・前

南Na「不動産王の刈谷さん、腎臓癌の治療から無事生還しました」

外車で乗りつけ、颯爽と降りる刈谷と啓三。

52　同・院長室

刈谷「院長のおかげです。お礼と言ってはナンですが、このビルの抵当権、放棄します」

啓三「聞いたか兄貴、借金返さなくていいってよ！」

刈谷「いや、返してもらうけどね、期限を切らないだけで」

啓三「ですよねえ！　ちょびちょびでよいってことで…兄貴？」

啓介「……あ、うん」

視線の先、ニュースが新種のウイルスの猛威を伝える。

ニュース「WHOの声明によると、このウイルス、新型コロナとは全く異なるRNAで形成されているそうです。現在イギリス、フランス、イタリア等がロックダウンを検討しており、日本政府の対応が…」

啓三「…大丈夫だよ、俺たち、コロナも克服したんだから」

刈谷「マスク買い占めとか、あの時は大人げなかったよね」

啓介「そうだねえ、今度は正しく怖がらないと」

写真立てに、はずきと婚約者、2ショット写真。

南Na「はずきさんの交際は順調で、月の半分を三重で過ごしています」

53　NPO法人『Not Alone』（日替わり）

南Na「マユは高校を何とか卒業、春から看護学生です」

啓三「学費はおじさんが立て替えるからね」

南「はい、用が済んだら帰って（奥へ）」

マユ「…誰？」

DVシェルターの説明を受けるマユと母カヨ。

あかね「児童養護施設は、今月いっぱいで出なきゃなんだけど」

南「民間のシェルターなら管理人が常駐しているから、無人になることはないし、住所や連絡先が外に洩れることも絶対…絶対はないけど、安心です」

カヨ「どうする？」

マユ「……」

カヨ「一緒に住んだ方がお母さんも安心だし、洗濯とか掃除とか楽だし…って言ってみた、一応」

マユ「…いや、とりあえず1回、独りで住んでみる」

カ　ヨ「…そっか、分かった」
マ　ユ「たまに…洗濯物、持ってってもいい？」
カ　ヨ「…うん（嬉しい）」
マ　ユ「…そうする」

54　大学・大教室（日替わり）

『医師国家試験』会場。
ブツブツと日本語を復唱するヨウコ。
ヨウコ「…なきにしもあらず…ショケンが、ミウケられる…カイフクのキザシ」
「始め」の号令で用紙を開く。

55　まごころ病院・詰所（日替わり）

合格証明書を見せるヨウコ。
一　同「おめでとう！」
南Na「ヨウコ・ニシ・フリーマンは見事、国家資格を取得。勝どき医療センターの研修医として働くことになりました」
ヨウコ「Ｙｅａｈ！　田島！」
抱きつこうとするが、田島、サッと身をかわす。
ヨウコ「なんなん？　とおる…」
とおるも身をかわし、
とおる「させん、念のため、これで（グーを出す）」
ヨウコ「（拳を合わせ）ネエサン、なんでマスクしとるん？」
堀　井「感染対策です」
横　山「…コロナもね、また流行ってるみたいだし」
ヨウコ「…ヨコヤマ（握手）」

56　同・ヨウコの病室（日替わり）

電話するヨウコ。
ヨウコ「ほうじゃ…Training starts in April, so I'm thinking about returning to America just briefly.（研修は4月からだから、一度アメリカ帰ろうと思ってる）…ＮＯ？　Ｗｈｙ…Ｌｏｃｋ　ｄｏｗｎ？　Ｗｈｙ？　なんそれ」

57　同・廊下〜詰所

スマホ片手に降りて来たヨウコ。詰所に当直のとおる、堀井、白木がいて、TVのニュースに釘付け。

ニュース　「厚生労働省は、都内在住、接客業の男性が、未知の新型ウイルスに感染したと発表しました」

ヨウコ　「What？」

ニュース　「この男性はアメリカへの渡航歴があり、日本人の感染者第一号と見られます。繰り返します…歌舞伎町の」

南Na　「ここは新宿歌舞伎町。東洋一の歓楽街…誰でも安心して遊べる、健全かつ衛生的な若者の街…では、ありません」

とおる　「…やべえかも」

つづく

順番は
多少前後する
可能性があります。
The other may change
#10

1　空港・検疫所へ向かう導線

スマホで電話しながら歩くホストの凌介《りょうすけ》。

凌　介「あ、もしもしぃ？　凌介、今、帰国ぅ。インスタ見た？　最悪だよぉ、ホテルから一歩も出れねーし、何しにＬＡまで行ったかわかんねえ。…バカ、コロナじゃねえよルミナだよ（前方見て）すげー並んでるし」

と、列の最後尾に並ぶ。

2　同・検疫所

キャップ、マスク（Ｎ95）、アイシールド、手袋をした検疫官２人が、ホストの凌介の額に検温器当てながら、

検疫官Ａ「現地で会食などは」
凌　介「してませーん」
検疫官Ｂ「知ってるよね、これ、ＰＣＲ」
検疫官Ａ「お鼻から綿棒を入れますよ」
凌　介「あ、はーい…痛っ」
検疫官Ｂ「接客業…」
凌　介「あーホストっすな、傷心旅行っす、って」
検疫官Ａ「体調はいかがですか？」
凌　介「多少ボーッとしますね、時差ボケで」

3　同・裏導線

鉄扉が開き、防護服（タイベックスーツ）を着た医療スタッフが待ち構えていて、凌介をシート付き車椅子に座らせ、連れ去る。

凌　介「いやいや…え？　どこも悪くないんスけど…いやいやいやいや！」

4　聖まごころ病院・詰所

ＴＶ見ているとおる、堀井、白木。

ニュース「厚生労働省は、都内在住、接客業の男性が、未知の新型ウイルスに感染したと発表しました」
ヨウコ「Ｗｈａｔ？」
ニュース「この男性はアメリカへの渡航歴があり、日本人の感染者第一号と見られます」
とおる「…やべえかも」

ヨウコ「……」

5　空港・外

感染症搬送用機材（アイソレーター）に入れられ、ストレッチャーで搬送される凌介。

民間救急乗務員の声「（興奮気味に）こちら羽田空港、出ました、ついに、ルミナ陽性！　ルミナ陽性！　歌舞伎町のホストだそうです、ルミナ陽性者、直ちに搬送します！」

6　聖まごころ病院・詰所

白木「…る、るる、るるる…覚えにくいわね」
堀井「ルミナ。ラテン語で光って意味です」
白木「じゃあ光でいいじゃない、光ウイルス」

とおる、スマホで検索し、

とおる「感染の速度が速いから『光』らしいっすね」
ヨウコ「……」

英語に岡山弁が交じったヨウコのナレーション。

ヨウコNa「This is Kabukicho in Shinjuku,（字幕・ここは新宿歌舞伎町）東洋一のでーれえ歓楽街じゃ。Hostess bars, host clubs, girly bars（キャバクラ、ホストクラブ、ガールズバー）」

7　歌舞伎町の通り（日替わり）

不気味なまでに人がいない街並みを歩くヨウコ。

ヨウコNa「And other legal adult entertainment establishments line the streets.（その他、合法的な風俗店が軒を連ねる、）もんげー、健全かつ、ぼっけえ衛生的な若者の街じゃ」

プロレスのマスクを被った新聞配達員、無言でヨウコに新聞を渡す。
見出しに『脅威!?　歌舞伎町ウイルスの正体』の文字。

ヨウコ「……」
ヨウコNa「歌舞伎町の片隅にある聖まごころ病院、またの名を…」

☆タイトル「新宿野戦病院」

8　**街頭ビジョン**（日替わり）

　ＷＨＯでの緊急会見の様子が流れる、

南Na「２０２５年春、ＷＨＯは新種のウイルスによる感染症の病名を『lumina-vid25』と命名しました」

事務局長「Although clinical trials are underway, there are no effective treatments at this stage, and reports have been received that Lumina virus is extremely toxic.（治験の最中だが、現段階では有効な治療薬はなく、ルミナウイルスの毒性は極めて強いという報告を受けている）」

9　**コラージュ・新聞の見出しや雑誌の中吊り**

南Na「ところが日本では『歌舞伎町ウイルス』という名前が一気に広まりました」

『ますます広がる歌舞伎町ウイルスの恐怖』

『歌舞伎町、事実上のロックダウンか!?』

10　**ＳＮＳの書き込み**

南Na「感染者第一号が、歌舞伎町のホストだという情報が、ネットやＳＮＳで広まったからです」

凌介の写真が晒されている。

『こいつ感染源！』『ヤバい』

『もうパパ活とかで蔓延してるって』『シャンパンコールとか』『飛沫〜』

11　**勝どき医療センター・廊下**（日替わり）

　スマホ見ながらヨウコ、顎マスクで荒井医師に訴える。

ヨウコ「なんでなん？　空港で陽性出て、そのまま搬送したんじゃろ」

荒　井「そう、ついに発熱して、６階の感染症病床に隔離されてる」

ヨウコ「つまりこの男、感染してからは、いっぺんも歌舞伎町に足を踏み入れとらん！　なのになんでＫａｂｕｋｉ-ｃｈｏ ｖｉｒｕｓ！　やっちもねえ！」

荒　井「ちゃんとマスクして、お願い」

ヨウコ「嫌ぇなんじゃぁ、これぇ、肌弱いけぇ痒い痒いなるんじゃ」

荒　井「ダメ、みんな我慢してる」

南Na「春休み、アメリカに帰りそびれたヨウコ先生。いよいよ勝どき医療センターでの医療研修が始まりました」

荒　井「ヨウコさん、コロナの時は？」

ヨウコ「In California, 軍隊病院におった」

荒　井「そっか、向こうは早い段階でロックダウンしたんだよね」

ヨウコ「外出禁止じゃ、飲食店は全て営業停止、陰性証明がねぇと州の外に出れんかった、日本は？」

荒　井「そこまで徹底しなかった、緊急事態宣言も、お願いベースだから…けど、今回はそうも言ってられないかも」

12　聖まごころ病院・詰所

とおる、横山、田島、岡本、白木。

田　島「来るかなぁ、第一波」

横　山「三密とか懐かしいねぇ」

岡　本「自粛警察とかね、手作りマスクとかね」

堀井が不織布マスクを配りながら、

堀　井「マスク！　してください、お願いだから」

とおる「すいません、自分ファンデ塗ってるんで」

堀　井「高齢者がいるんです、家に、認知症の！」

横　山「そうか、うちも乳幼児いるわ（慌ててマスク付ける）」

岡　本「医療従事者はワクチン打ってるから平気でしょ」

田　島「（ネットで調べ）コロナの薬は効かないらしいよ」

とおる「…マジで？」

13　勝どき医療センター・会議室

荒井医師、医師や研修医に画像を見せながら解説する。

荒　井「コロナとルミナ、同じRNAウイルスですが、構造が全然違います。アメリカでの臨床研究でレムデシビルなどの抗ウイルス薬、中和抗体薬、どれも効果ありませんでした」

男性医師　「ワクチンは？」

荒　井　「現段階で有効なワクチンはありません、各国が治療薬を開発中ですが、承認から処方まで、100日はかかるでしょう」

女性医師　「おもな症状は」

荒　井　「頭痛、腹痛、咳…」

ヨウコ　ヨウコ、咳き込み、周囲は不穏なムードに。

ヨウコ　「NO！（ペットボトルを指し）水飲んでむせただけ！」

荒　井　「…彼女は研修医の」

ヨウコ　「ヨウコ・ニシ・フリーマン、レペゼン歌舞伎町じゃ」

14　**聖まごころ病院・詰所**

ネット記事を読むとおる、田島。

田　島　「肺炎、呼吸不全、極度の関節炎で腕、肩が上がらなくなる」

とおる　「神経が昂ぶりハイになり、イライラして怒りっぽくなる」

堀　井　「ない！　ない！　ないない！」

村　木　「ペヤングですか？」

堀　井　「ちっげーわ！（マスクずらして）私だって、いっつもペヤング探してるわけじゃないからね！」

白　木　「収入印紙だったらココ（と肘を指す）」

堀　井　「（見て）…やだぁ、汗で貼りついてたの巻（笑）」

岡　本　「味覚障害とかは？」

横　山　「あるね、味覚障害、あと、記憶障害？」

白　木　「…あれ？　白木は、なに探してたんだっけ」

15　**勝どき医療センター・会議室**

女性医師　「コロナとの決定的な違いはなんですか？」

荒　井　「現段階で分かっているのは、熱に対して、圧倒的に強いこと」

ヨウコ　「It's heat resistant…（熱に強い…）」

発熱と繁殖の推移をグラフ化した図を見せ、

荒　井　「コロナは発熱から平均3日でウイルスの数が減少し熱も下がります、しかしルミナの場合、5日経ってもウイルスは繁殖し続けます」

男性医師　「それ以降は？」

荒井「…まだ十分に解析されていません」
グラフが「5日目」で途絶えている。
女性医師「それって…」
荒井「ECMOを使用しないケースで、熱が下がらないまま5日以上生き延びたという報告がまだないんです」
ヨウコ「死ぬん!?」
男性医師「アメリカの死者数、急激に増えてますよね」
荒井「潜伏期間は最長2週間、無症状で気づかないケースもある一方で、このように肺が…」
重症化した肺の写真（CT）を見て、戦慄する医師たち。
荒井「重症化すると致死率は70%、ただしECMOを使って治療すれば30%まで下がります」
男性医師「ECMO、何台あったか確認して…どうかした?」
スマホ画面のニュースサイトを見せ、
女性医師「新たな感染者、都内で5名、大阪で2名」
南Na「感染は日々、着実に広まりました」

16　コラージュ・海外のニュース映像（日替わり）

スペインのニュース「(スペイン語・日本の歌舞伎町では、違法な路上売春が横行していて…)」
インドのニュース「(ヒンディー語・歌舞伎町には決して足を踏み入れないよう、旅行者に呼びかけています)」
中国のニュース「(中国語・日本から帰国した男性の体から、歌舞伎町ウイルスが検出されました…)」
南Na「海外メディアまで〝歌舞伎町ウイルス〟という俗称を使用し始めたことに、日本政府は『極めて遺憾』という、いつも通りの声明を出し」

17　公園（日替わり）

南Na「一方でそれは、レイシストと呼ばれる、一部の偏った人々を焚きつけ」

保守派の団体による集会が行われている。

「悪いのは歌舞伎町じゃない！　外国人だ！」「外国人は日本から出ていけ！」など、過激な主張を繰り返す。

18　NPO法人『Not Alone』・前

騒ぎを聞きつけ出て来た若いスタッフに、デモ隊の1人が掴みかかる。

デモ隊「外国人なんか助けなくていいだろ、こんな時に！」

中で怯えている外国人。岡本が自転車で駆けつけ、

岡　本「はい、喧嘩しなーい、お静かに、近隣の迷惑になりますので…あーあー」

割られた窓ガラス。壁に落書き。

南Na「私達の活動も制限されました」

19　同・内

時間経過。あかね等、スタッフが集められ、

自治体職員「当面は、外国人の相談窓口は閉鎖ということで…」

あかね「路上生活者の皆さんへの声がけや、マスクや抗原検査キットの配布は？　構いませんよね」

自治体職員「…それも、見方によっては濃厚接触になっちゃうからねぇ、不衛生な人たちと…」

あかね「偏見ですそれ！　こじつけですよね。ホームレスを排除することが感染防止にはならないし、もしあの人たちが感染したら、誰がサポートするんですか？」

岡　本「そんなの、まごころ一択だろ」

あかね「……」

岡　本「つーか、舞は？　なんでいないの」

20　聖まごころ病院・詰所

白　木「うちは…ただ売り上げが落ちただけでしたね」

村　木「コロナで？」

堀　井「ひどいもんでした、たらい回しにされた発熱患者が殺到して、院長が受け入れちゃうから」

横　山「確か、補助金出ませんでしたっけ？」

堀　井「あんなのは病床を確保できる大病院だけです」

白　木「うちみたいな場末の町医者は、一般外来や救急も減って商売あがったり…あーやだ、お酒飲みません？　白木、銀だこ買って来ます」

とおる「これ、ヨウコ先生の病院」

TV画面に勝どき医療センターから生中継。

リポーター「こちら、ルミナ感染者が収容されている勝どき医療センターです、昼も夜もひっきりなしに救急車が…」

とおる「元気かなぁ、ヨウコ先生」

田島「職員寮に寝泊まりしてるって、さっきグループLINEに」

横山「ん？ 聞いてない、何グループ？ 招待来てない」

とおる「なんか（ため息）張り合いないスね、ヨウコ先生いないと」

田島「聞きたいよね、岡山弁」

白木「レスだね」

堀井「ロスだと思う」

電話鳴り白木が出て、

白木「はい、まごころ！ ホテルで、赤ちゃんプレイ中にぎっくり腰」

とおる「拒否でぇ」

堀井「ほらほら、どんな時も変態は元気！ ありがとう変態！」

21 勝どき医療センター・ロビー（夜）

薄暗いロビーでペヤングをすするヨウコ。

ヨウコ「⁇」

廊下が騒がしい。男性医師と中年女性が押し問答。

荒井医師が駆けつけ、

荒井「どうしました？」

男性医師「歌舞伎町のホストの…」

板垣「板垣凌介の母です、熱が出たんですか？」

荒井「お母さん、まだ、面会はムリなんですよ」

板垣「ガラス越しでも、何でもいいんです」

男性医師「厚生労働省の指示なんです」

荒井「未知の感染症を広めないためなんです、ご理解ください」

板垣「…そこを何とか、飛行機で来たけぇ」

ヨウコ「……」

荒井「24時間体制で見守ってますから、息子さん、今、頑張ってますから」

うな垂れて歩いて行く板垣。ヨウコ、後を追う。

ヨウコ「……Ｈｅｙ…Ｈｅｙ…」

22　同・タクシー乗り場

傷心の板垣、タクシーに乗り込み、

板　垣「羽田までお願いします」

運転手が車を前進させた時、飛び出す人影。ブレーキ踏むが間に合わず。

運転手「あ！　轢いちゃった」

ボンネットからすべり落ちるヨウコ。

板　垣「（ドア開け）大丈夫ですかぁ？」

ヨウコ、立ち上がり、スマホを板垣に手渡し、病院の方へ走って行く。

板　垣「…え？」

23　同・6階エレベーターホール

エレベーター降りるヨウコ。感染症病棟へ。

24　同・感染症病棟・スタッフルーム

忙しなく出入りする職員に紛れ防護服を手に取るヨウコ。

25　同・タクシー乗り場

手渡されたスマホに着信（ビデオ通話）。板垣、繋ぐと、防護服を着たヨウコの姿が映る（自撮り）。

板　垣「…え？」

カメラ、ベッドに横たわる凌介に向けられる。

板　垣「凌ちゃん？」

凌介の声「母ちゃん、なんしょん」

板　垣「なんしょんて…アンタに会いに来たんじゃがぁ、元気なん？」

凌介、酸素吸入し、顔色は悪いが意識はハッキリ。

凌介の声「元気じゃ」

ヨウコの声「でーれえ元気じゃ」

凌介の声「心配せんでええ（咳き込む）こんなもん（咳き込む）」

ヨウコの声「そうじゃ、こんなもん、やっちもねえ…」

板　垣「…岡山の方？」

ヨウコの声「わし？　おきゃーま」

凌介の声　「わし倉敷、岡山んどこ？」
ヨウコの声　「…知らん、おきゃーま、行ったことねえ」
板　垣　「…（笑）」
スマホの中、照れ臭そうに笑顔で手を振る凌介。
南Na　「感染者第一号となった板垣凌介さんは…」

26　火葬場・前～中（日替わり）

南Na　「帰らぬ人となりました。発熱から5日後でした」
タクシーから降りて駆けつける母、喪服も着てない。
お骨の入った木箱が置かれている。
板　垣　「…これですか？　これが凌介…（呆然と立ち尽くす）」
南Na　「感染防止のため、親族は看取ることも、ご遺体との面会も許されませんでした」

27　歌舞伎町・雑感（日替わり）

南Na　「その悲しいニュースは日本中を震撼させました」
風俗店、ホストクラブに『休業のお知らせ』の張り紙。
南Na　「そしてついに、内閣総理大臣が東京都に対し緊急事態宣言を発令するに至り、聖まごころ病院でも、対策会議が開かれました」

28　聖まごころ病院・詰所（5月5日）

とおる　「都の感染者数が100名を超えました、第一波です」
横山、田島、堀井、白木、啓三、啓介。
とおる　「体温が37度5分以上の患者さんには、保健所の指示に従っていただきます。ルミナ陽性だった場合、症状が重い方は病院に搬送、軽症の方はホテル療養とする、これが基本の…」
電話が鳴る。白木出て、
白　木　「はい、まごころ（「どうぞ続けて」と身振りで伝えつつ）熱は…38度5分…咳…息苦しい…じゃタクシーで来てください」
とおる　「白木さん」
白　木　「…はっ！（電話に）もしもし、やっぱり来ないで、保健所保健所！……すいません、白木つい、いつもの癖で」

啓　介「いいよ、診てあげようよ」

とおる「診たとて何も出来ないんです、せいぜい解熱剤出すくらい」

啓　介「泊めてあげればいいじゃない、ベッド空いてんだし」

横　山「簡単に言わないで、院長、他の患者さんに伝染ったら院内クラスター、封鎖ですよ」

啓　介「他の患者さん？　どこ」

横　山「…いませんよ、来ないよ警戒して、誰も！　まごころなんか、どうせ感染対策してないだろうって！　おい、マスクしろよ！」

田　島「落ち着いてよ、水飲もうとしただけじゃん」

横　山「だって…分かってないから！　人が死ぬ病気なんですよ。特に高齢者は重症化するケースが多い。堀井さんなんか、いつから家帰ってないんだっけ」

堀　井「…すいません、母が心配で」

横　山「私もずっとホテル暮らしです、生後5カ月の幼児がいるんで。患者を受け入れるなら…悪いけど、休ませてもらいます」

パソコンの前で調べ物していた啓三が、

啓　三「緊急支援事業補助金ってのが貰えるらしいぞ」

白　木「知ってますよ、コロナの時にもらい損ねたヤツね」

啓　三「感染症患者専門の病床を確保すれば、1床につき、1日3万円払うって、4床で12万、10日で120万、乗らない手はねえよ、兄貴」

白　木「大きい病院だけなんです、都立とか大学の附属病院とか」

はずきが現れ、

はずき「申請しましたよ」

一　同「え!?」

はずき「当たり前じゃないですか、学習しますよ、バカじゃないんだから。はい、お土産、婚約者の会社からくすねて来た」

マスク、手袋、キャップを配り、自分もマスクを付ける。

啓　介「はずきだ、はずきが帰って来た！」

白　木「でも、申請書には確か、院長のサインが…」

はずき「もらいました。お父さん、酔っ払ったら何だってサインするんだから」
啓介「そうなんです（笑）」
白木「でかしたぞ、はずきちゃん、ボロ儲けだ！」
啓三「コロナの時も、補助金だけコレして、実際は患者受け入れない病院、結構あったそうですね」
とおる「そのせいで発熱患者が、たらい回しにされて」
啓三「バカ！　いいんだよ、ビジネスなんだから、診ても診なくても120万なら、診ないで120万のほうが脳汁出るだろぉ！」
とおる「うわぁ危険な思想」
ヨウコと荒井医師、現れ、
ヨウコ「いーや、まごころは、診るで！」
啓介「ヨウコ…」
とおる「ヨウコ先生…え、研修は？」
ヨウコ「ルミナ病棟に勝手に入ってクビじゃ」
荒井「嘘です、やめてよ、人聞きの悪い。形式上、二週間休んでもらうだけです（と、マスクをする）」
ヨウコ「また、世話になるけぇ、デロンギ」
白木「白木だよ」
とおる「（マスクずらし）ヨウコ先生だぁ」
ヨウコ「とおる…」

二人、手指を消毒し、体温計で検温して、
ヨウコ「来い！」
とおる「ヨウコ先生ぇ！（胸に飛び込む）」
啓介「ははは、帰って来た、はずきもヨウコも帰って来た！」
とおる「やっぱダメっすわ、ヨウコ先生のいないまごころなんか、背脂抜きのラーメン二郎よりパンチねえっすわ、ヨウコさん、まごころの背脂っすわ！」
ヨウコ「田島！（抱擁）ネエサン！（抱擁）白い姉さん！（抱擁）…ヨコヤマ（握手）」
横山「…うん、逆に、俺だけ特別な気がして来た（応える）」
ヨウコ「さて、話は聞かせてもろうた」
荒井「嘘でしょ、今来たので、ほとんど聞いてない」
ヨウコ「パンデミックに備えて、わしはここに、ルミナウイルス専用病床を作る！」
一同「……」
啓介だけが拍手する。
啓三「…本当に聞いてなかったんだな、USAの姉ちゃん。余計なことしなくたって金は入ってくるの」

ヨウコ　「わし看取った…おきゃーまのホストの兄ちゃん」

29　勝どき医療センター・病室（回想）

納体袋に収められた凌介の遺体。

ヨウコ（ＯＦＦ）「Livedo reticularis was seen on the limbs and trunk.（手足や体幹は網目状に、紫色に変色していた）」

泣きじゃくるヨウコ、ゴーグルが蒸気で曇りファスナーが閉まらない。

ヨウコ（ＯＦＦ）「The body was taken directly to the crematorium and bones were left.（そのまま火葬場に運ばれ、骨になった）」

30　聖まごころ病院・詰所（回想戻り）

ヨウコ　「もんげー悲しい。もう誰も死なせとうねぇ。ルミナ病床、2階に4床ずつ2部屋、計8床作る」

啓　三　「作らねえ！」

ヨウコ　「作る！」

啓　三　「作らねえ！」

ヨウコ　「作る！…あ」

荒　井　「ありがとうございます。ベッドさえ確保できれば、医療リソースは提供させていただきますので」

はずき　「簡単に言ってくれますけど、感染対策、大丈夫なの？　防護服とか、今から発注しても、すぐ届かないと思うけど」

ヨウコ、収納から東京都指定のゴミ袋を出し、

ヨウコ　「これで充分じゃ」

とおる　「雑ぅ〜」

31　同・2階病室

ヨウコ（ＯＦＦ）「Buy a transparent vinyl sheet at a home center and separate the two rooms as a Lumina treatment area.（ホームセンターで透明のビニールシート買って来て、2部屋の間をルミナ診療エリアとして区切る）」

ヨウコ、とおる、横山、田島、堀井、村木、シートを切り入口に吊す。端をテープで着脱可能に。扇風機が稼働する。

ヨウコ（OFF）「One powerful electric fan each.（強力な扇風機を1台ずつ）」

32　同・詰所

ヨウコ「検温とPCR検査は田島がやれぇ」

田島「はい」

33　同・入口〜救急外来入口

『熱のある方は←へお回り下さい』の張り紙。

ゴミ袋製の防護服を着た田島、仮設のテントで検温、PCR検査

ヨウコ（OFF）「ルミナ陽性患者は、別導線で直接2階に上がってもらう」

34　同・2階病室（日替わり）

防護服を着たヨウコ、とおる、村木、吉野、収容された患者のケアに奔走する。

ヨウコ（OFF）「防護服は使い捨てじゃ」

脱いだ防護服をゴミ箱へ入れ、透明のカーテンをくぐる。

35　同・詰所

ヨウコ、ホワイトボードの見取り図を指し、

ヨウコ「手前の部屋が中等症以上、奥が軽症、トイレは患者さん専用、職員は1階のを使う、導線は完全に分ける、ゾーニングの徹底じゃ」

荒井「ルミナ専用の人工呼吸器は一台しかないので、足りなくなったら転院させるしかないです」

36　同・廊下

バッグバルブマスクで重症者を搬送するとおる。

37　同・診察室

ヨウコ（ＯＦＦ）「横山と堀井とジジイはウイルス患者以外の一般外来を頼む」

腹痛を訴えて来た子供の診察をする横山、堀井。

隣の診察室では啓介が老人の腰に湿布を貼る。

老婦人「助かりましたぁ、国立の病院では診てもらえなくて」

啓　介「今はどこもルミナだからねぇ」

38　同・2階病室（日替わり）

南　Na「感染病床はすぐに満床になりました」

とおるが感染者の対応に追われる。

39　同・階段〜詰所（日替わり）

ヨウコが下りて来て、

ヨウコ「ブラジル人、カルロスさん、ＰＣＲ2回目陰性」

はずき「退院の手続き始めます、パスポートは？」

白　木「不携帯です（電話に）あ、もしもし、聖まごころ病院、ベッド1つ空きます」

ヨウコ「（奥に向かって）ペヤング売ってくれネエサン」

啓　介「ヨウコ、お客さんだよ」

ヨウコ「なんでぇ、せめて飯の時間ぐれぇ…（固まる）」

リツコと『ＢＵＧ』のマスターがドライカレーをのせた紙皿を持っている。

リツコ「ヨウコ」

ヨウコ「ＢＵＧ　ＲＩＣＥ!!」

リツコ「その前に〝ママ〟じゃろ、この子は（笑）」

ヨウコ「Ｍｏｍ、会いてかったあ！」

と、非接触で再会を喜ぶ二人。

40　同・院長室

はずき、リツコ、啓三、啓介、同方向を向いてＢＵＧライスを食べる。

啓　介「よく来れたね、りっちゃん、ロックダウンでしょ？」

リツコ「とっくに来とったんじゃけど、羽田で二週間、ホテル隔離、でーれえ退屈じゃったわぁ」

啓　三「黙れババア、黙食！　飛沫が飛ぶだろ、飛沫が」

リツコ「飛ばんようにＤｉｓｔａｎｃｅ取っとるがぁ」

はずき「お茶飲む人ぉ」

リツコ、啓介手を挙げる、啓三、手を挙げようとして、

啓　三「痛っ（肩をさする）」

はずき「2人ね」

41　同・詰所

やはり同方向を向いてBUGライス食べるヨウコ、田島、堀井、白木。とおる、吉野、下りて来て、

吉　野「お、ドライカレー」

ヨウコ「BUGライスじゃ、うがい、手洗いしていただけぇ」

横山、ロビーで電話しながらウロウロ。

とおる「横山先生、ご飯は？」

横　山「焼き飯？　要らない、それどころじゃない」

ヨウコ「BUGライスじゃ！」

横　山「次女、熱出たって」

一　同「え!?（思わず後ずさる）」

横　山「38度、PCRの結果待ち」

一同、慌ててマスクを付ける

横　山「いやいや、俺はもう3週間帰ってないから」

とおる「そっか、離婚目前ですもんね」

横　山「いやいや」

白　木「そうなの!?　頑張んなさいよ、新婚なんだから」

横　山「いやいやいや…白木さんが最近やっと認識してくれただけで新婚じゃないし離婚もない、とおる君、冗談やめて、こんな時に…みんなも、そんなビビんなくても…」

ヨウコ「念のため、PCRじゃ」

42　同・院長室

TVで、日本医師会の会長が神妙に解説している。

会　長「緊急事態宣言が延長された場合…」

啓　介「出たよステイホーム、日本人は何も学んでないね」

はずき「コーヒー飲む人」

リツコ、啓介手を挙げる、啓三も挙げるが、

啓　三「痛っ（下げる）」

はずき「……」

はずき、電話をかけ、

はずき「ちょっと今すぐ来て」
啓　三「見に来いよ新宿、人がいなくなっただろう、これが日本人の奥ゆかしさだよ、なあ兄貴」
リツコ「日本人は性善説じゃけえ、善意に甘えとるね」
啓　三「アメリカは国民を信用しねえから、いきなりロックダウンとか、やり方が極端なんだよ」
はずき「クッキー食べる人ぉ」
啓介だけ手を挙げる。
はずき「お砂糖いる人」
啓三と啓介、手を挙げる。
啓　三「痛っ」
はずき「どうしました？」
啓　三「なにが」
はずき「（砂糖をテーブルに置き）腕、上がらないんですか？」
啓　介「どうした？」
はずき「関節炎、ルミナウイルスの症状」
啓　三「…はあ!?　なんで俺が、上がるってほら！（上げる）」
リツコ「もっと上げぇ、サタデー・ナイト・フィーバーみてぇに」

啓　三「ほらあ！（顔のあたりまで上げる）」
はずき「そんなのビズリーチじゃん、もっと高く、こう！」
啓　三「…なんなんだよ、ふざけんなよ！」
イライラして砂糖を何杯も入れる啓三。ヨウコが来て、
ヨウコ「どしたん、白ネエサン」
啓　介「…啓三、お前、まさか」
啓　三「ぜってえ違うって、ディスコもサウナも行ってねえし」
ヨウコ「イライラしとるな」
啓　三「はあ!?　てめぇ俺の何を知ってんだよ、俺のイライラはなあ、昨日今日始まったんじゃねえぞ！　生まれた時からイライラしてっから！　オギャアの前に舌打ちしてっから！」
憤りながら、コーヒーに砂糖を入れては飲みを繰り返す。
はずき「味覚障害」
ヨウコ「PCRじゃ」
南Na「結果、横山先生は陰性で」

43　同・2階病室（日替わり）

南Na「啓三さんは陽性でした」
防護服を着たヨウコ、ベッドの啓三に書類を差し出し、

ヨウコ「人工呼吸器の同意書、ECMOが必要になった場合、転院してもらうけぇ」
啓三、体温計をヨウコに渡し、苦しそうに咳き込む。
ヨウコ、体温計を、ビニールカーテン越しにとおるに見せる。39度台。
沈痛な思いで見つめるとおる。

ヨウコ「ECMOは今、どこも不足しとるけん、すぐには使えん」

とおる「……」

44　同・詰所

ヨウコと荒井医師、Zoom会議。肺のCT画像を見ながら、

荒井「発症してすぐなのに…ここまで肺がやられるとは」

ヨウコ「…体温は39度台を推移、酸素5LでSpO2：93％」
離れた所で電話している堀井。

堀井「…うん…そうなの、院長の弟さんが発症しちゃって。だからごめんね。まだ帰れない。うん、今日から5日が山だから」

ヨウコ「……」

45　堀井の家・内

ソファに並んで座る房江とヘルパーの甲斐。

房江「それは心配ね…うん、こっちは大丈夫、お父さんいるから。今？　テレビ見てる、沢口靖子のヤツ（笑）代わるねー」

甲斐「お父さんじゃねえっつの」
甲斐、受話器を受け取り、通話口を丹念に拭いて、

甲斐「あーどうも甲斐っす、こっちは何の問題もねえから、デイサービスも休ませっから。…はい。蔓延防止、頑張ってください（切りテレビ見て）…こいつ犯人？」

46　聖まごころ病院・詰所

とおる「…すいません」
　　ヨウコ、とおる、横山、田島、啓介。
横　山「あ、ちなみにうちの長女はコロナでした」
田　島「よかった。…あ、いや、よくはないか、すいません」
横　山「軽いからね、今…お騒がせして、すいません」
啓　介「私と、リツコさんと、はずきが濃厚接触者になるのかな」
ヨウコ「とおるもじゃ、同居しとるけぇ」
とおる「…すいません」
ヨウコ「いちいち謝るな、誰も悪くねぇ」
啓　介「PCRは陰性だったけど、潜伏期間かもしれないし、二週間休ませてもらおう」
横　山「あの、それが…念のため、抗体検査もしたんですが、とおる君だけ、抗体が出来てたんです」
啓　介「ん？　それは？　免疫を獲得したってこと？」
とおる「…はい」
啓　介「…よかったじゃん」
田　島「しかも、PCR陰性ってことは…ですね」
横　山「不顕性感染《ふけんせいかんせん》、コロナで言うところの無症状…で」
とおる「すいません」
一　同「……」
とおる「ヨウコ先生は救急とか、1階での仕事も多かったけど、自分ずっと2階で、患者さんと接する時間も長くて…いや、2階の感染対策は万全でした。ほんと、自分の不注意です。無意識に顔触ったりしたんスかね。…で、気づかないうちに親父に伝染《うつ》しちゃって…」
　　インサート。中等症病室。高熱と咳に苦しむ啓三。
啓　介「とおるから、啓三に」
とおる「…それ以外、考えられないんスよね。マジで親父、ああ見えてビビりで、完全テレワークに切り替えてたし、外食も一切してないので」
横　山「本人、無症状なのに…怖っ」
とおる「…すいません、ほんと、すいません！」
　　ヨウコ、とおるの白衣の後襟をいきなり掴み、
ヨウコ「ちょっと来ぇや」
とおる「え？」

とおるを引っ張り出て行くヨウコ。

47　同・屋上

とおる、ヨウコに突き飛ばされ、つんのめる。

とおる「え、なんすか…」

ヨウコ、とおるのマスクをむしりとり、頬を張り倒して

ヨウコ「Don't apologize so easily!（謝るなって！　軽々しく！）」

とおる「……（唖然）」

ヨウコ「すいません、すいません、すいません！　なんなん？　謝ったらウイルス出てってくれるん？　NO！　It's not your fault, it's not anyone's fault, OK?（お前悪くない！　誰も悪くない！　OK?）人間もウイルスも生きようとしとるんじゃ！　生き残るために必死なんじゃ、戦争なんじゃ、殺し合いなんじゃ、OK？　感染したぐれぇで、いちいち謝るようなヤツぁ、最初っから医者になんかなるな！」

とおる「…はい」

ヨウコ「Infection control is important.（感染対策は重要、）患者を守ること、ぼっけえ重要！　そのためにお前、リスク犯したんじゃ、しゃあねぇ、ヨコヤマ！」

心配で見に来た横山、田島にヨウコが詰め寄る。

横山「Sorry…あ、謝っちゃった、え、なになに？」

横山、田島のマスクを次々むしり取るヨウコ。

ヨウコ「要らん！　これ、要らん！　It's outside and there's ventilation, obviously, we don't need masks!（ここは屋外で空気も流れてる、明らかにマスク不要！）それくらい自分で判断せぇ It's a state of emergency, but still, don't give up on using your brain to think!（緊急事態だからって、自分の頭で考えることまで放棄するな！）」

田島「確かにアメリカ人、コロナの時も外ではノーマスクだった」

ヨウコ「ただでさえ日本人、表情が乏しい、顔半分見えんと、でーれえストレス！」

横山「OK（豊かな表情で）OK！」

ヨウコ「You beat the virus, you're dad is fighting the

virus right now! That's all! It's not anyone's fault, OK?（お前、ウイルスに勝った、お前の親父、ウイルスと闘ってる、今！　それだけ！　誰も悪くない、OK?-）」

ヨウコ　「OK. I beat the virus!（俺、ウイルスに勝った!-）」

とおる　「Yeah! You defeated the virus! You're invincible!（お前、ウイルスを倒した！　無敵!-）」

ヨウコ　「I defeated the virus! I'm invincible!（俺はウイルスを倒した！　俺は無敵だ!-）」

とおる　「Yeah！　Invincible!（無敵!-）」

ヨウコ　「Invincible!」

とおる、感極まり、勢い余ってヨウコにキスする。

ヨウコ　「!?」

ヨウコ、とおるを押しのけ、

ヨウコ　「…なんしょん」

とおる　「…はい、いや、無敵なんで自分。そっすね…無敵を証明したくて、今、アメリカが、なんか、アメリカが降りてきて。…分かんないっす。…ダメっすか？　間違えました?-」

一同、答えに困り、目を逸らす。口元を拭うヨウコ。

とおる　「…謝ったほうがいいッスか？　すいませんっ!-」

ヨウコ　「…今のは…フツウにセクハラじゃろ」

南 Na　「無敵の高峰とおる先生は、正式に感染病床の担当医になりました」

48　同・2階病室（日替わり）

とおる　「ここ、点滴、もうすぐ終わるから替えて!-」

病室を忙しく行き来しながら、問診するとおる。

とおる　「父ちゃん、どんな感じ?-」

啓三　「…解熱剤くれ」

とおる　「…だめだよ、5時間経ってない、熱が出るのは、父ちゃんの体が今、ウイルスと闘ってる証拠なんだ、無闇に熱を下げたら、ウイルスに勝てない」

啓三　「んなことぁ、お前に言われなくたって分かってんだよ!-」

声を荒げ、激しく咳き込む啓三。

とおる　「父ちゃん…ごめんな（背中さすりながら）…違う違う…謝ってる場合じゃやねえ、I am invincible…」

啓　三「…ここじゃ死なねえ…ここでだけは…死にたくねえ」

とおる「…分かってる…ぜってえ助ける」

49　同・詰所

下りて来るとおる、首を振る。

白　木「うそぉ、抗ウイルス剤、全然効かないじゃん」

ヨウコ「今日で3日目じゃ…ECMOは?」

白　木「どこも使用中、ベッドの空きもありません」

とおる「ECMOが足りてないってことは…」

ヨウコ「それだけ重症者が多いゆうことじゃ」

50　公園(夜)

スマホを耳に当てて走って来るあかね。

岡本とサラ、リナが「こっちこっち」と手を振る。

植え込みの中、ホームレスのタケ、ロックアイスの袋を抱いてブルブル震えている。

あかね「大丈夫?」

サ　ラ「解熱剤飲んで、氷で冷やしてる」

あかね「抗原検査は? タケさん、検査キット渡したよね」

タ　ケ「ああ、転売した」

あかね「はあ!? どうして」

岡　本「500円で買い取る奴らがいるんだって、オッサンらにとっちゃ、ルミナ、コロナより、今日の発泡酒だもんな」

救急車のサイレンが鳴り響く。

タ　ケ「…救急車、乗りたない…どうせ、たらい回しや」

岡　本「最悪まごころが受け入れてくれるから、ほらマスクしろ」

あかね「(救急車に手を振り)こっちです! こっち!」

岡　本「君らは?」

サ　ラ「あー、そろそろウチらも帰ろ?って、話してたとこぉ」

リ　ナ「遊ぶとこないし、パパ活するにも、パパいねえし」

岡　本「そっか、それは…病むな」

サ　ラ「マジ、歌舞伎町、終わった」

岡　本「……」

51　聖まごころ病院・2階病室

防護服のヨウコ、タケに書類を差し出し、

ヨウコ「人工呼吸器の同意書、ＥＣＭＯが必要になった場合、転院してもらうけぇ」

タ　ケ「…人工呼吸器って、これ?」

隣のベッドで人工呼吸器管理となっている啓三。規則的な呼吸音。

タ　ケ「ま、ええわ、姉ちゃん、氷」

ヨウコ「Ｗｈａｔ?」

タ　ケ「背中冷やすとラクなんや、氷。分からん? アイスや、アイスプリーズ、おっさんのぶんとワイのぶん」

52　同・詰所

とおる「冷やす?」

ヨウコ、冷凍室から氷を出し、タライにぶちまける、

ヨウコ「明けて4日目じゃ。どうせウイルス死なんのんなら、冷やした方がおっさん眠れるし、体力も温存できる…知らんけど」

しかし、見るからに量が足りない。

岡　本「居酒屋とか当たろうか」

とおる「キャバクラとかね、シャンパン冷やすヤツね!」

53　同・2階病室

啓　三「……」

タ　ケ「前に会ったね、確か、西口の地下道で」

××××××××

フラッシュ（回想#7）封筒に入った分厚い札束を南舞に渡す啓三。

啓　三「おい! 新宿の路上生活者どもぉ! このお方の施しがどれだけ尊いか、お前ら分かってんのか!」

××××××××

タ　ケ「あん時は…たいして歳変わらへんのに、こうもちゃうか〜て、思うたけど…」

啓　三「……」

タ　ケ「あれやな、こうなると人間、平等やな」

啓　三「……」

タ　ケ「あんじょうきばりや、おっさん」

54　同・救急外来入口・前

岡　本「はい、オーライ、オーライ！」

製氷工場の車が、巨大な氷の柱を載せバックして来る。

55　同・廊下

業者が巨大な氷の柱を引きずってくる。

とおる「すげえ！　でかした岡本っちゃん！」

岡　本「売れなくて余ってたみたい、飲食店、営業自粛だから」

ヨウコ「ポリ公！　おめえ初めて役に立ったな！」

岡　本「あはははは…え？」

ヨウコ「割るで！」

56　同・処置室

ヨウコ、とおる、岡本、氷を砕き氷嚢を作る。

57　同・2階病室

氷の柱に扇風機の風を当て、室温を下げる。

氷嚢で患者の首や頭を冷やすヨウコ、とおる。

ビニールシート越しに堀井が、

村　木「急患です、11歳の女の子、虫垂炎で腹膜刺激症状もありそうです」

ヨウコ「…断れんのんか」

村　木「大学病院でも断られたみたいで」

とおる「行ってください」

ヨウコビニールシートの外へ出て防護服を脱ぎ1階へ。

とおる「I am invincible」

58　同・1階廊下

ストレッチャーで運ばれて来る11歳の少女。

堀井、村木に指示を出すヨウコ。

59　同・2階病室（日替わり）

とおる「父ちゃん、解熱剤」
啓　三「（反応なく）」

60　同・詰所

ヨウコと荒井医師、Ｚｏｏｍでやりとり。
荒　井「何とかしたいけど…ごめんね、本当にＥＣＭＯ出払ってて」
ヨウコ「…謝らんでええ…他を当たらぁ」
荒　井「…どう？　５日目だよね」

61　同・２階病室（夜）

タケの体を冷やすヨウコ。依然、熱の下がらない啓三。
とおる、そのダランと力なく垂れ下がった手先を見て、
とおる「……」

××××××××××

フラッシュ（回想）詰所
ヨウコ「Livedo reticularis was seen on the limbs and trunk.（手足や体幹は網目状に、紫色に変色していた）」

××××××××××

ヨウコ「……」
とおる、たまらず飛び出す。

62　同・詰所

白木、三次救急病院リストを見ながら電話している。
白　木「…はい…じゃあ、空いたらすぐ連絡ください…」
とおるが、ヤケ気味に受話器を奪い、
とおる「本当に空いてないの？　60代男性、金持ち、ＥＣＭＯじゃないと助からないんですよ…本当に？…補助金かすめ取ろうとしてんじゃないの？」
ヨウコ「とおる！（追いつき、受話器奪い）お前、今日は家帰れぇ」
とおる「……」
白　木「白木からもお願いします、坊っちゃん、体もた

ない」
はずき「（出勤表見て）連続勤務13日って、完全ブラックだから」
ヨウコ「帰らんでもええけん、外出て、頭冷やしてきねぇ」
とおる「…そっすね、もう、やれること、やりましたもんね」
ヨウコ「絶対死なさん、転院先、見つかったらすぐ連絡すらぁ」
とおる「お願いします（出て行く）」
ヨウコ「そのあと、セクハラで訴えるけん」
とおる「（苦笑）」

63　同・前の道

出て来てマスク外すとおる、南舞が立っている。
南「……」
とおる「…なに？　お巡りさんなら来てねえけど」
南「…お父さん」
とおる「ああ、ダメ、すげえ弱ってる」
南「……」
とおる「5日目なんだ、今日で。舞ちゃんに鞭でしばかれたら起きるかな」
南「やめてよ」
とおる「…ちょっと、ポルシェのとこまで付き合ってよ」
歩き出すとおる。少し後ろを歩く南舞。
とおる「大変らしいね、Ｎｏｔ Ａｌｏｎｅ」
南「アレだよ、自粛警察。脅迫されたり、石投げ込まれたり…もう若いスタッフ、守り切れない」
とおる「…そうなんだ」
南「目障りなんだって。こんな時に外国人とかホームレスとか助けて、気持ち良くなってんじゃねえよって」
とおる「こんな時って、じゃあどんな時ならいいんだよ」
南「ヘンな病気が流行ってなくて、災害とか戦争とかなくて、経済が安定してて、誰が太ったとか痩せたとか、その程度のニュースでコメント欄がわちゃわちゃする…要するに平和ってこと？」
とおる「平和（頭かきむしり）…忘れちゃったよ、そんなの」

64　同・2階病室

啓三のベッドの横にヨウコ、懸命に後頭部、首を冷やす。
ビニールシートの外ではずき、堀井、白木が見守る。
啓介がやって来て、

啓介「どうだ？」
堀井「SPO2：87％」
はずき「お父さんはダメ」
白木「そうですよ、高齢者は重症化のリスク高いんだから」
啓介「たいして変わらんだろう、おーい、啓三のバーカ、金の亡者」
反応したのか、心拍数が少し上がる。
啓介「はは、怒ってる怒ってる」
ヨウコ「（それを見て）免疫力じゃ」
啓介「ん？　なに？」
ヨウコ「おっさんの免疫力、怒りで倍増しとる、怒りでウイルスと闘っとるんじゃ、もっと怒らせぇ」
はずき「ばーか！　ばーか！　アンタ、ご飯の食べ方、汚いんだよ！」
心拍数、上がる。
ヨウコ「いいぞ姉さん！」
堀井「もう15年のお付き合いですけど、奢っていただいたり、ご馳走になったこと、1回もありません！」
白木「私も！　ジュース1本買ってもらったことない！」
心拍数、上がる。
堀井「ほんとケチ、ホワイトデーにお返しもくれない！」
ヨウコ「もうええ、もうええで」
堀井「だいたい話がつまらない、自慢話ばっかりで！」
ヨウコ「もうええって！　Anger has its limits.（怒りには限界がある）…笑えぇ」
はずき「え、なんで？」
ヨウコ「わっはっはっは！」
啓介「ヨウコ…」
はずき「ブッ壊れた」
ヨウコ「指さして笑うんじゃ、ばーか！　ばーか！　啓三ばーか！　わっはっはっは！」
一同、つられて笑う。

一同　「わっはっはっは…」
タケ　「（目を覚まし）ん？　どないしたん」
一同　「わはははは！　ばーか！　ばーか！　わはははは！」
ヨウコ　「（何かに気づいて）笑うな！　もうええ！　Shut up！」
　笑うのをやめる一同。詰所で電話が鳴っている。

65　大久保公園・周辺

南　「（立ち止まり）腹立つ」
とおる　「なにが」
南　「パパ活が、1人もいない」
とおる　「…ほんとだ」
　かつて路上売春が横行していた塀沿いの道、誰もいない。
南　「ズラッと並んでたよね、ここ、頭悪そうな女と、キモいおっさん。ウチらがあんなに声掛けしたり、警察が取り締まっても居座ってたのに…病気流行ったらやめるんだ…腹立つ！」
　南舞、怒りに任せ自転車を蹴り倒す。
とおる　「おい！」
南　「人間の言うことは聞かないのに、ウイルスの言うことは聞くんだ、しょうもない、何だったの、ウチらのしてきたこと！　本当、どいつもこいつも！（蹴る）しょうもない！（蹴る）」
　とおるの制止を振り切り、自転車を倒す南舞。
　とおる、取り乱す南舞を押さえるように抱きかかえ、
とおる　「平等なんだよ」
南　「……」
とおる　「やっと分かったよ、舞ちゃんが言ってたこと、今、うちら、平等に命の危険に晒されてんじゃん、金持ちも貧乏人も。だから、なんで俺ばっかり、私ばっかりって、考えちゃうんだよ」
南　「…なるほどね、平等だから虚しいのか」
とおる　「…かな」
南　「電話」
　とおるのポケットでスマホが振動している。
とおる　「（出て）もしもし…はい…はい…」
　とおる、その場にヘナヘナと崩れ、スマホが道に落ちる。

南　「なに？　どうした、大丈夫!?」

とおる　「…よかったぁ…親父、助かるかも、よかったぁ」

放心状態のとおる、南舞が立たせようとするが立てない。

南　「（電話に出て）もしもし、舞です」

66　聖まごころ病院・廊下

防護服のヨウコ、啓三をストレッチャーに乗せ搬送。

ヨウコ　「とおるに伝えてぇ、ＥＣＭＯ確保、北新宿救命救急センターのＩＣＵ、今すぐ搬送するって！」

啓介、補助換気をしながら同行する。

はずき　「だから、お父さんはダメだって！」

67　大久保公園・周辺

南舞、タクシーを止め、とおるを乗せて運転手に、

南　「北新宿救命救急センターです」

とおる　「…ありがとうね…舞ちゃん、ありがとうね」

南舞、去って行くタクシーを見送る。

南Na　「ここは新宿歌舞伎町、誰もが安心して遊べる、東洋一の歓楽街」

南　「…だけど…やっぱり好きじゃない」

背を向け歩き出す南舞。

つづく

#11

1　前回ダイジェスト

羽田空港。完全防備の医療スタッフに連行される凌介。

南Na「新型コロナウイルスを、遥かに上回る毒性を持つ、ルミナウイルス」

SNSの書き込みに躍る『歌舞伎町ウイルス』の文字。

南Na「ネットでは〝歌舞伎町ウイルス〟という俗称が拡散されれ」

人影まばらな歌舞伎町。

南Na「風評被害で、歌舞伎町から人が去りました」

再会を喜ぶヨウコと仲間たち。

南Na「経営難に陥った聖まごころ病院に、救世主ヨウコ・ニシ・フリーマンが電撃復帰、ルミナ専用病床を作ります」

ルミナ病床で奮闘するとおる。

南Na「しかし、とおるがルミナウイルスに感染、幸い無症状だったものの、父の啓三は重症化し、地獄の5日間を経て…」

捨て身の救命措置を行うヨウコ。

南Na「懸命の治療により、九死に一生を得ました」

2　TV画面

南Na「そしてその体験を、情報番組で告白しました」

リモート出演の啓三。

テロップ『新宿で働く60代男性』。

啓　三「最初は肩ですね。腕がこれ以上、上がらなくなって、本当なんですよ宮根さん。その後、味覚と咳。コーヒーが泥水みたいで、泥水飲んだことねえけど。そこから2週間、記憶がない」

3　聖まごころ病院・院長室

ペヤング食べながら『Mr・サタデー』（録画）を観ているヨウコ。

啓三（TV）「いやー、恐ろしい。後遺症ですか？…人間が丸くなったって言われますね、言葉づかいも優しくなったって…本当なんですって、宮根さん」

リツコが停止ボタンを押し、テレビが流れる。

啓　三「おい！　なんで変えんだよ、妖怪ジャズばばあ！」
リツコ「ぜんぜん優しゅうなっとら〜ん」
横一列でお茶を飲む、とおる、はずき、リツコ、啓三、啓介。
啓　三「なんだこれ、家族ゲームか？　喋りづらいって」
はずき「本当にないんですか？　後遺症」
啓　三「ねえよ、あんなもん、ただの風邪だよ」
一　同「いやいやいや」
啓　介「死にかけたんだよ、お前、ECMOなかったら死んでたよ」
とおる「ここだけの話、コロナのワクチンも打ってないもんね」
はずき「嘘でしょ!?　なんで？」
とおる「ビビりのくせに、いや、ビビりだから？　なんでも疑ってかかるんです」
啓　三「そりゃヨウコさんとECMOさんには感謝してるよ、けど、ワクチンなんてお前、陰謀だろ、マイナ保険証も、陰謀だろ、過払い金も、陰謀だろ」
ヨウコ「(TV指し）このおっさん！」

TV画面、記者会見に登壇する川島副長官。
川　島「このたび、官房副長官に任命されました、川島です」
ヨウコ「Heart attack.（心筋梗塞）」
とおる「…ああ、シゲさんとECMO取り合った」

××××××××

フラッシュ（回想#5）ダイジェスト
ヨウコ「年寄り、貧乏人、foreigners, people who ran away from home or live on the streets（外国人、家出人、路上生活者）そういった連中を、どうか排除せんでくれぇ」
川　島「何でもかんでもアメリカに倣うことはない。肝に銘じます」

××××××××

川　島「内閣感染症危機管理統括庁の長として、まずは新種のウイルス、ルミナウイルスの蔓延防止にご協力いただき、国民の皆さんに、感謝と敬意を表します」
ヨウコ「……」

4　歌舞伎町の通り

マスク着用のホスト、ガールズバー店員が街頭に立ち、日常を取り戻したかに見える。街頭ビジョンに川島副長官。

川　島「一定の効果が見られたという判断に基づき、7月8日をもって、緊急事態宣言を解除致します」

5　短いインサート・クラブ店内（日替わり・夜）

歓声を上げる若者、外国人の狂騒。

6　聖まごころ病院・詰所

横山、村木、白木が、夜食を食べながらテレビ（川島副長官の会見）を観ている。
そこかしこに感染対策用アクリル板が立っている。

横　山「一定の効果って、感染者数が10日連続で減っただけでしょ」

村　木「まだ2類だし、ワクチン承認されてないし」

田　島「なのに、こんなん配ってましたよ」

田島『Come on 新宿キャンペーン』とプリントされたマスクを手に入ってくる。

白　木「Go toの次はカモンか、行けつったり来いつったり」

とおる、吉野が降りて来て、

吉　野「アリさん、2回目PCR陰性でしたー」

はずき「（書き込み）あと3人…確かに減ってる」

とおる「第二波、来るって説もありますけどね」

横山、スマホで赤ちゃんの動画を見ながら、

横　山「勘弁してよぉ、また会えなくなっちゃう」

はずき「横山先生、PCR出しましたぁ？」

横　山「あーすいません、忘れてました」

とおる「自分、上がりますね、今日、当直は？」

横山、村木が手を挙げる。

吉　野「隣、盛り上がってますね」

白　木「ダメよ、医療従事者が、クラブなんか」

7　クラブ・前

岡本が自転車で走って来る。

岡　本「なんだなんだぁ？　やってんな？　さては」

外国人と日本のストリート系の若者が大勢騒いでる。

岡本　「路上飲みやめてねー、近隣から苦情が来るから」

欧米人　「しょうがないでしょ、居酒屋8時で終わっちゃうし」

南米人　「もっともっと飲みたいでしょ！」

岡本　「ダメ、もう帰って」

東南アジア人　「いいだろ、オカモト、ずっとガマンしてたよ」

8　聖まごころ病院・ロビー

クラブからの音漏れ。岡本、入って来て、

岡本　「えらいことんなってね、隣」

白木　「本当だよ、クラスター出ても知らねえぞ、はい」

白木、岡本のおでこに体温計を当てピッと鳴らし、

白木　「33度2分」

岡本　「だとしたら死んでる」

堀井がスマホを耳に当てながら来て、

堀井　「(電話に) もしもし、聞こえないの、隣がドンツクドンツクうるさくて（奥へ）」

9　クラブ・店内

大音量で流れる音楽。客を煽るDJ。

「歌舞伎町が、歌舞伎町ウイルスを倒した！」

「We beat the virus!」

10　聖まごころ病院・ロビー

マユ、シラキが入って来る。

白木　「あら、マユちゃん」

マユ　「緊急事態、解除されたから来てみた。ヨウコ先生は？」

白木、それぞれ検温しながら、

白木　「(ピッ) 33度5分、学校は？」

マユ　「ほとんどリモート、だからバイト再開した」

白木　「へい、シラキ (ピッ) 42度!?」

岡本　「それ、壊れてるから」

とおる　「続いてたんだね、二人、お母さんには？」

マユ　「うん、さっき紹介した」

カヨ「(入って来て) はい、ビックリしました」
白木「あら(ピッ)32度」

11 同・屋上

ヨウコ「Hey! マユ!」
はずきがマユを連れてくる。再会を喜び抱擁するヨウコ。
マユ「やばいよ、濃厚接触」
ヨウコ「ええんじゃ、もうみんな感染しとる、シラキ!」
カヨ「そうなんですか?」
ヨウコ「(マスク出し) こんなもんで完全に防げるわけねえ。ただし、ウイルスの毒性は弱くなっとる。発症するせんは気力と免疫力の差じゃ…誰じゃったっけ?」
カヨ「母です、勤めてたスナックが自粛期間に潰れちゃって、今、無職なんです」
マユ「しょうがないからウチが養ってんの(笑)。いよいよ、どっちが親だか分かんないっしょ」
とおる「じゃあ、結局、一緒に暮らしてんの?」
はずき「シェルターで? それ…大丈夫なんですか?」
カヨ「仕事見つかるまでは、マユの扶養家族なんで」
ヨウコ「それでええんじゃ、金がねかったら悪い男に騙されんで済む、シラキ!」
シラキ「何だよ、用もないのに呼ぶなよ」
田島がコンビニ袋を提げて来る、横山も。
田島「今日はもう来ないから、飲んじゃいましょうか(と、配る)」
はずき「横山先生は当直だからダメ!」
岡本「とおるさぁ、舞から最近、連絡あった?」
とおる「…いやぁ?」
岡本「どっちだよ」
とおる「大久保公園で別れて、それっきり、既読も既飯もつかない」
岡本「あそう…昼間、久々に様子見に行ったんだけど」

12 NPO法人『Not Alone』(回想)

『解散のお知らせ』と『テナント募集』の貼り紙。
投石され割れたままのガラス、落書き。

13 聖まごころ病院・屋上(回想戻り)

とおる「え、解散？」

岡　本「バッシング、相当キツかったから、かなり参ってたみたい」

××××××××××

南　　フラッシュ（回想＃10）

「目障りなんだって。こんな時に外国人とかホームレスとか助けて、気持ち良くなってんじゃねえよって」

××××××××××

岡　本「ダメ押しはコレ（スマホ見せる）」

とおる「うわ」

暴露系インフルエンサーのSNS書き込み。

SM嬢時代のプロフィール画像が拡散されている。

『歌舞伎町NPO活動家、まさかの副業』。

『ボランティアYouTuber の収入源（笑）』。

岡　本「自粛期間でみんなヒマしてるから、広まっちゃうよねぇ」

とおる「それで…それでか…」

××××××××××

荒れて手のつけられない南舞を、なだめるとおる。

南　　「人間の言うことは聞かないのに、ウイルスの言うことは聞くんだ、しょうもない、何だったの、ウチらのして来たこと！　本当、どいつもこいつも！（蹴る）しょうもない！（蹴る）」

××××××××××

とおる「そっか、じゃあもう歌舞伎町には…」

岡　本「最後まで、アイツ、俺たちのマドンナだったよな」

とおる「……はあ!?　なに今の、青春の終わりの始まりみてえなニュアンス、だっせえ！　俺たちのマドンナとか言ってますけど！」

岡　本「やーめーろ、俺も言った瞬間、しまったと思ったよ」

とおる「マドンナ？　俺たちの？　たちの？　違いますよねぇ、だって、なにサンでしたっけ？　好きなお巡りサン、ですもんねぇ」

岡　本「たいして変わんねーよ、イチゼロだよ」

とおる「いちぜろ？」

ヨウコの声「ＨＥＹ！　ＨＥＹ　Ｙｏ！」

柵から乗り出し、クラブ前の外国人に声かけるヨウコ。

ヨウコ「Where are you from?」

14 同・詰所

スマホを手に、深刻な様子の堀井。

白木「なに？ 堀井ちゃん、どうかした？」

堀井「母から…熱が出たって」

白木「あら」

堀井「デイサービスで、もらっちゃったのかしら」

白木「今日もういいから、早く帰ってあげて」

15 同・屋上

ヨウコ「I am from おきゃーま！（笑）」

とおる「イチゼロってなに？ ねえ、イチゼロってなに？」

岡本「乾杯しますか！」

16 クラブ・店内

タイミング合わせ、マスクを外して嬌声を上げる若者たち。

17 聖まごころ病院・屋上

おのおのプルタブを引いて乾杯の直前。
突然、至近距離でドン！ という衝撃音。

とおる「え!?」

18 同・詰所

堀井・白木「ぎゃっ！」

19 同・屋上

ヨウコ「……」

クラブミュージックが途絶え、階下が騒然となる。

岡本「なになに、今度はなに…」

身を乗り出すとおる。クラブの入口から、客がどんどん外に出て来るのが見える。

ヨウコ「What's happened!?」

欧米人　「The floor fell through!（床が抜けた！）」
ヨウコ　「Fall accident.（崩落事故）」
とおる　「……」
とおる、田島、顔を見合わせ缶ビールをあおる。
横　山　「おいおいおいおい！（止める）」
とおる　「自分、飲んじゃったんで、今日ムリっす」
田　島　「横山先生、お願いしますっ」
ヨウコ　「Let's Partyじゃ」

☆タイトル「新宿野戦病院」

20　TV画面・スマホで撮影された視聴者提供の動画

『Mr・サタデー』の特集コーナー。

ナレーション　「これは、現場となったクラブで、たまたまイベント参加者が録画した映像だ」

テロップ『7月10日　深夜0時頃』
ナ　レ　「ルミナウイルス蔓延に伴う緊急事態宣言が解除されて、初めての週末。新宿区歌舞伎町の某クラブで『SAYONARAルミナ』と銘打ったパーティーが行われていた」

浮かれた外国人がカメラに向かって叫ぶ。
外国人　「Yeah！　Kabukicho beat the virus!（吹き替え音声）歌舞伎町がウイルスに勝った！」
ナ　レ　「突然、ドンという衝撃音と共に、フロアの床が抜け落ちた」
衝撃で画面が揺れ真っ黒に。音声は生きていて、悲鳴や怒号が飛び交う。

21　聖まごころ病院・入口〜クラブ・前

まごころから飛び出して来るヨウコ。
怪我人が道の両端に倒れている状況で、消防隊員がトリアージを行っている。ちょうど救急車が2台、出発する。
消防A　「重症者から搬送します！」
消防B　「救急車全然足りないぞ！」
消防A　「ルミナで出払ってて、次の隊が到着するのも15分後だそうです」
ヨウコ　「とりあえず、うちに運べぇ」
消防A　「しかし…」
ヨウコ　「早う、応急処置せんと、助かる命も助けられん！」
ヨウコと消防隊員、救急外来入口へ。

消防B「歩ける人は自分でまごころ行ってください！」

22　同・救急外来入口～廊下

ヨウコと隊員、怪我人を処置室へ。
浮かれた服装の怪我人が、廊下にひしめき合う。
その呻き声。阿鼻叫喚《あびきょうかん》の地獄。

とおる「トリアージ！って、赤ばっかりじゃん！　どうすんのこれ」
処置室からヨウコが顔を出し、

ヨウコ「ワシが何とかするけぇ、気道と呼吸の異常だけ処置室に入れぇ！　ショックと意識レベルが悪い患者は搬送の準備！」

とおる「Ｙｅａｈ」
とおる、息苦しそうな患者をさっと診察し、

とおる「緊張性気胸疑い！　処置室に運んでください」
お腹を痛がる患者をさっと診察し、

とおる「腹腔内出血疑いでショック！　血圧測って！」
マユはタグに記録をして患者を案内、村木はバイタルサインの測定や診察をする。
はずきが、患者一覧を作成し、書き込んでいる。

カ　ヨ「私も、何か手伝います」

はずき「じゃあ、緑の人にこれ（マスク）配って」
軽傷者（緑）にマスクを配るカヨ。

とおる「あれ？　あかねちゃん？　だよね！」
若井あかね、頭から血を流してヘラヘラ笑っている。

あかね「すいませぇん、パリピの友達に誘われてぇ」

はずき「何笑ってんの、バカなの!?」

あかね「なんか、むしゃくしゃしててぇ、踊ってたらぁ、ミラーボールが落ちて来てぇ、ヘディングしましたぁ（笑）」

とおる「処置室でホチキス！」
田島、あかね処置室へ。

あかね「えぇ～？　ホチキスとか、やなんですけどぉ」

横　山「はいはい贅沢言わな～い」
横山がステープラーを持って来る。
白木が患者一覧の前で消防隊員と患者管理をしている。

白　木「手術が必要な患者さんが現在…3名です！」

バチーンという音。

あかねの声　「いったーーい！」

ヨウコ　「外！　あとどれくらい!?」

23　**同・入口**

クラブ入口から、まごころ正面まで怪我人の長蛇の列。

報道記者、取材クルーがカメラを回している。

報道記者　「怪我人の数は、およそ120人に達しているそうです」

岡本が笛を吹き並ばせる。

岡　本　「おい！　押すなって、壁沿いに並んで！　歩けない人はこっち（救急外来入口）に運んで！　歩ける人は正面から(取材クルーに)おい、何撮ってんの！　勝手に！　『Mr・サタデー?』知らねえよ」

24　**TV画面・クラブ前**

取材カメラに向かって答える負傷者。

フランス人　「（仏語・吹き替え）DJブースが視界から消えたんだ」

中国人　「（中国語・吹き替え）恐ろしいよ、何が起きたか判らなかった」

韓国人　「（韓国語・吹き替え）恋人がまだ中にいるの、連絡もつかないわ」

アメリカ人　「（英語・吹き替え）来るんじゃなかった、まるで地獄絵図さ」

日本人　「隣が病院でマジ助かったぁ」

25　**聖まごころ病院・廊下～処置室AとB**

「1、2、3！」と処置台に患者をのせる。

横　山　「フレイルチェスト、左下腿《ひだりかたい》開放骨折」

堀　井　「ボンジョルノ…ズドラーストヴーチェ…ロシア人です！」

白　木　「北新宿救命救急センター、2名受け入れ可能です！」

救急Ｖ　「循環、意識の異常の方を優先してください！」

田　島　「こっちお願いします！　下顎骨《かがくこつ》骨折で気道緊急！」

村木「SpO2：82％！」
ヨウコ「すぐ輪状甲状靭帯《りんじょうこうじょうじんたい》切開！　横山こっちは挿管たのむ！」
白木「堀井ちゃん、いいの？　お母さん、発熱」
ヨウコ「What?」
堀井「御心配なく、ヘルパーの甲斐さんが向かってますから」

26　道

全力疾走する甲斐。
甲斐「…お母さん…お母さん…お母さーん！」

27　聖まごころ病院・処置室

ヨウコ「GO!　ネエサン、行け早う！　母ちゃんとこ！」
堀井「目の前の命を助けることが最優先です！」
「1、2、3！」と処置台にアフリカ系の男性をのせる。
処置室前スペースで診察する（瞳孔をみる）とおる。
とおる「意識レベル3桁に落ちました！　瞳孔不同も！」
ヨウコは処置室で処置しながら。
ヨウコ「挿管して搬送優先順位上げぇ！」
とおる「挿管します！」
ヨウコ「Brain herniation and hemorrhagic shock from head trauma.（頭部外傷による脳ヘルニア、出血性ショック！）最優先じゃ！」

28　Mr・サタデー・収録スタジオ

VTRからスタジオに降りて来た。
宮根「(呆れ)…うーん。まだまだ日常が戻ったとは言い難いこの時期に、この乱痴気騒ぎ…どうですか川島副長官」
ゲストの川島副長官、神妙な顔で、
川島「まさに想定外です、緊急事態宣言が解除されたとは言え、医療が逼迫している折、しかも、また歌舞伎町ですからね」
宮根「本当にね、浮かれるのはまだ早過ぎますよね」

川　島「それだけ、ストレスが溜まってたということでしょうが、どうか、慎重に行動していただきたいですね」
アシスタント「インスタやXに、当日の様子がアップされていますが」
インスタ、Xの画像が多数紹介される。

29　聖まごころ病院・院長室

はずき、リツコ、啓介、TVを観ている。

アシ（OFF）「このように、マスクを着けている参加者はほとんど見受けられず、抱き合ったり、頬を寄せ合ったり…」

啓　介「あれ？　今、りっちゃん映ってなかった？」

TV画面にリツコが外国人と頬を寄せ合っている写真。

啓　介「ほらー、りっちゃんだよ、いたの？　行ったの？」

リツコ「ええから座りぃ、院長先生、ほら、ヨウコの隣じゃや」

宮根（TV）「この様子じゃ、クラスターが発生しても不思議じゃないですね」
ア　シ「検査の結果、31人が陽性でした」
院長の席にリモート出演用のカメラが向けられている。
とおる「来ます！　間もなく来ます！　院長、座って」
とおる、AirPodsを啓介に渡し、啓介、AirPodsを耳に挿し、ヨウコの隣に座る。
はずき「マスク外して」
とおる「落ち着いてヨウコさん、絶対に使っちゃいけない言葉は？」
ヨウコ「（下唇を噛み）F…」
とおる「言わなくていい、分かってればOK」
はずき「お父さんは大きく口を開けて、ハッキリ喋って」
リツコ「口角上げてぇ、口元が怖いがぁ」
はずき「分かんないときは、黙って頷いてればいいから」
リツコ「目が怖い」
啓　介「うるさい！」
ヨウコ「任せとけぇ、コイツにゃぁ貸しがあるけぇ」
熱弁をふるう川島副長官を睨むヨウコ。
川　島「今回の崩落事故は、海外のメディアでも大きく報じられています。安全、健全な首都東京のイメージを立て直すために…」
ヨウコ「バシッと、ぶちくわらしたるけぇ」

30 Mr・サタデー・収録スタジオ

川島「これ以上、日本の恥を晒すのは勘弁していただきたいです」
アシ「…それではここで、現場で治療に当たられたドクターにリモートでお話を伺います」
宮根「新宿歌舞伎町で開業以来100年にわたり、地域の医療に携わった、歌舞伎町の赤ひげ先生こと高峰啓介先生と、外科医のヨウコ・ニシ・フリーマン先生です」
スタジオの液晶モニターに並ぶヨウコと啓介。
宮根「高峰先生、はじめまして」
啓介「どうも高峰ですー」
宮根「大変でしたねえ、今回は」
啓介「ええ、私は寝てたんで診てません」
宮根「……」
ヨウコ「高齢者は感染したら危険じゃけえ、おねむじゃ」
宮根「ヨウコ・ニシ・フリーマンさんですか?」
ヨウコ「いぇあ」
宮根「ヨウコさんは川島副長官と面識がおありだとか…」
川島「そうなんです、去年の夏、心筋梗塞で搬送された際に…」
ヨウコ「会ったんは1回だけじゃ」
川島「…ええ、その節は、どうもお世話になりました」
ヨウコ「その後、どうじゃ、顔色はええけど、Myocardial infarction treatment went well. But the heart is not functioning that well. Keep an eye on it.（心筋梗塞の治療は上手くいったが、心機能はそんなに良くないから油断するな）」
アシ「…ニシさんは、アメリカ人なんですよねぇ」
ヨウコ「国籍はな、じゃけど母親おきゃーま」

31 聖まごころ病院・院長室（スタジオと随時カットバック）

ヨウコ「男に捨てられた英語も喋れんシングルマザーに育てられたけぇ、ネイティブじゃねえ。汚ったねえＪａｎｇｌｉｓｈしか喋れんけぇ、耳がおかしゅうなるじゃろうが死にゃあせん」

リツコ　「男に捨てられたは余計じゃ（笑）」

宮　根　「それでは、今回の事故について…」

ヨウコ　「Wait, I wanna say a few words to the Minister.（その前に副長官に申し上げたい）でーれえ大事な話じゃけぇ、標準語で話すで」

とおる　「え、マジ？」

ヨウコ　「（標準語）まず政府は『歌舞伎町ウイルス』という名称を明確に否定し、今後一切の使用を禁止してください。たまたま感染者第一号が歌舞伎町で働くホストだったというだけです。彼は旅行先のＬｏｓ Ａｎｇｅｌｅｓで感染し、羽田で陽性反応が出て、そのまま勝どきの病院に搬送され、亡くなりました。つまり歌舞伎町で感染したわけでも、歌舞伎町にウイルスを持ち込んだわけでもない。先ほど副長官は『また歌舞伎町で』と仰いましたが、そういう不用意な言葉が、どれだけ多くの、この町で生活する人々を不当に傷つけ、差別や誹謗中傷に晒すことになるか、よく考えて発言してください」

川　島　「…申し訳ございませんでした」

とおる　「…なんだよ（笑）やれば出来んじゃん」

ヨウコ　「歌舞伎町じゃないとしたら感染源は？　アメリカ？　アフリカ？　アジア？　分からない。しかし、これだけは言える、運んだのは人間です。どんなに危険なウイルスだって足が生えて歩いて密林から出て来るわけではありません。人間の移動によって世界中に広まる。だから犯人探しは意味がない。特定の誰かを悪者にするのはやめてください」

宮　根　「肝に銘じます、ヨウコさん…あのヨウコさん、一旦ＣＭに…」

ヨウコ　「そうかい。今からでーれえ大事な話するつもりじゃったんじゃがのう」

ア　シ　「…はい、続きはＣＭのあと」

ヨウコ　「今後の感染対策に関する大事な話なんじゃけど途中でぶった切るんか」

川　島　「聞きましょう、構いませんよね？（スタッフに同意を求める）」

宮　根　「…じゃあ、生放送ですから手短に…高峰さんは、寝てる？」

啓介「…ええ、聞いてますとも」
ヨウコ「噂されている第二波は、来ます、必ず、1カ月以内に感染者数はピークに達しA medical collapse and strain will happen.（医療崩壊、逼迫は必ず起こる）」
啓介「……ZZZ…（静かに寝息を立てる）」
とおる「バイデンかよ」
とおる、カメラを動かし徐々にヨウコのワンショットへ。
ヨウコ「しかし、冷静に判断して、適切に恐れてくださ い。今怖いのは、感染を恐れるあまり、それ以外の病気が放置されたり、治療が先送りになるケースです」

32　道

全力疾走する甲斐。
甲斐「お母さぁん！…お母さぁん！」

33　堀井の家・居間～寝室

咳き込んでいる房江の傍で、甲斐が電話しながら、
甲斐「だからPCR陰性だって言ってんだろ！　発熱外来のくせに、なんで拒否なんすか…もういい！（電話切る）」
慌てて飛び込む堀井、手指の消毒をしながら、
堀井「お母さん熱は？」
甲斐「まだ38度台。くそ、お母さん、待ってろよ、ぜってえ助けてやっからな」
堀井「もう大丈夫、呼吸器内科の先生連れて来たから」
甲斐「マジっすか!?」
白木と、夫の白木誠が入って来る。
白木「この人、私の夫、しょぼくれてるけど、腕はいいから」
白木誠、聴診器を当て、
誠「何日目ですか？」
甲斐「熱ですか？　今日で3日です」
数時間おきの検温結果が記入され、グラフ化されている。
誠「誤嚥性肺炎《ごえんせいはいえん》でしょうね、抗生物質、出しましょう」
甲斐「よかったぁ、ありがとうございます！（白木誠

堀　井　の手を取る）」
白　木「甲斐さんも、母をちゃんと見ていてくれて、ありがとうございます」
甲　斐「ほんとねぇ、すごく真面目で、前のめりなヘルパーさんで」
堀　井「いやあ、ただの熟女マニアですから（笑）」
白　木「…え？」
房　江「…まあ」
堀井・甲斐「お父さん、お父さん」
　顔を見合わせる堀井、甲斐。
房　江「なに？」
堀　井「『Ｍｒ・サタデー』観ないと」
　「あ、そうだ」

34　聖まごころ病院・院長室

ヨウコ「聖まごころ病院は決して断らん！　ぜってえ診るし、ぜってえ助ける、じゃけん川島副長官、医療従事者の待遇をちょびっとだけ良うしてくれぇ」
啓　介「私からもお願いします」
はずき「お、起きた」
　とおる、カメラを引いて2ショットに。
啓　介「祖父の代から100年、貧困層やいわく付きの人間ばかり診て来ました。赤字です。借金まみれ。挙げ句、まごころに行くくらいなら死んだ方がマシだなんて、バカにされて、それでもやって来れたのは、この国の医療保険制度のおかげ、だなヨウコ」
ヨウコ「第二波は来る、まごころはベッド8床で24時間戦っとる、不眠不休、これが歌舞伎町の現実じゃ、ちっとも浮かれとらん」
啓　介「お願いします」
ヨウコ「お願いします」
啓　介「この通り、お願いします！」
　とおる、カメラを構えつつ、
とおるNa「交互に頭を下げる親子の姿を見て思った。これは人間の業だ。歌舞伎町の赤ひげは美談でも何でもない、この親子はただ、こういう風にしか生きられないだけ。助けられる命を見殺しにする自分が許せないだけなんだ」
宮　根「いかがでしょう、川島副長官」

川島「分かりました…補助金とは別に、特別措置として、援助を検討させていただきます」
とおる「マジで？　やった！」
ヨウコ「Yes！」
啓介「本当に？　本当にくれんの？　金だよ、マスクとかナシだよ」
川島「…それは…はい」
ヨウコ「ほうじゃ、ワクチンじゃ！　ルミナのワクチンを外国人や貧困層にも行き渡るようにしてくれ」
啓介「保険証や家のない路上生活者にも、ちゃんと接種券を配ってください、お願いします！」
川島「わっ……っかりました」
啓介「それからね…」
川島「CMまだ？　CM行ってよ早く！」

35　**街頭ビジョン**（日替わり）

とおるNa「ヨウコさんの予言通り、第二波は来た」
『全国の感染者数が1万人を超える』というニュースが報じられる。

36　**聖まごころ病院・2階病室**

8床すべて埋まっている感染病床で問診、衣類の交換、シャンプーなどを手伝う完全防備のとおる、看護師。
とおるNa「2階は常に満床、さらに救急も絶え間なく搬送され」

37　**同・詰所**

白木が電話に出て、
白木「はい、まごころ。40代女性ブラジル人、3日前から発熱…保険証なし、近隣医療機関は全て受け入れ拒否」
ヨウコ、とおる、顔で圧をかける。
白木「…きょ…きょ…搬送してくださいっ」
とおる「足りねえ足りねえベッドが！　どうやって診るんすか」
ヨウコ「わしの部屋かお前のポルシェ、使やええ」
とおる「絶対やだ！」

38　同・入口

ロビーでマンガ読んでいた岡本。

岡本「!!（思わず立ち上がる）」

白いスーツにフェイスシールドの、ただならぬ雰囲気の紳士が入って来る。

とおる「（出て来て）あの、すいませ〜ん、そこに体温計あるんで自分で検温…なに？」

岡本「ばか、風俗王…」

とおる「ふうぞく王？」

岡本「舞の父ちゃん！」

南錠一郎《じょういちろう》、体温計をおでこに当てている。

とおる「この人が？　舞の!?」

錠一郎「（ピッ）46度です」

39　同・院長室

啓介と錠一郎、ヨウコ、とおる、岡本。

錠一郎「テレビ観ましたよ、赤ひげ先生」

啓介「そりゃどうも」

錠一郎「お察しします。私も、今回のルミナで店舗を幾つか畳みました、ほら、濃厚接触が信条だから（笑）」

とおる「声が渋いね」

タブレットで歌舞伎町の地図を指し、

錠一郎「ナチュラルローション、天下いっぴんぴん、マットMAX、聖したごころ女学院、鬼滅のヤバい」

岡本「……あ、店の名前か、渋すぎて分かんなかった」

錠一郎「ファッションヘルス5軒、ソープランド2軒、プレイルームもそのままの状態で残ってるんですよ、こんな感じで」

プレイルームの写真を食い入るように見るヨウコ。

ヨウコ「ベッドもある、ベッドもあるでよぉ！」

堀井「名古屋弁です」

ヨウコ「イソジンもある、至れり尽くせりじゃがぁ」

錠一郎「もし、差し支えなければ、使っていただけませんか」

ヨウコ「Really？」

啓介「…タダで？　いいんですか？」

錠一郎「私らみたいな者は、こんな時ぐらいしか、社会に貢献できませんので」

とおる「風俗王、謙虚だな」

錠一郎「それに、私も…娘に良く思われたいですから」

岡　本「…正直」

40　同・廊下

錠一郎を呼び止めるとおる、岡本。

とおる「あ、あの、舞さんは」
岡　本「娘さん…どこ行っちゃったんですか？」
錠一郎「……」

答える代わりに分厚い封筒を手渡す錠一郎。

岡　本「（中見て）…株主優待券」
とおるNa「…風俗王の計らいで、ベッドが一気に50床増えた」

41　ファッションヘルス・プレイルーム

プレイルームに患者が1人ずつ横になっている。

とおるNa「もともと個室で換気も整備されており、感染対策にはもって来いでした」

ヨウコ、とおる、堀井、村木、吉野らが飲み物や薬を配ったり、衣類を回収したりする。

42　同・外階段

同方向を向いて階段に座り、昼食をとる面々。

ヨウコ「Field hospital（野戦病院）」
とおる「あれ？　なんでしたっけ、それ」
堀　井「野戦病院」
とおる「あ、知らねえや」
堀　井「戦場で、負傷した兵士を手当てするための、臨時の病院です」
ヨウコ「はしずめここは、Shinjyuku Field hospitalじゃ」
とおる「橋爪？」
とおるNa「新宿の野戦病院で、懸命に命と向き合うヨウコ先生の姿は、何度かテレビで流れた」

43　ザ・ノンフィクション風タイトル『新宿野戦病院』

44　聖まごころ病院・詰所

診察室で、赤ちゃんと一緒に診断を聞く横山の妻。

女優ナレ「内科医、Y先生の奥様がルミナウイルスに感染しました、生後8カ月の娘さんも陽性反応、心配です」

女優ナレ　詰所で議論するヨウコら医師、スタッフ。
「御自宅ではY先生が、4人の娘さんの面倒を1人で見てる。やはり隔離が必要です。でも、風俗店の個室に親子2人は狭すぎます…」

ヨウコ「ここ！　ええやん」

女優ナレ「1枚の写真がヨウコ先生の目に留まった」

横　山「あ、いや、ここは…どうだろう」

ヨウコ「広えがぁ、お風呂も付いとる、どうじゃ、更年期」

白　木「…白木です」

45　**高級ソープランド・VIPルーム**

大理石の床、ジャグジー風呂、大きなベッド。
スケベ椅子に赤ちゃんを乗せ、紙おむつを交換する横山の妻。

横山の妻「この椅子、溝がすごく便利、部屋も広くて助かってます」

ヨウコ「じゃろ？」

46　**聖まごころ病院・屋上**（日替わり）

とおる「テレビ局にめちゃめちゃ抗議来てるらしいっす」
ヨウコ、とおる、雑誌読みながらアイス食べている。

ヨウコ「なんでなん、最高じゃろ、Ｇｏｏｄｌｏｏｋｉｎｇ ｃｈａｉｒ」

とおる「スケベ椅子ね、あと白木さんに対する執拗ないじりとか？」

ヨウコ「医者は冗談も言ったらいけんのんか、やっちもねえ（雑誌のページめくり）誰が髭づらじゃボケぇ！」
『歌舞伎町の女赤ひげ、異色の経歴』
『元アメリカの軍医、素顔はでーれえ女傑』
『100％受け入れ体制、ウイルスと闘う新宿の町医者』

とおる「さっき、やなもの見ちゃいました」

ヨウコ「??」

47　**歌舞伎町の道**（回想）

とおる、歩いている。正面からママチャリに乗った若者が来る。すれ違ったあと、若者は引き返し、とおるを追い越し、すぐ前を歩いていた中年男性の背中を蹴りつけ、

とおる「え!?」

若　者「マスクしろや！　じじい！」

不様に転倒した中年男性。

中年男性「す、すいません、今、ちょうど切らしてて、買いに…」

若　者「うるせえ！　ノーマスクとか、ありえねえから！」

48　聖まごころ病院・屋上（回想戻り）

とおる「いや、分かるけど、気になるけど、見ず知らずの、明らかに年上の相手にそりゃねえだろって、世も末って感じでした」

ヨウコ「Peer pressure（同調圧力）今、怖いのはウイルスよりも人間の心じゃ」

とおる「そうなんスよ、平等をはき違えてますよね」

ヨウコ「ギシンアンキな、セチガライな、フキンシンな」

とおる「ワクチン打ったら多少変わりますかね」

ヨウコ「そうじゃ、14時からじゃ」

接種券を手に歩き出す二人。

とおる「赤いキツネ目の女、近頃見んなぁ」

ヨウコ「…舞ちゃんのことかな？　平等だから虚しいって、言い残してどっか行っちゃいましたね」

とおる「……」

ヨウコ「あれで案外、脆いっていうか。結局、自分、彼女のこと、ちゃんと見れてなかったんスかね…」

視界からヨウコが消え、不安になり振り返ると、やや後方に腰が抜けたように座り込んでいる。

とおる「え、ヨウコ先生？」

ヨウコ「Don't come close!（立ち上がろうと試みるが立てず）Shit…ワシとしたことが」

とおる「え？　どうしたんスか」

ヨウコ「Positive（陽性）」

とおるNa「ヨウコ先生が、ルミナウイルスに感染した」

とおる「立てます？（肩を貸そうと）」

ヨウコ「Stay away!（離れろ!）」

とおる「自分は、抗体持ってるんで、invincible」

とおるNa「そのまま、高級ソープランドで2週間の自主療養生活、身を以て知ったウイルスの恐怖を発

信しました」

49　Mr・サタデー

リモート出演のヨウコ、ガウン着て、籐《とう》の椅子に座り病状を報告する。

ヨウコ（リモート）「まず、もんげー目眩、足腰立たんくなって、あーこりゃVirusが悪さしとるな～と分かったよね」

宮　根「大変でしたね、咳はどうでした？」

50　聖まごころ病院・詰所

ヨウコ（TV）「ぼっけえ咳とでーれえ熱、じゃけどPulse oximaterは正常なんよ」

TV観ている横山、田島、岡本。

横　山「ダメだ、部屋が気になって」

岡　本「あの椅子は、エマニエル夫人しか座っちゃダメだ」

ヨウコ（TV）「肺のdamageは少ねえ、もんげー目眩とぼっけえ咳とでーれえ熱、これが、ワシが体験した第二波じゃ、SNSやらの噂に惑わされず、正しく恐れてくれぇ」

電話が鳴る。

白　木「（出て）はいまごころ…はい？」

51　勝どき医療センター・応接室

荒井医師が記者の名刺を手に電話する。

荒　井「勝どき医療センターの荒井です、今ね、週刊誌の記者の方がいらっしゃって、ええ…それがね、ヨウコ先生が日本の医師免許を取得せず、医療行為をしたってスクープなんですって」

52　聖まごころ病院・詰所

白　木「……」

荒井の声「ないわよね、そんなバカな話、事実だったら、採用したウチの問題にもなるし…ねえ、白木さん？」

白　木「…拒否で」

と言って電話を切り、目をつぶる。

53　同・院長室

慌てて駆けつけたとおる。

とおる「……」

はずき、堀井、岡本、リツコ、荒井、白木、啓三、啓介が神妙な顔つきで座っている。

はずき「これが週明けに出るんだって」

とおる、週刊誌のゲラ（紙）を見せられ、

とおる「…え、どっから洩れたんですか？」

一同、なんとなく啓三を見る。

啓三「お前らが俺を疑う気持ちも分かるし…俺ですら俺を疑うくらいの実績が俺にはある、だが今回ばかりは俺じゃねえ」

白木「啓三さんじゃないとしたら…」

はずき「私かな、一貫して反対の立場だったのは、違うけど」

荒井「やめましょ、犯人捜しは無意味。事実を、順を追って聞かせてください」

とおる「最初は…アラブ人だよな、不法滞在の」

岡本「あと加地やんね」

××××××××××

フラッシュ（回想#1）ムハマド&加地の処置をするヨウコ。

××××××××××

荒井「…それを、無免許で？」

一同「……（うな垂れる）」

荒井「娘さん、就労ビザは取得してたんですか？」

リツコ「（首を振る）Ｔｏｕｒｉｓｔだけじゃろう」

荒井「脾臓摘出と穿頭血腫除去術を？　観光ビザで!?」

啓介「そんな観光、ないよね（笑）」

荒井「当たり前です、不法就労！」

白木「国家資格を取ってすぐ、在留資格認定証明を申請して、それからは就労ビザで」

荒井「そんな最近まで無免許だったんですか？」

リツコ「じゃけんアメリカの免許は持っとるけぇ」

荒井「ダメなんです」

とおる「なんで？」

荒井「…なんで？」

とおる「アメリカの資格じゃダメって、それ、アメリカ信用してないってことですか？　堀井さんだって、助産師の資格、海外で取ってますよね。なんでダメなんですか？　逆の立場だったら？

荒井先生がアメリカ行って、目の前に死にかけてるアラブ人いたとしますね。病院運んだら俺等みたいなポンコツドクターしかいなかったとしますね？　どうします？　助けるでしょ」

荒井　「1回ならね」

とおる　「……」

荒井　「1回じゃないでしょ？　ねえ、堀井さん」

堀井、医療日誌を読み上げる。随時、インサートあり。

堀井　「膝窩動脈損傷《しっかどうみゃくそんしょう》のバイパス処置、外傷性気胸に胸腔ドレナージ、心タンポナーデに心嚢開窓術《しんのうかいそうじゅつ》、股関節後方脱臼の整復および鋼線牽引《こうせんけんいん》…」

荒井　「あーもういい、結構です。（呆れ果て）皆さん少し…感覚がおかしくなってるようなので。（一呼吸置き）事業主の啓介さんは、不法就労助長罪で3年以下の懲役です」

啓三　「兄貴が!?」

荒井　「または300万以下の罰金。ヨウコさんは、医師法違反と不法就労、前科がついたら免許剥奪ですね」

一同、ただ言葉を失う。

啓介　「…何とかなりませんか、先生」

荒井　「私に言われましても…」

はずき　「…確かに、頑張ったのにね、彼女、頑張って免許取って」

啓介　「全部、私が被りますから、全部、私の独断で、この病院を立て直すためにムリやり、嫌がるヨウコをムリやり働かせたことにして…」

とおる　「いや…どうスかね、嬉々《きき》として働いてた姿しか」

躍動的なヨウコの勤務姿勢がフラッシュバック。

荒井　「…ええ、それは私も、見ちゃってますから」

リツコ　「分かっとったんと違う？　あの子、遅かれ早かれこうなること」

とおる　「分かってて、それでも目の前の命を、平等に、雑に、助けたかった、だけなんじゃないスかね」

啓介　「…そうだねぇ、ヨウコはまごころの…ロウソクが消える前の最後の瞬きだったのかもなぁ」

堀井　「院長…」

白木　「…悲しいこと言わないでください」

54　週刊誌・スポーツ新聞・ネットニュースの見出し

とおるNa「記事は出た、何ひとつ、嘘は書いてなかった」
『歌舞伎町の女赤ひげ、実は無資格』『何食わぬ顔でメディアにも出演、岡山訛りの英語で人気を博す』『無免許で外科手術を60件以上！』

55　公園（日替わり）

とおるNa「8月、仮設テントで、ワクチン接種が始まった日…」
仮設テントが立てられ、その中でワクチンを打つ医師たち。
とおる、横山、田島も駆り出されている。
老若男女、外国人、路上生活者まで並んでいる。
とおる「いよいよFieldhospitalって感じっすね」
横　山「何それ」
とおる「分かんなきゃいいっす」
ニュース音声「警視庁は、医師免許を取得していない医師を違法に働かせた疑いがあるとして…」

56　ニュース画面・聖まごころ病院・入口

ニュース「新宿区、聖まごころ病院の院長、高峰啓介容疑者（73）を、不法就労助長の容疑で逮捕しました」
連行される啓介。

57　同・高級ソープランド・前

ニュース「また同病院に勤務する医師、ヨウコ・ニシ・フリーマン容疑者（43）を、医師法違反の容疑で逮捕しました」
フラッシュが一斉に焚かれる。

58　高級ソープランド・前

姿を見せるヨウコ。警官に挟まれ、堂々としている。

ニュース「調べによるとニシ容疑者は、2024年5月から25年3月まで、日本での医師免許を持たない状態で、外科手術を含む医療行為を行った疑いがもたれており、本人は容疑を認めています」

報道陣の後方から見守るとおる、はずき、横山、田島。

横山「せめて白衣、着てて欲しかったな」

田島「しょうがないか、療養中だったんですもんね」

護送車に向かうヨウコの背中に「センセイ！」と叫ぶ声。

ヨウコ「……」

とおる、声がした方向を振り返る。

対面のビル、2階外廊下に、ムハマドが立っている。

とおる「ムハマド…（笑）なんでまだいるんだよ」

ムハマド「（アラビア語・ありがとう、ヨウコ先生！）」

とおるNa「ここは新宿歌舞伎町」

アラブ人、スペイン人、インド人、中国人、韓国人、南米人、タイ人、アゼルバイジャン人など各国の患者が、母国語で「ありがとう！」と口々に叫ぶ。

みな、ワクチンを打ったあとで、肩を揉んでいる。

とおるNa「あらゆる人種が集い、あらゆる言語が飛び交う、東洋一の歓楽街です」

ヨウコ「……」

岡本「はい、はみ出さないでね～、危ないから」

と言いつつ、たいして取り締まる気はない岡本。

マユ、サラ、リナ。カスミ、タケ、シラキ、ホスト等も手を振っている。

とおるNa「キャバクラ、ホストクラブ、ガールズバー、その他、合法的な風俗店が軒を連ね、誰でも安心して遊べます」

はずき「ヨウコ！」

ヨウコ「姉さん…」

はずき「ありがとうね！」

とおる「Thank you もんげー much！」

力強く、両手ガッツポーズで応えるヨウコ。

その瞬間、一斉にフラッシュ焚かれる。

そして護送車に乗り込むヨウコ。

とおる「頑張んないとですね、まごころ」

はずき「本当だよ、婚活してるヒマもない。父親と妹、パクられちゃって、最悪」

とおる「ここからですよ」

歩き出すとおる、はずき、横山、田島、合流する岡本。

田島「にしても誰だったんでしょうね、リークしたの」

横山「俺じゃないよ」

岡本　「いや、俺でもないけど」

59　同・VIPルーム（回想）

　　　籐の椅子に座るヨウコ、入口あたりに南舞、正座して。

南　「私です」
ヨウコ　「……」
南　「ヨウコさんの経歴詐称、私がポストしました、これ」
　　　スマホ画面にXの投稿。
　　　『今、テレビ出てる歌舞伎町の女医、無免許らしいよ、知らんけど』
南　「すぐ我に返って、削除したんだけど、遅かったみたいで、そこから拡散されて、マスコミが動いて、ほんと、ごめんなさい！」
ヨウコ　「なんで？」
南　「なんで？…やっぱり悔しかったんだと思います、色々うまく行かない時、目指す方向は一緒なのに…ヨウコさんのほうばっかり、取り上げられて、チヤホヤされて」
ヨウコ　「ショウニンヨッキュウな」
南　「…それな」
ヨウコ　「じゃのうて、なんでここ分かったん？」
南　「父の持ちビルなんで」
ヨウコ　「…あ、そうか」
南　「……」
ヨウコ　「マスク取ってええよ、2回、陰性出たけぇ」
南　「…あ、そうか。（マスク外す）ていうか、自分への誹謗中傷から世間の目を逸らしたかったっていうのも、正直ありました」
　　　『NPO活動家、まさかの副業』SM嬢時代の写真。
南　「でも…こっちはむしろ好意的な反応で。海外のフォロワーさんを中心に１００万以上の『いいね』が付いて…」
ヨウコ　「チヤホヤされとるやんけ」
南　「（笑）おかげさまで」
ヨウコ　「…まあええ、ちょうど良かった、わし、おめぇに頼みたいことあった」
南　「え、怒ってないんですか？」
ヨウコ　「It's Elon Musk's fault, not you.（悪いのはイーロン・マスクであって、お前じゃない）」

南　「（笑）…で？」

ヨウコ　「心療内科があったほうが、ええと思うんじゃ」

南　「心療内科…まごころに？」

ヨウコ　「もうすぐ警察が来るけぇ、質問はナシじゃ、ずっと考えとった、まごころに足らんもの」

60　聖まごころ病院・詰所（回想戻り・2年後）

ヨウコ（OFF）「頭のおかしい患者を、頭のおかしい医師が診とる」

電話が鳴り、白木が出る。

白木　「はい、まごころ…40代男性、背中を刃物で刺され重傷。原因は…喧嘩!?」

田島　「拒否でぇ」

白木　「加害者は…逃走中」

横山　「ほら行け、巡査部長」

岡本、ペヤング食べながら、

岡本　「（無視して）マユちゃん、仕事慣れたぁ？」

新人ナース、マユが備品を運びながら、

マユ　「はい、おかげさまで」

岡本　「分かんないことあったら何でも聞いて」

堀井　「マユちゃんに分かんなくて、岡本さんに分かることなんか、ありませんから…ちょっと、それ私のペヤング！」

61　高級ソープランド・VIPルーム（回想）

ヨウコ　「なのに心療内科はおろか、院内にカウンセラーすらおらん。これ問題じゃ。〝まごころ〟言うとんのに、心のケアをせんでどうする」

南　「……」

62　同・階段〜2階廊下（回想戻り）

ヨウコ（OFF）「ウイルス感染症が一段落すると、心のケアが大事になって来る。後遺症、職場復帰に対する不安。カウンセラーは不可欠じゃ」

白木が「院長〜」と叫びながら上がって来る。

『カウンセリングルーム・Not Alone』の看板が出ている。

63　同・カウンセリングルーム

カウンセラー南舞が、院長とおるの相談に乗っている。

とおる「横山さんとこ、また1人生まれるんだって」
南「それで、給料上げてくれって?」
とおる「俺だってカツカツでやってんのにさぁ、ポルシェ売っちゃったし…ルミナが5類に移行したら、まごころのくせに金取んのかって文句言われるし、取るよ! ボランティアじゃねえし!」
南「がんばってるよ、とおる君、頑張ってるのみんな知ってる」
とおる「…ほんとに?」
白木が入って来て、
白木「院長、救急です、40代男性、HS」
南「HS?」
白木「反社です」
とおる「拒否で」
南「遅い、ピーポーピーポーいってる」

64 同・廊下

上半身にびっしり刺青の入った男が運ばれて来る。
横山、田島、堀井、付き添う舎弟。
救急W「マスクしろって注意したら、切りつけられたみたいで」
舎弟「兄貴ぃ! 兄貴ぃ! まごころに着いたぞ!」
兄貴「まごころ? おい、まごころはダメだ!」

65 同・院長室

啓三が一人、朝食を食べながらニュースを見ている。
はずきが啓介の車椅子を押して来る。
啓介「俺の朝飯〜」
啓三「なに言ってんだよ、もう昼飯だ」
ニュース音声「続いては、依然、紛争が続いている中東地域から、清水特派員…」

66 同・処置室A

とおる、横山、田島、背中の刺青を見て、

横　山「（小声で）…』これ、ちゃんと縫わなきゃマズいよね」
田　島「ばっくり行っちゃってるからなー」
とおる「この、なまはげ…」
舎　弟「なまはげじゃねえよ、雷神だよ！」
とおる「あ、すいません、雷神の足が、多少短くなっちゃっても」
兄　貴「いいわけねえだろう！」

67　同・院長室

特派員の声「こちらの野戦病院では、NGO団体、国境なき医師団の皆さんが、負傷した市民兵の手当てを…」

壁に歴代院長の肖像が飾られている。

創始者陽一郎、2代目陽介、3代目啓介。

その隣に『4代目院長　ヨウコ・ニシ・フリーマン』。

護送車の前で撮られた、両手ガッツポーズの写真。

その隣に『5代目院長　高峰享』の写真。

はずき「…あ」

啓　介「ん？　どうした」

はずき「この人たち、ペヤング食べてる」

テレビ画面。休息を取りペヤングを食べている『国境なき医師団』の医師たち。

ゆっくりパンするカメラ。

とおるNa「歌舞伎町の片隅にある、聖まごころ病院、またの名を」

はずき・啓介「ヨウコ！」

ニカッと笑うヨウコ。

ヨウコ・とおるNa「新宿野戦病院」

END

このドラマはフィクションです。登場する団体は架空であり、実在のものとは関係ありません。

「新宿野戦病院」救急医療用語解説

監修：福岡県済生会福岡総合病院
救命救急センター
久城正紀　秋吉祐希

構成：magbug

JCS #1-S9

意識障害の程度を評価する指標の一つで、Japan Coma Scale の略。#1のS9で白木が受けた電話での「1桁」は覚醒している状態を指す。「20」は2桁で刺激をすると覚醒する状態になり、さらにS13では刺激をしても覚醒しない3桁へと重症化している。

■『改訂第6版 救急診療指針』p139～140

※JCS＝解説する用語
#1-S9＝第1話、シーン9が初出
■『改訂第6版 救急診療指針』p139～140＝参考文献、参考サイト　以下同様

急性アルコール中毒 #1-S12

アルコール飲料の摂取により、一過性に意識障害を来した状態。血中アルコール濃度の上昇により、呼吸・循環抑制が生じ死に至る事例や吐物による窒息で死亡する事例がある。#1のS16で横山が言う通り、窒息防止が重要となる。

■厚生労働省（www.e-healthnet.mhlw.go.jp）「急性アルコール中毒」『e-ヘルスネット』

心臓マッサージ #1-S13

正式には胸骨圧迫。心停止の患者に対して、脳や重要な臓器に血液を供給するための心拍出を維持するために行う。心停止の判断は、刺激に反応がなく、かつ呼吸がなければ心停止と判断し、直ちに胸骨圧迫を開始する。#1のS13では、反応はないが呼吸はできており、心停止しておらず胸骨圧迫の適応ではない。また、S41でヨウコが言うように、出血する損傷がある場合、出血を助長する恐れがあるため、胸骨圧迫より止血を優先することもある。

■『改訂第6版 救急診療指針』p56～60

バイタル #1-S15

バイタルサインの略で、生命兆候を示す基本情報である、脈拍、呼吸、血圧、体温の4つを指す。これらの情報を数値化したものとして、呼吸数、SpO2、心拍数、血圧、体温、意識レベル（JCSなど）を指すこともある。

■『改訂第6版 救急診療指針』p56～60

急速輸液 #1-S15

正式には等張電解質輸液の急速投与。出血などによる循環血漿量の減少に対して行う。マモルは額の傷からの出血だけであったため、輸液とスキンステープラーによる止血で帰宅できるまで回復が得られた。#1のS51では脾臓の損傷による出血性ショックのムハマドに、堀井が輸液の急速投与をしよ

うとしたが、重症外傷では、過剰な輸液は希釈性凝固障害が生じ、さらに出血を助長するリスクがあるため、ヨウコは堀井をとめた。

■『改訂第6版 救急診療指針』p196～197

ホチキス #1-S15

正式にはスキンステープラー。手術や外傷による皮膚の創部を縫合するための器具。見た目も使用方法も似ているためホチキスと呼ぶこともある。

■『MSDマニュアル プロフェッショナル版』(www.msdmanuals.com)「ステープラーによる裂創の修復」Matthew J. Streitz, 2021.3,

二次救急 #1-S31／**三次救急** #1-S43

救急医療機関は機能別に初期・第二次・第三次救急医療機関に階層化され、救急診療体制が構築されている。初期は独歩で来院する軽症患者を対応する。第二次は地域で発生する救急患者の初期対応や入院治療を必要とする重症患者を対応する。第三次は第二次で対応できない重症患者や複数の診療科にわたる重篤な患者を対応する。聖まごころ病院は第二次救急医療機関。

■『改訂第6版 救急診療指針』p10～12

橈骨動脈 #1-S41

橈骨動脈は手首の親指側に位置し、一般的に脈拍の確認に用いられる。橈骨動脈を触知することで脈拍の回数、リズム、強さなどを確認して患者の循環動態を把握する。橈骨動脈が触知できない場合は収縮期血圧が80mmHg以下であることを表す。

■『改定第5版 救急診療指針』p83

止血 #1-S41

ムハマドは左側腹部に銃創があり、腹腔内出血による出血性ショックに対し、ヨウコは直ぐに緊急開腹止血術を行わないと救命できないと判断した。

出血性ショック #1-S41

ショックとは、「生体に対する侵襲あるいは侵襲に対する生体反応の結果、重要臓器の血流が維持できなくなり、細胞の代謝障害や臓器障害が起こり、生命の危機に至る急性の症候群」と定義される。出血による血液量の減少によるショックを出血性ショックという。

■『改定第5版 救急診療指針』p113

麻酔 #1-S41

ここでの麻酔は「全身麻酔」を指し、鎮静薬や鎮痛薬を用いて外科的侵襲から患者を守るための手技をいう。生命の危機的な状況では、麻酔も蘇生処置の一環として行われる医療行為であり、呼吸や循環管理などの全身管理も合わせて行う。

■『改訂第6版 救急診療指針』p1022

ダメージコントロール #1-S43

外傷による重篤な「ダメージ」を受け生命の危機的な状況において、新たに加える手術など治療による「ダメージ」を最小限にしつつ救命に結びつける治療戦略をダメージコントロール戦略という。ヨウコは「止血と汚染の回避に主眼をおいた」ダメージコントロール手術を行うことを宣言している。

■『改訂第6版 救急診療指針』p630～631

脳ヘルニア #1-S48

占拠性病変や脳腫脹により脳組織がシフト（偏位）することをいい、とくに、脳幹が圧迫される場合は致死的になる。ここでは急性硬膜下血腫（血液の溜まり）によって脳ヘルニアを来している。意識レベルの急激な悪化、瞳孔不同、片麻痺などを認めた場合は脳ヘルニアが疑われる。

■『外傷初期診療ガイドラインJATEC 改定第6版』p10、130

穿頭血腫除去術 #1-S48

脳ヘルニアを来している加地は、緊急開頭手術による血腫除去・止血が必要な状態だが、転院の間に脳ヘルニアが進行し、脳の障害が不可逆的になるとヨウコは判断して穿頭血腫除去術（頭蓋骨に穴をあけて血腫を取り除く手術）を行い、血腫による圧迫を軽減した。その後加地は転院先で治療を受け回復した。

■『外傷初期診療ガイドラインJATEC 改定第2版』p91

オーバードーズ #1-S12／#2-S12

医薬品を決められた量を超えてたくさん飲んでしまうこと。近年、トー横キッズや若者が、かぜ薬や咳止め薬を感覚や気持ちの変化を起こすために「オーバードーズする」ことが問題となっている。「OD」と略称されることもある。

■厚生労働省（www.mhlw.go.jp）「一般医薬品の乱用（オーバードーズについて）」

胃洗浄 #2-S16

毒薬物を経口的に摂取し、胃内に残存している場合で、残存薬物が生体に重篤な影響を及ぼす場合に実施する。胃管というチューブを鼻から胃内まで挿入して洗浄する。ここでは、摂取した薬剤の種類や量から胃洗浄は不要と判断した。

■『改訂第6版 救急診療指針』p1049

ターニケット #2-S54

四肢外傷の動脈性活動性出血で止血が困難な場合、ターニケットという止血帯や駆血装置が使用される。聖まごころ病院にはターニケットがないため、大腿用の手動血圧計で代用している。

■『外傷初期診療ガイドラインJATEC改定第6版』p184

SPO2 #2-S55

経皮的動脈血酸素飽和度(Saturation of Percutaneous Oxygen の略)。肺から取り込まれた酸素は赤血球に含まれるヘモグロビンと結合して全身に運ばれる。SPO2は動脈の中の赤血球に含まれるヘモグロビンの何%に酸素が結合しているか、皮膚を通して調べた値を指す。正常では約96~99%を示し、90%未満は呼吸不全の状態とするが、90%以上であれば、通常充分組織に酸素は供給されているため、酸素を必要とする場合は90%以上を維持することを目標とする。

■「よくわかるパルスオキシメーター」一般社団法人 日本呼吸器学会(2021年2月改定 第2版)

FAST(Focused Assessment with Sonography for Trauma) #2-S55

外傷によるショックの原因となる大量血胸、腹腔内出血、心嚢液貯留の検索を目的とした迅速簡易超音波検査をいう。「FASTは陰性」とはこれらの所見がないことを意味し、DDの出血性ショックの原因は下肢開放創からの出血だとヨウコは判断した。

■『改訂第6版 救急診療指針』p184

膝窩動脈損傷 #2-S63/**テンポラリーバスキュラーシャント** #2-S57

膝窩動脈損傷は阻血状態が継続すると高率に下肢切断に至る重篤な損傷で、DDは一時的な止血は得られたが、足先の麻痺、色調不良などの阻血による症状を認めた。テンポラリーバスキュラーシャントは、チューブを用いた一時的な血行再開処置で、ここでは健側の左大腿動脈と患側の右足背動脈をチューブでつなぎ送血した。その後DDは転院先で右膝窩動脈の血行再建術を行い、下肢切断を免れた。

■Yuta Izawa: Cross-Limb Vascular Shunting for Traumatic Popliteal Artery Injury. Annals of Vascular Surgery 2024;99:305-311.

眼窩底骨折 #3-S5

眼球が入る骨のくぼみを眼窩といい、眼窩底骨折とは眼部への外力により生じる眼窩壁内壁～下壁の骨折のこと。骨折部位に外眼筋・眼窩脂肪が嵌頓すると眼球運動障害と眼球陥凹を来たし、手術による治療が必要となる。白木でも分かるほどアゼルバイジャン人の顔は変形し、眼球運動障害を認め、「絶対にオペ適応」と叫んでいる。

■『改訂第6版 救急診療指針』p555～556

(右)外傷性気胸 #3-S6／**緊張性気胸** #3-S10

気胸は胸腔内に空気が貯留し、肺が虚脱する疾患で、基礎疾患や外的要因によらない自然気胸、基礎疾患を有する患者に発症する続発性気胸、この場面の外傷性気胸がある。気胸は増悪すると胸腔内圧が上昇し、致死的な呼吸・循環不全に陥る緊張性気胸に移行することがある。ここでは重篤な呼吸不全に至っており、ヨウコは緊急での胸腔ドレナージが必要と判断した。

■『改訂第6版 救急診療指針』p424～425、670

胸腔ドレナージ #3-S6

胸腔ドレーンを挿入し、胸腔内に貯留した気体や液体を体外へ排出する手技のこと。この場面では外傷性気胸に対して緊急胸腔ドレナージを実施した。

■『改訂第6版 救急診療指針』p929

ヒアルロン酸 #2-S4／**ボトックス注射** #3-S41

皮膚のしわやたるみの改善、鼻や輪郭の形を変えることを期待する治療として、ヒアルロン酸やボトックスを皮膚内や皮下に注射する。ヒアルロン酸が誤って動脈内に注入された場合、動脈閉塞を起こし、皮膚壊死や失明などの合併症を生じることもある。

■井ノ口早苗、他「隆鼻目的のヒアルロン酸注入による虚血性皮膚・眼障害」『臨床皮膚科』2021;75:21-25

頸静脈怒張 #4-S23

心不全徴候の一つで、通常45°程度に上半身を挙上すると、重力によって頸動脈怒張は消失するが、心不全などにより静脈血が心臓に戻れなくなると怒張がみられる。

■『ER実践ハンドブック改訂版』p169

陰茎捕捉 #4-S23

性行為中に女性の膣が不随意な収縮「膣痙攣」を起こし、男性器が抜けなくなること。「都市伝説」とセリフにあるように、医学的に明らかに陰茎捕捉とされる近年の症例報告はない。

除細動 #4-S25

電気ショックを行うこと。心臓に通電することで、刺激伝導系を含む全ての心筋細胞が同時に脱分極状態になったあと、最優位な自動調律である洞結節の再分極が起こることにより、洞調律への復帰を図る処置である。沼田と小宮山は心疾患が予測され、致死的な不整脈や心停止に至る可能性を考慮して、ヨウコは除細動の準備を指示した。

■『改訂第6版 救急診療指針』p963

スタンフォードA型の急性大動脈解離 #4-S28

大動脈解離とは、大動脈壁が中膜レベルで二層に剥離して二腔になり、大動脈壁内に血流または血腫が存在する病態を指す。Stanford分類におけるA型は上行大動脈に解離があるもので、心タンポナーデを合併した場合は死亡率も高くなり、緊急手術が必要となる。

■『改訂第6版 救急診療指針』p378〜381

心タンポナーデ #4-S28／**心嚢開窓術** #4-S30

心嚢内に液体貯留がある状態を心嚢液貯留といい、心タンポナーデは心嚢液貯留による拡張障害から心拍出量が著明に低下、循環不全に陥った状態を指し、緊急のドレナージ（排液）が必要である。心タンポナーデを解除する目的で、心嚢穿刺もしくは心嚢開窓術が行われる。心嚢穿刺は心嚢に針を刺し、心嚢液をドレナージする手技である。しかし、粘性の高い滲出液や凝血塊などのドレナージには不向きであるため、心嚢穿刺で不十分と考えられる際には、外科的にドレナージをする心嚢開窓術が行われる。心嚢開窓術は、直視下にドレナージでき、凝血塊にも対応できるが、侵襲が大きく、外科手技の習熟が必要な処置である。

■『総合内科病棟マニュアル 疾患ごとの管理』p78

■『改訂第6版　救急診療指針』p972～978

心不全増悪　#4-S33

心臓の構造・機能的異常が生じ、心ポンプ作用機能の代償機転が破綻した結果、臓器循環不全や種々の症状・症候を呈した状態をいう。心不全の原因疾患としては虚血性心疾患が30％、弁膜症、高血圧症がそれぞれ20％程度、心筋症が15％程度とされている。

沼田は元々心疾患の既往があり、性行為により心臓にストレスがかかり慢性心不全増悪に至った。心不全治療薬とED治療薬の併用は血圧管理の上で注意が必要となるが、ED治療薬が直接心不全増悪に寄与するものではない。

■『総合内科病棟マニュアル　疾患ごとの管理』p18

■『ER実践ハンドブック改訂版』p169

破傷風　#5-S3

土壌などの環境に広く存在する破傷風菌が産生する破傷風毒素によって生じる病態で、創傷から破傷風菌が侵入することが原因となる。破傷風毒素は強力な神経毒であり、開口障害、全身の筋肉のけいれんや硬直などの症状が認められる。

■『改訂第6版　救急診療指針』p607～609

人食いバクテリア　壊死性筋膜炎　#5-S3

壊死性筋膜炎は、筋膜を細菌感染の主座として急速に壊死が拡大する軟部組織感染症をいう。切創、虫刺症、注射や軽微な外傷、熱傷などを契機に発症し、進行するとDIC、敗血症を発症し予後不良となる。四肢切断を余儀なくされる場合もあり、早期診断と早期治療が病巣の拡大を阻止する唯一の方法である。

壊死性筋膜炎の原因となる菌の一つにA群β溶血性レンサ球菌があり、その死亡率の高さから「人食いバクテリア」とも呼ばれる。

■『改訂第6版　救急診療指針』p609～614

シース　#2-S59／#5-S18

体表から血管内に留置するカテーテル（管）を指す。動脈に留置する場合は、観血的動脈圧測定、ECMOの導入、血管造影検査や血管内治療などで使用し、静脈に留置する場合は薬剤や点滴の投与を目的として使用する。

■『改訂第6版　救急診療指針』p953

ECMO (Extra-Corporeal Membrane Oxygenation) #5-S 18／#5-S 31

遠心ポンプによって血液を脱血し、膜型人工肺で酸素化した後に体内へ返血する生命維持装置のこと。ECMOには、①静脈（V）で脱血し、動脈（A）へ戻すことによって呼吸と循環の補助を行うV-A ECMOと、②静脈（V）で脱血し、静脈（V）へ戻すことによって呼吸補助のみを行うV-V ECMOという2つのモードがある。シゲさんは劇症型心筋炎による呼吸・循環不全に対してV-A ECMOを導入するために勝どき医療センターに搬送されたが、川島大臣が心筋梗塞の治療中に心停止したため、川島大臣にV-A ECMOが導入されることになった。

■『改訂第6版 救急診療指針』p991

補助換気 #5-S 29

補助換気は患者の自発呼吸に合わせて呼吸を助ける換気法で、ヨウコは呼吸状態が悪いシゲさんに対して、マスクを用いた補助換気をするようにとおるに指示している。

■日本救急医学会（www.jaam.jp）『医学用語解説集』「非侵襲的陽圧換気法」

急性呼吸窮迫（促迫）症候群 #5-S 31

急性呼吸窮迫（促迫）症候群（Acute Respiratory Distress Syndrome: ARDS）は、種々の原因に起因する肺胞上皮傷害と血管透過性亢進を本態とする重度の呼吸不全を指す。シゲさんは劇症型心筋炎を契機としてARDSになった。

■『改訂第6版 救急診療指針』p1131～1132

自己心拍が再開 #5-S 42

心肺停止状態の患者に対して心肺蘇生法を行い、頸動脈あるいは上腕動脈の拍動が触れるようになった場合を心拍再開という。

■日本救急医学会（www.jaam.jp）『医学用語解説集』「心拍再開」

リズムチェック #5-S 43

医療従事者が行う二次救命処置において、2分毎に胸骨圧迫を中断して行うモニター波形の評価のこと。モニターの波形は、電気ショックの適応となる①心室細動（Ventricular Fibrillation: VF）と②無脈性心室頻拍（Pulseless Ventricular Tachycardia: Pulseless VT）、および電気ショックの適応とならない③心静止（Asystole）と④無脈性電気活動

(Pulseless Electrical Activity: PEA）の4つに分けられる。ここでのシゲさんのモニター波形は心静止で電気ショックの適応はない。

■『改訂第6版 救急診療指針』p72〜73

整復 #7-S42

整復とは元の状態に戻すことで、ヨウコは房江の右股関節後方脱臼に対して、脱臼整復を行った。脱臼整復が遅れると、坐骨神経麻痺や大腿骨頭壊死などの発生リスクが高まるため、早期整復が望ましい。

■『改訂第6版 救急診療指針』p1074

パッカーサイン #7-S43

小児上腕骨顆上骨折で上腕骨近位骨片の転位が高度な場合、肘前方にパッカーサインと呼ばれるくぼみを認めることがあり、このような症例は、徒手整復が困難で、神経血管損傷のリスクとされる。順太は親指を立てることができなかったが、すぐに転院して手術が行われ、神経後遺症なく回復した。

■山下 裕己：Pucker sign を伴う小児上腕骨顆上骨折の治療．骨折 2021;43(2):168-172

トリアージ #8-S29

患者の障害の重さによって分類し、複数患者の診療の「優先順位を決める」ことを指す。傷病者の数、重症度や緊急度、医療資源を考慮して傷病者の治療・搬送の優先順位をつけることがトリアージの意義である。S30では、START（Simple Triage and Rapid Treatment）法という多数の傷病者を短時間でふりわける方法でトリアージしており、傷病者を「緑」=軽症、「黄」=中等症、「赤」=重症、「黒」=生存の可能性がきわめて低い、の4つに区分する。

■『改訂第6版 救急診療指針』p1217〜1218

気道熱傷 #8-S30

高温の煙を吸入することによって生じる呼吸器系の障害をいう。上気道（鼻腔・口腔・咽喉頭から声門まで）が炎症と浮腫を呈し、時間とともに浮腫が増強することで気道閉塞を来し窒息することもある。ここでは、現場のトリアージでは黄であったが、気道熱傷の増悪により気道閉塞を来していたため、ヨウコは「赤」に変更した。

■『改訂第6版 救急診療指針』p722

頻呼吸 #8-S30

呼吸は無意識な状況で規則正しく1分間に約12〜20回行われているが、1分間に25回以上行われる状況では「頻呼吸」といわれ、浅く速い呼吸となる。ここでは、気道熱傷により頻呼吸や嗄声（かすれた声）を認めた。

■一般社団法人日本呼吸器学会（www.jrs.or.jp）「呼吸器 Q&A」

広範囲熱傷 #8-S32／熱傷面積 #8-S34

熱傷の重症度は、熱傷の深さ（浅い順にI度、浅達性II度、深達性II度、III度の4つに区分）、面積を基に評価される。また、年齢、部位、気道熱傷の有無なども重症度に考慮される。広範囲熱傷は体表面積の30%を超える重症熱傷のことをさす。

■『改訂第6版 救急診療指針』p709〜712

DMAT #8-S35

DMATは災害医療派遣チーム（Disaster Medical Assistance Team）の略で、大地震や航空機・列車事故などの災害時に被災者の生命を守るため、被災地に迅速に駆けつけ、救急治療を行うための専門的訓練を受けた医療チームである。

■『改訂第6版 救急診療指針』p1224〜1230

腎血管筋脂肪腫 #9-S16

腎臓に発生する腫瘍の一つで、血管、筋肉、脂肪を構成成分とする。良性であることがほとんどだが、稀に悪性化や腎細胞癌が合併するとの報告がある。大きくなると腫瘍の血管が破裂して出血することもある。

■佐分利彰子：腎血管筋脂肪腫と乳頭状腎細胞癌を合併した1例・臨床画像 2012;28(9):1148-1151

腹膜刺激症状 #9-S22

腹膜に細菌感染や出血、外傷、化学的刺激などによる炎症が波及したときにみられる症状のこと。身体所見としては、触診で腹部を圧迫したときに腹壁が緊張してかたくなる「筋性防御」、腹壁を手で徐々に圧迫し、急に手を離すと疼痛を訴える「反跳痛（ブルンベルグ徴候）」がみられる。腹膜刺激症状を認める場合は手術が必要になることが多く、横山は虫垂炎を疑い、CT検査での精査が必要と判断した。

■日本臨床検査医学会「臨床検査のガイドライン 2005／2006」p48

陰茎切断 #9-S24

陰茎切断の報告は非常に稀であるが、多くの報告が自傷行為によるものである。ここでは陰茎は完全に切断されてなかったため、ヨウコは緊急吻合術を行い、男性機能や排尿機能も問題ない状態まで回復した。

■亀田智弘：自己陰茎切断の1例．日本性機能学会雑誌 2019;34(3):229-232

アナフィラキシーショック #9-S44

アレルゲンなどの曝露により、複数臓器に全身性アレルギー反応が誘導され、生命に危機を与える過敏反応を「アナフィラキシー」といい、さらに血圧低下など循環器系の異常を呈した状態を「アナフィラキシーショック」という。治療には、アドレナリン注射や早急な救命処置を要することもあり、新型コロナワクチン接種後の副反応として知られるようになった。

■『改訂第6版 救急診療指針』P490~491

院内クラスター #10-S28

集団発生（クラスター）とは、間接接触歴等が明らかとなる数人から数十人規模の発生を指す。これが病院内で発生した場合を院内クラスターという。院内クラスターが発生した場合、対策を怠ると、医療従事者が媒介となり雪だるま式に感染し、更なる感染の拡大を生じる。

■厚生労働省（www.mhlw.go.jp）「新型コロナウイルス感染症への対応について」

ゾーニング #10-S35

感染症診療におけるゾーニングとは、感染症患者の診療エリアを病原体によって汚染されている区域と汚染されていない区域に分けることを指す。非汚染区域（グリーンゾーン）で個人用防護具を着用して汚染区域（レッドゾーン）に入り、エリアを出る前にN95以外の個人用防護具を外してから非汚染区域に出る。ゾーニングでは、感染リスクを低くするため、患者、医療従事者などの動線を設定しておくことも重要である。

■『改訂第6版 救急診療指針』P1349

不顕性感染 #10-S46

細菌やウイルスなど病原体の感染を受けたにもかかわらず、感染症状を発症していない状態をいう。症状が出ないため、感染の自覚がなく、しばしば保菌者（キャリア）となり感染拡大の感染源となる可能性が高い。

■日本救急医学会（www.jaam.jp）『医学用語解説集』「不顕性感染」

あとがき

河毛俊作（監督）

宮藤君の作品を観終わると、いつも僕の心の中にひとつの風景が浮かぶ。

時代は、はっきりしないけど、多分80年代。場所は東京郊外、私鉄沿線の駅前。新しく駅ビルができて、中にはイタリアントマトみたいな当時の感覚ではお洒落なカフェやファンシーな雑貨屋、チェーンの居酒屋などが入った。でも、駅から15分も歩けば畑があり、駅前には今川焼の屋台がある。季節は晩秋、時刻は午後4時半頃。駅前のバス停の横に高校生の3人組。2人は男子、1人は女子。女子はブレザーの制服にピンクのマフラーを巻いている。談笑していた3人組は、やがて2人と1人に別れる。男子が1人残された。残された男子は、自転車に2人乗りで手を振りながら去って行く、多分付き合っているであろう2人を少し見送り、小さなため息をつく。気温が下がって暗くなってきた。遠くから焚き火の匂いが漂ってくる……

そんな風景だ。

懐かしく苦みを含んだ青春の1コマ。

僕は宮藤君が書くドラマは甚だ乱暴な結論づけだが全て〝青春ドラマ〟だと思っている。「新宿野戦病院」は、医療ドラマであり少し変わったホームドラマであり、歌舞伎町というカオスな街に集う〝汚れた顔の天使たち〟の青春ドラマだ。危険で毒々しく、騒がしく、猥雑だが、全ての登場人物に、今の時代、〝意識の高い〟人々の冷笑の対象になってしまった切ないほどの〝純情〟が見え隠れする。その〝純情〟がぶつかり合い、砕け散り、飛び散った破片が観る者の心に突き刺さる。

思えば、「新宿野戦病院」はコロナ禍によって生まれたとも言える。あの時、僕たちは隠されていた医療制度の現実を見せつけられた。だって、もしかしたら将来、年金を貰えなくなる日が来るかもしれないなぁといったことは誰もが心配していた。しかしある日突然、具合が悪くなって高熱を発しても病院に行くことができない日がやって来るとは誰も想像すらしていなかった。普通の人は誰もが、〝医療制度から見捨てられた〟という感覚を味わったのではないだろうか……そしてウイルスは体だけでなく人の心やコミュニケーションも蝕んで行くことを思い知らされた。

パンデミックによって味わわされた恐怖から、〝目の前の命を、平等に、雑に、助ける〟ことを信条としたヒロイン、軍医上がりで、英語と岡山弁のチャンポンで捲したてるある意味、無敵の救命医、ヨウコ・ニシ・フリーマンは誕生した。

「新宿野戦病院」という作品と過ごした夏は、72歳の私に奇跡的に訪れた、青春の最後の煌めきだった。

宮藤官九郎君。そして「新宿野戦病院」を観て下さった全ての皆様。

「Thank You もんげー much!」

新宿野戦病院

キャスト

ヨウコ・ニシ・フリーマン　小池栄子
高峰　享　仲野太賀
南　舞　橋本　愛
高峰はずき　平岩　紙
横山勝幸　岡部たかし
田島琢己　馬場　徹
堀井しのぶ　塚地武雅（ドランクドラゴン）
若井あかね　中井千聖
村木千佳　石川萌香
吉野勇介　萩原　護

マユ　伊東　蒼
サラ　夏目透羽
リナ　安達木乃
カヨ　臼田あさ美
荒井時枝　ともさかりえ
岡本勇太　濱田　岳
リツコ・ニシ・フリーマン　余貴美子
白木　愛　高畑淳子
高峰啓三　生瀬勝久
高峰啓介　柄本　明

スタッフ

主題歌　サザンオールスターズ
『恋のブギウギナイト』
（タイシタレーベル／ビクターエンタテインメント）
脚本　宮藤官九郎
音楽　本多俊之
プロデュース　野田悠介
制作プロデュース　遠藤光貴（スイッチ）
演出　河毛俊作
澤田鎌作
清矢明子
制作　フジテレビ ドラマ制作センター ドラマ制作部
制作著作　フジテレビジョン

ブックスタッフ
ブックデザイン　冨永浩一
編集協力　magbug
企画・編集　松山加珠子

プロフィール

宮藤官九郎　Kankuro Kudo

1970年7月19日生まれ、宮城県出身。脚本家、監督、俳優。1991年より大人計画に参加。テレビドラマの脚本では「池袋ウエストゲートパーク」、「木更津キャッツアイ」(第53回芸術選奨文部科学大臣新人賞)、「タイガー&ドラゴン」(ギャラクシー賞テレビ部門大賞)、「うぬぼれ刑事」(向田邦子賞)、NHK連続テレビ小説「あまちゃん」(東京ドラマアウォード2013 脚本賞)、「ゆとりですがなにか」(第67回芸術選奨文部科学大臣賞〈放送部門〉ほか)、NHK大河ドラマ「いだてん〜東京オリムピック噺〜」(第12回伊丹十三賞)、「俺の家の話」(東京ドラマアウォード2021 3冠)、「不適切にもほどがある!」(ATP賞テレビグランプリほか)などを手掛け、近年の作品に大石静と共脚本を務めたNetflixシリーズ「離婚しようよ」、企画・監督も務めた「季節のない街」などがある。映画の脚本には『GO』(第25回日本アカデミー賞最優秀脚本賞ほか)、『ピンポン』、『アイデン&ティティ』、『ゼブラーマン』、『69 sixty nine』、『舞妓Haaaan!!!』、『なくもんか』、『謝罪の王様』、『土竜の唄』シリーズ、『パンク侍、斬られて候』のほか、近年の作品に『1秒先の彼』、『ゆとりですがなにか インターナショナル』など。監督・脚本作品に映画『真夜中の弥次さん喜多さん』(新藤兼人賞金賞)、『少年メリケンサック』、『中学生円山』、『TOO YOUNG TO DIE! 若くして死ぬ』など。舞台ではウーマンリブシリーズや大パルコ人シリーズの演出・脚本を多数手掛けるほか、「鈍獣」(第49回岸田國士戯曲賞)、「メタルマクベス」、「獣道一直線!!!」ほか多数の脚本を担当。歌舞伎に「大江戸りびんぐでっど」、「天日坊」、「地球投五郎宇宙荒事」、「唐茄子屋〜不思議国之若旦那〜」などがある。俳優として、様々な舞台・映画・ドラマに出演するほか、パンクコントバンド「グループ魂」では〝暴動〟の名でギターを担当。また、TBSラジオ「宮藤さんに言ってもしょうがないんですけど」ではラジオパーソナリティを務めるなど、幅広く活動する。

本書は2024年7月3日から9月11日までフジテレビ系で放送されました
「新宿野戦病院」のシナリオをまとめたものです。
内容が放送と異なることがございます。ご了承ください。

新宿野戦病院

2024年9月13日　初版発行

著　　者　宮藤官九郎
©Kankuro Kudo 2024

発 行 者　山下直久
編 集 長　藤田明子
編　　集　ホビー書籍編集部
協　　力　株式会社フジテレビジョン

発　　行　株式会社KADOKAWA
〒102-8177　東京都千代田区富士見2-13-3
電話：0570-002-301（ナビダイヤル）

印刷・製本　TOPPANクロレ株式会社

●お問い合わせ
https://www.kadokawa.co.jp/（「お問い合わせ」へお進みください）
※内容によっては、お答えできない場合があります。
※サポートは日本国内のみとさせていただきます。
※Japanese text only

定価はカバーに表示してあります。

Printed in Japan
ISBN978-4-04-738175-9 C0093